LE NOTAIRE DE PRADELOUP

DU MÊME AUTEUR

Deux Journées à Bassora, Milan
Le Deuil de l'image, Philippe Olivier
Le Vent mauvais, Lucien Souny
Les Eaux profondes (*La Folie des justes*), Lucien Souny
Les Caramels à un franc, Lucien Souny
Les Encriers de porcelaine, Albin Michel ; GLM
Le Domaine de Rocheveyre, Presses de la Cité ; GLM ; Pocket
Les Vignerons de Chantegrêle, Presses de la Cité ; GLM ; Pocket
Jours de colère à Malpertuis, Presses de la Cité ; GLM
Quai des Chartrons, Presses de la Cité GLM France Loisirs Pocket
Les Compagnons de Maletaverne, Presses de la Cité ; GLM ; France Loisirs
Le Carnaval des loups, Presses de la Cité ; GLM ; France Loisirs ; Pocket
La Tradition Albarède :
1. *Les Césarines*, Presses de la Cité ; GLM ; France Loisirs ; Pocket
2. *Grand-mère Antonia*, Presses de la Cité ; GLM ; France Loisirs ; Pocket

Une maison dans les arbres, Presses de la Cité ; GLM ; France Loisirs ; Pocket
Une reine de trop, Presses de la Cité ; GLM ; France Loisirs
Une famille française, Presses de la Cité ; GLM ; France Loisirs
Le Crépuscule des patriarches, Presses de la Cité ; France Loisirs
La Rosée blanche, Presses de la Cité ; GLM ; France Loisirs
L'Homme qui rêvait d'un village, Presses de la Cité ; GLM
L'Auberge des Diligences, Presses de la Cité ; GLM

Jean-Paul Malaval

LE NOTAIRE DE PRADELOUP

Roman

Romans Terres de France

PRESSES DE LA CITÉ

Production Jeannine Balland

ISBN 978-2-258-07932-8

1

18 et 19 juin 1963

Au dire du docteur Léontin, Lazare Bazin était rendu à ses derniers articles. On avait patiemment espéré quelque rémission, mais la vie du vieil homme semblait suivre sa pente inexorable. Et on ne pourrait mieux résumer la situation qu'en consultant le graphique que tenait Geneviève, la gouvernante : une ligne brisée descendante, dont les segments figuraient le décompte de ses pulsations cardiaques.

Lorsque la crise avait débuté, il y avait une semaine de cela environ, le pouls de Lazare Bazin battait à cent vingt, voire cent trente pulsations-minute. Désormais, le cœur courait à sa fin sans trop se hâter. Trente-cinq, trente et un... Le docteur avait ainsi conclu, par une métaphore éculée : « Notre Bazin s'en va paisiblement, comme une chandelle dont la flamme s'amenuise, rapetisse, peu à peu, faute de stéarine pour l'alimenter... » Fixant le médecin avec perplexité, comme chaque fois qu'on prononçait devant elle des mots savants, Geneviève s'était écriée : « Eh bien, docteur, il n'y a qu'à lui en fournir, au pauvre Bazin, de la *stérine* ! »

A peine sorti de la noble demeure notariale, du confinement des lieux soumis désormais aux volets clos, le médecin s'était empressé de colporter l'histoire dans le bourg de Galiane-sur-Sévère. « Si une malheureuse aspirine suffisait à vous éviter la mort, bon Dieu oui, ça se saurait, n'est-ce pas, docteur ? » avait répliqué Berthe Vizille, la mercière. Léontin s'était gratté la tête, un sourire béat au coin des lèvres. Arrivera-t-on un jour à mesurer la bêtise de nos gens ? J'ai passé les trois quarts de mon existence parmi eux à soigner leurs maux imaginaires, à noter leurs idioties dans un carnet, et cependant puis-je m'en plaindre ? C'est un bonheur simple que de vivre ici, heureux comme Dieu en France. Lorsque je veux muscler ma logique de rationaliste invétéré, il me suffit d'ouvrir quelques livres. Alors, il avait énuméré dans sa tête le nom de ses philosophes préférés : Erasme – dont l'*Eloge de la folie* le faisait hurler de rire –, Lucrèce – qui aiguisait son appétence aux choses simples de la vie – et enfin Kant – dont la pensée aiguë lui révélait la petitesse de son âme. Ces moments de lecture suffisaient donc à combler le vide qu'il ressentait à devoir vivre parmi les gens ordinaires.

A la vérité, la médecine l'avait préservé de lui-même, du complexe de supériorité qui guette tout individu en situation décalée dans la société. Le docteur Serge Léontin s'était tracé deux vies parallèles, l'une dévolue au malade et à la souffrance, l'autre à la contemplation. Sans doute eût-il été précieux de savoir si l'une et l'autre s'interpénétraient quelquefois, au point de déteindre sur l'art et la pensée chez cet homme. « Je soigne le corps de mon prochain, et ne me soucie point de son âme », avait-il coutume de dire en guise de défense. Le médecin ne voyait dans le regard du patient que la peur ou l'angoisse de la bête devant la mort. Et dans les yeux de

Bazin, il n'avait point cherché à lire quelque désarroi, ou quelque interrogation sur l'au-delà. Il lui avait dit, d'une voix calme : « Il faut vous préparer, maître… » L'homme avait hoché la tête, comme s'il acceptait, après tout, son destin. Et le médecin avait été satisfait de sa réaction. En voici un qui va partir sans faire de simagrées, avait-il pensé en lui prenant le poignet. Le pouls était son obsession. Puisque, dans le cas de Bazin, la médication ayant cessé d'agir, il n'était plus qu'à s'en remettre à l'impénétrable dessein des organes.

Madame Geneviève, comme on avait coutume de la nommer, était la gardienne du temple. Elle avait passé la moitié de sa vie à servir Lazare Bazin, plus encore à chasser les intrus de son étude, et même à contester ses jugements. Elle estimait son maître trop généreux, pas assez autoritaire, ou parfois indolent, sans caractère, sans à-propos, dépourvu d'une grandeur d'âme. Madame Geneviève avait une si haute opinion de sa personne qu'elle aurait souhaité que tous les humains fussent à son image, rigides, absolus, insaisissables et froids. Selon elle, la vie n'avait besoin que de cette catégorie de gens pour satisfaire l'ordre quotidien. Et tous les malheurs du monde, les crises, les guerres, les révolutions, d'autre origine que l'impéritie des élites. « Nos résolutions se noient dans une flaque d'eau », proclamait-elle souvent. Le notaire, qui éprouvait pour sa gouvernante un peu d'affection dans ses moments de lassitude, l'écoutait en opinant du chef. « Ma chère, je me le dis souvent, c'est une dame patronnesse comme vous qu'il nous faudrait à la tête du gouvernement. » Mais maître Bazin était si lâche que pour rien au monde il n'eût tenu tête à sa directrice. Elle menait sa maison à la cravache. Cuisinière, jardinier et domestiques filaient doux. Les ordres ne se discutaient point, et tout allait à merveille. Les repas étaient succulents, les massifs de fleurs bien tenus, la maison proprette et astiquée. Même les petits clercs tombaient sous la férule de la dame, au grand désarroi du notaire. Tant de zèle n'empiétait-il pas sur son autorité ? « Faites en sorte, ma chère Geneviève, que vos ordres s'arrêtent à la porte de mon étude. Sinon... » La gouvernante fondait en larmes, larmes que l'on savait de crocodile car nul ne croyait qu'un fort caractère comme le sien pût être affecté le moins du monde. « Je puis rendre le tablier si c'est ce que vous attendez de moi... Mais vous le regretterez, maître... Mon départ signera la débâcle... » Alors, pour la sempiternelle fois, Lazare Bazin jouait de son charme pour ramener sa gouvernante à plus de tempérance.

Le notaire avait décidé d'exercer jusqu'au bout son magistère, jusqu'au bout de ses forces. Je serai comme le comédien qui meurt en scène, se promettait-il. C'était une vision absurde de l'ordre qui le possédait, un ordre maniaque où la paperasse a le dernier mot sur la mort elle-même. Du reste, qu'est-ce donc, l'ouvrage d'un notaire, sinon remettre à l'endroit ce que la vie a déplacé ? Par testament, par succession, par héritage, par legs et par transmission des avoirs, il n'avait fait que cela toute sa vie, redistribuer les dépouilles aux héritiers, proches ou lointains, par-dessus les chagrins, les regrets, les remords. Quelquefois, aussi, solder les comptes de l'indifférence ou de l'égoïsme...

Au moment où Lazare Bazin avait ressenti, lui aussi, enfin, les forces le quitter, il n'avait pas eu le courage de l'écrire, son testament. Il s'était dit : Ce serait un comble, tout de même. Un manque de goût. Les cordonniers ne sont-ils pas les plus mal chaussés ? Surprise du chef. Oh, cher maître ! Ne vous sentez-vous point digne de cet acte final par lequel la vie triomphe et les biens se redistribuent ? Une petite prière sera suffisante, en forme de codicille : « Pour l'ensemble de mes biens : maison de maître, appartements, métairies, terres agricoles et titres divers, je m'en remets en définitive à la grâce de Dieu, au saint Hasard et à la cupidité des envieux, faussaires et autres corrupteurs qui hantent nos alcôves poussiéreuses... »

Dans la semaine qui suivit, hanté par ses noires pensées, maître Bazin invita sa gouvernante dans le bureau près de sa bibliothèque. Il y avait là cinquante années de dossiers, soigneusement répertoriés, classés selon l'ordre alphabétique. De belles successions en vérité, farcies de procédures querelleuses et fielleuses, de fausses écritures et autres filouteries savamment agencées... Devant ce mur de vieilles paperasses, Bazin se sentait à l'abri, comme dans un bunker. Il étendit ses longs bras à l'arrière, caressant du plat de la main la toile gris et noir des chemises dodues.

— Vous devez vous préparer à cette fatale issue...

La gouvernante poussa un cri. Bazin la contempla, incrédule. Un dégoût le gagna aussitôt. S'il est quelqu'un qui doit pleurer, ici, sur mon sort, c'est moi-même, se dit-il en lui tendant un mouchoir. Il ne supportait guère les pleurs. La vie ne méritait pas autant de sensiblerie.

— Oh, maître, je ne puis en supporter plus. Vous me mettez dans l'embarras.

Bazin baissa les yeux sur l'ombre du soir qui filtrait par sa haute fenêtre voilée. Il pensait : Je la connais, la diablesse. A peine mon dernier souffle jeté, nous nous empresserons à clore la lumière, à recouvrir les miroirs d'un voile noir, à encaustiquer les vieux meubles, à épousseter les fauteuils.

Il attendit patiemment que les larmes s'épuisent d'elles-mêmes, comme une mer qui se retire. Le visage blême, madame Geneviève osa enfin le regarder, droit dans les yeux. Il y avait de la harpie dans ce visage décharné et froid. Il la savait plutôt insensible à l'émotion, raide et glacée, comme la justice au moment des attendus du jugement.

— Vous allez préparer mon costume de cérémonie. Celui qui est un peu élimé à l'encolure. Ça ne fait rien. Les visiteurs n'y verront que du bleu. Ma chemise de soie blanche. Et mon nœud papillon bleu. De même, la pochette, bleue aussi.

— A petits pois blancs ?

— Vous plaisantez, madame Geneviève. Croyez-vous que je vais au bal ? Non. Nous resterons résolument, et pour l'éternité, dans le registre de l'austère. C'est un genre qui convient à la mort. Il donne à réfléchir, si vous voyez ce que je veux dire...

— Oh, maître, vous parlez de ça avec un tel détachement...

Bazin se mit à rire. Sans force aucune. La barre qui lui enserrait la poitrine depuis des mois se faisait plus pressante, comme une corde qu'un malin plaisant lui eût passée, sans relâche.

— Mes souliers vernis. J'y tiens particulièrement.

— Les neufs ?

— En effet. Ça ne ferait pas très sérieux, de vieilles semelles qui ont couru la campagne.

— Ne serait-il pas mieux que vous... Qu'on vous mette, par exemple...

Elle hésita, confuse. Ce n'était pas qu'elle craignît la mort. Elle avait officié, bien souvent, dans sa propre famille à l'habillage des disparus. Mais jamais au terme d'un conciliabule de cette sorte, au ton détaché et paisible qui rend la besogne encore plus mortifère.

— Dites voir, ma chère Geneviève. Auriez-vous une meilleure idée ?

Elle croisa les doigts contre sa poitrine. Bazin songea qu'elle ferait de même avec les siens, plus tard, quand le moment serait venu. Et il éprouva une sorte de langueur.

— Je ne sais pas si je dois... bredouilla-t-elle.

— Vous le devez, insista le notaire. Vous avez toujours été de bon conseil, ma bonne Geneviève.

— Je suggérerai donc qu'à la place de vos souliers neufs nous mettions plutôt vos babouches. Il en est des grises, toutes neuves, comme vous le savez, qui sont ravissantes...

Bazin se renfrogna, le visage empreint de gravité.

— Oh non ! Ce serait ridicule. Des babouches ! Quelle drôle d'idée. Pourquoi pas ma robe de chambre, tant que vous y êtes ? Ce ne serait pas une tenue digne d'un notaire. Comprenez-moi. Telles sont mes dernières volontés : de l'austère, rien que de l'austère, et toujours de l'austère ! Par l'austère j'ai vécu, dans l'austère je mourrai. Voici une bien belle idée. Ça nous ferait une épitaphe épatante, ne croyez-vous pas, madame Geneviève ?

La gouvernante détourna la tête d'un air outré. Il lui connaissait bien cette mimique. Elle lui était si familière, chaque fois qu'il proférait une idée loufoque.

— On grave tellement de bêtises sur le marbre des tombeaux que celle-ci en vaut bien d'autres.

Mais la fatigue aidant, la lassitude peut-être, à moins que notre homme n'eût à ce moment de la journée l'envie de rester seul avec lui-même, habile confrontation d'un esprit encore vif avec un corps usé, le notaire fit signe à sa gouvernante de se retirer. Madame Geneviève hocha la tête, résignée. Elle avait l'habitude de ce petit geste d'inflexion du bout des doigts. Il lui signifiait son éloignement, sans un mot de plus, bien qu'elle se sentît à cet instant en veine de révélations. Elle voulut partir à reculons, mais se ravisa parce que la couverture du lit avait glissé tout du même côté. Elle la remit en place, sous le regard sombre de son maître. Et pour montrer qu'elle tardait trop à partir, Bazin bascula la tête de côté. Je meurs avant terme, paraissait-il lui dire, je décède à la seconde si vous ne me foutez pas la paix...

La lumière tamisée du salon de maître Bazin invitait à la confidence. Surtout depuis la maladie du notaire. Dès le milieu de l'après-midi ça ne désemplissait plus. Les dames du Sacré-Cœur – ainsi surnommées pour leur dévouement au curé de la paroisse – étaient les plus fidèles d'entre toutes au rendez-vous de la compassion. Sans doute désiraient-elles être les premières à recueillir le dernier souffle du grand homme, les premières encore à offrir leurs condoléances. Depuis vingt ans, les dames portaient l'habit de deuil, des robes noires aux minuscules boutons couleur d'obsidienne, des chapeaux de paille de même teinte avec leurs voilettes de jais. Elles étaient à l'âge certain où les années ne comptent plus. Madame Louise Laroque, grande et sèche, avait enterré son mari fort jeune encore, mais n'avait pas jugé utile de refaire sa vie, bien que les occasions ne lui eussent pas manqué. Le teint pâle, la peau parcheminée et marquée de rides, elle affichait une certaine prestance avec ses colliers d'or et d'argent portant trois croix, trois deuils, trois malheurs et trois raisons d'espérer en la rédemption. Assise à sa droite, Germaine Jaffrée était tout le contraire côté physique – car côté âme les dames patronnesses se ressemblaient comme des sœurs jumelles –, petite et bien en chair, à l'étroit dans sa robe noire, le chignon tenu par des épingles d'argent. Elle avait usé abondamment du rouge à lèvres, celui-ci débordait sur la partie charnue de son menton. La poudre de riz farinait sa peau au point qu'on ne distinguait plus les ridules de ses joues. Madame Jaffrée était le sourire même de la vie dans son âge avancé, une sorte d'optimisme béat de veuve affranchie. Elle avait enterré son mari l'hiver précédent, après l'avoir guidé dans la mort avec une constance qui forçait le respect. Du reste, on la consultait souvent sur le sujet. A elle toute seule, madame Germaine eût pu écrire un guide sur l'art et la manière de réussir le grand saut. Mais elle réservait sa science au petit nombre de ses connaissances dignes d'accueillir la bonne parole. Quant à Francette Jacquemin, coquette femme, trop coquette pour être honnête, pensait-on le dos tourné, elle faisait partie du club pour distraire son temps. Ses fils la boudaient, des enfants indignes selon elle. Elle paraissait secrète bien qu'elle fût diserte. Ses conversations traitaient abondamment de choses futiles, comme si à l'ennui de l'existence il eût fallu de toute nécessité ajouter la vacuité des pensées ordinaires. Face aux trois dames patronnesses trônait l'abbesse dans sa superbe. Victorine Boisson, demoiselle de son état, était l'ombre du curé Merlier, la régisseuse des sacristies. Son œuvre consistait à veiller aux hosties, aux cierges, aux burettes, aux habits sacerdotaux... Rien ne manquait à l'ouverture des offices, ni les fleurs dans les vases ni l'encens dans les coupelles. L'abbesse accompagnait les chants du son aigrelet d'un harmonium. Elle faisait aussi le catéchisme aux enfants, les préparait, comme on disait, à la communion solennelle. Sa vision théogonique se limitait à un ascenseur qui monte les âmes au ciel. Pour le purgatoire, la cabine divine s'arrêtait à mi-parcours. Quant à l'enfer, il fallait descendre, forcément, au troisième sous-sol, dans les sombres abîmes. Sur la question, l'abbesse en connaissait un rayon. Elle tenait un petit registre, comme saint Pierre, sur lequel elle avait déjà couché les gens de Galiane, ceux qui tomberaient dans le trou sans fond et ceux qui s'élèveraient jusqu'à la voûte céleste. Selon ses critères d'évaluation, maître Bazin irait, lui, tout droit au purgatoire. L'ascenseur l'abandonnerait en chemin pour ses fautes terrestres. Mais, ce n'était qu'une supposition, elle réservait encore son jugement. Peut-être l'enfer, aux dernières nouvelles... On en apprenait tous les jours, depuis son agonie. Les langues se déliaient...

— La chair, voilà le grand hic ! fit-elle d'un air sentencieux.

— Vous exagérez, reprit Germaine Jaffrée en se tapotant les joues. Maître Bazin est un homme bon. Il a soulagé tant de misères de son vivant. Cela lui sera compté, vous verrez...

La moiteur du salon réveillait chez elle des suées malodorantes dont elle avait honte. Elle s'en voulait de porter un chemisier de coton blanc lui collant à la peau, alors qu'elle possédait dans sa lingerie de fines chemises de soie bien plus confortables pour limiter les désagréments de la chaleur. Mais au moment de se préparer, elle avait jugé qu'une cotonnade serait plus décente qu'un tissu léger et transparent.

— Nous ne verrons rien, ajouta Louise Laroque, nous ne verrons rien puisque nous serons à l'empyrée. Et je doute que Dieu veuille lui accorder son pardon pour toutes ces broutilles dont vous parlez, Germaine.

— Des broutilles ? s'écria l'abbesse. Révisez donc la liste des péchés capitaux. Le notaire possède tous les vices de la terre. Il les couve, les nourrit, et je ne parierais pas, très chères, qu'il n'en éprouve pas in petto quelque honneur...

Mademoiselle Boisson les énuméra tous, dans l'ordre, accolant à chacun d'eux quelques événements où le notaire avait failli. Elle possédait sur le sujet une mémoire redoutable. Elle n'ignorait rien des mille et un travers des gens du voisinage, à croire qu'elle en tenait une liste exhaustive.

— Tout ça, ces histoires, c'est des rumeurs, défendit Germaine Jaffrée. J'ai jamais ouï dire que maître Bazin ait volé de l'argent au vieux Lassalle en profitant qu'il perdait la mémoire, et encore moins qu'il ait eu des relations coupables avec la petite Saunier...

Louise Laroque haussa les épaules. Femme au long cou d'autruche, comme disait Bazin en parlant d'elle, elle se haussait en se trémoussant du buste.

— Le vieux notaire était vert comme un poireau. N'avez-vous pas vu, comme moi, sa manière de bigler les jolies femmes ? Comme ça, juste en roulant des yeux, à les détailler de pied en cap... Cet homme avait le feu dans la tête. Il brûlait du désir de les avoir, vous dis-je, toutes les péronnelles qui hantent la rue de l'Abreuvoir...

— Ah, les hommes, ajouta Francette Jacquemin. En connaissez-vous un seul qui soit insensible aux charmes d'une femme ? Moi non. Et qu'il pleuve ou qu'il vente, quand l'envie les prend, ça court au nid douillet. Moi, je pense....

Les dames se mirent à sourire. Cela les amusait que leur amie puisse exprimer à quelque moment la moindre chose sensée.

— ... je pense que dans cette affaire les femmes sont responsables à quatre-vingts pour cent. Ce sont elles qui les attirent, ces pauvres hommes dépourvus de défense.

Et dans ces moments d'extase, rit-elle, croyez-vous qu'ils songent à l'enfer ? Ils ne pensent à rien d'autre qu'à leur petite affaire...

L'abbesse porta la main en avant pour interrompre ce torrent d'insanités qui blessait son entendement.

— Il y a des hommes propres et honnêtes. Des hommes admirables.

— Comme notre bon curé, ajouta Francette. Il faut posséder la foi pour résister à la tentation. Car Dieu a créé la femme aguichante...

— Pour mettre l'homme à l'épreuve, ponctua Germaine.

Les femmes s'observèrent sans un mot. L'abbesse trouvait sans doute que tant de médisance n'était pas très chrétien, mais elle ne pouvait s'en empêcher. C'était au-dessus de ses forces de résister à la tentation de médire, de juger, de condamner sous le regard de Dieu, comme si chaque fois elle lui rendait justice sur la terre. Victorine se signa d'un geste rapide. Francette la zieutait discrètement, étonnée par ce flux de méchanceté dans lequel sa voisine aimait se draper.

— Vous rendez-vous compte, reprit-elle sans lever le regard de la tablette, que nous parlons de maître Bazin au passé, comme s'il était déjà mort ? Le pauvre homme, avec sa maladie de cœur. Ça me fait peur. Nous serons punies pour ces vilaines pensées.

— Quoi ? releva l'abbesse. Dire que maître Bazin ne volera plus son prochain, ne convoitera plus la femme d'autrui est une vérité. Là où il se trouve, c'est-à-dire dans son lit, à l'agonie, tout mal lui est ôté, toute envie d'accomplir de nouveaux péchés aussi. Le voici rendu à la vérité divine, prêt à recevoir les derniers sacrements...

La gouvernante entra dans le salon en portant un plateau chargé de porcelaine. Elle déposa sur la tablette les tasses, les sous-tasses et la tisanière. Madame Geneviève servit les visiteuses avec des gestes précieux et économes. Les dames du Sacré-Cœur se rapprochèrent ensemble en tirant leur siège. Le cercle se referma, à l'étroit. On goûta la verveine infusée et on la trouva exquise. Puis la gouvernante repartit vers sa cuisine et revint aussitôt avec une assiette de craquelins.

— Quelle jolie porcelaine ! nota Francette.

Madame Geneviève sortait rarement le service Royal Limousin orné d'un filet d'or et frappé de deux lettres majestueuses entrelacées : *LB*.

— Voyez-vous ça ! fit Louise Laroque. Ça en jette. La maison Pradeloup a les moyens, n'est-ce pas ?

La gouvernante se tenait droite, près de l'abbesse, l'œil attentif aux visages, aux regards, aux expressions. C'était sa leçon de choses de la journée.

— Cette porcelaine, interrogea Germaine Jaffrée, vous ne nous l'aviez pas encore montrée. Que nous vaut l'honneur ?

— En effet, mesdames, dit Geneviève, c'est le service Récamier. Mon maître n'aimait guère qu'on le sorte pour de petites collations comme celle-ci, mais voyez-vous, désormais je doute qu'il m'en fasse le reproche.

— En tout cas, nous nous sentons honorées, reconnut l'abbesse. Maître Bazin est un homme de goût, et je parierais fort qu'il serait ravi d'apprendre que vous avez désobéi à ses consignes.

La gouvernante hocha la tête. Elle n'aimait pas les flatteries, encore moins les hypocrisies des vieilles dames. Néanmoins, elle appliquait à la lettre les derniers ordres de son maître, recevoir les gens dignement pour qu'ils n'eussent aucun regret ensuite, au cas où l'agonie se prolongerait au-delà du temps raisonnable.

Comme madame Geneviève s'obstinait à demeurer debout, l'abbesse l'invita à se joindre à elles. Elle hésita, puis alla chercher le tabouret du piano. Les dames Jacquemin et Jaffrée lui firent place.

— Comment est-il ? demanda Francette d'une petite voix craintive.

Les oreilles se tendirent d'un commun accord.

— Ni mieux ni plus mal, répondit la gouvernante.

C'était une réplique bien rodée. Elle avait l'avantage de laisser les gens sur leur faim. Les bruits les plus alarmants s'étaient en effet répandus à Galiane-sur-Sévère, selon lesquels le notaire vivait ses dernières heures. On avait même annoncé sa mort prématurément au café Bournat. On avait trinqué à l'événement. « Le vieux filou ! avait dit Léon Chaussaguet. Il a fini de mal faire... » Mais, au soir, les cloches de l'église n'avaient point sonné le glas, ce qui signifiait que le bonhomme était toujours de ce monde.

— Qu'en dit le docteur ? insista Louise Laroque.

— Il s'éteint comme une vieille chandelle, répondit Geneviève.

— Ah, triste image, dit Germaine.

— Mais belle image, n'est-ce pas ? reprit Louise.

L'abbesse acheva son infusion d'une seule gorgée et reposa la tasse sur le plateau.

— Pour un homme qui a passé sa vie à l'user par les deux bouts, fit-elle, c'est plutôt bien vu.

Les dames restèrent rêveuses dans le silence du salon, avec des visages de prière.

Qu'est-ce donc qui décida Léon Chaussaguet à monter à l'hôtel Pradeloup ? Un pari lancé sur le coin du zinc, au bar Bournat ? C'était une habitude locale, à l'heure apéritive, d'émettre des défis. Les uns pour quitter leur femme ; les autres pour changer de patron. Chaussaguet, propriétaire terrien et cultivateur, n'avait qu'une idée, entrer dans la chambre de Lazare Bazin et lui dire, enfin, ses quatre vérités. « Presse-toi donc, avait insisté Irène Bournat, avant qu'il ne passe. Après coup, ce sera difficile de l'interroger... A moins de savoir faire tourner les tables... » C'étaient des paroles en l'air. Des propos gratuits. Personne ne savait au juste ce que Léon Chaussaguet voulait dire au notaire de Galiane-sur-Sévère. De toute urgence. Avant que le couvercle se ferme.

Ce jour-là, le propriétaire terrien de la Gabaudie, pesant un hectare et demi de vignes, trois de fruitiers, douze de pacage et vingt têtes de bétail, se mit sur son trente et un. Il se rasa de près, enfila son costume des dimanches, mit le feutre des mercuriales et chaussa ses bottines cirées. Pendant ce temps, sa femme le harcelait de questions. Mais Chaussaguet était de la sorte d'hommes taciturnes qu'une parole étouffe. Les mots, ce n'était pas son fort, encore moins les confidences. « La femme, disait-il en parlant de la sienne, comme si elle appartenait au genre commun, la femme n'a pas besoin de savoir. Car la femme cause à tort et à travers, et plus souvent qu'à son tour. »

La malheureuse l'accompagna jusqu'à la fourche du chemin, le pilonnant de questions, le menaçant d'ouvrir les clôtures et d'expédier les vaches aux cent diables. Et même de foutre le feu à la grange. De se noyer... Rien n'y fit. Chaussaguet était imperméable au chantage. Il avait fait tout le maquis de 42 à 44, tué son quota de Boches avant de tomber entre les pattes des miliciens. Eux non plus n'avaient pas réussi à lui tirer la moindre parole.

En montant la rue des Bouviers, Léon sentit ses jambes fléchir. La crainte lui brisait son élan. En effet, le notaire de Pradeloup était l'homme dont il se méfiait le plus dans le pays. Un seigneur dans son genre.

Pourtant, tu le trouveras au plus bas, dans son lit d'agonie, qu'as-tu à craindre ? se rassurait-il. L'approche du cimetière n'amollit-elle pas les caractères les mieux carénés ?

Chaussaguet s'arrêta à mi-parcours, appuyé au mur de la maison Duras. De là, on distinguait la fière demeure, derrière son parc et ses hautes grilles.

— Pradeloup, murmura-t-il. Coupe-gorge. Piège à benêts comme moi.

Il sortit de sa poche une fiole de gnôle et s'en versa une gorgée pour se donner du courage. Cent pas le séparaient de l'hôtel particulier. Il bigla l'enseigne dorée : *Etude de Maître Lazare Bazin.* Encore un gorgeon et hop. Il tira la sonnette.

L'affaire traîna en longueur. Avec le va-et-vient incessant de ces derniers jours, la gouvernante ne prenait plus la peine de sortir. Du reste, le portail restait continuellement entrouvert, jour et nuit. Ce détail l'enhardit à remonter l'allée, jusqu'aux marches déployées en éventail sur la façade. Il grimpa à la porte, sonna de nouveau. Madame Geneviève lui fit signe d'avancer.

— Qu'est-ce que vous voulez ?

— Voir maître Bazin. J'ai des choses à lui dire, de la plus haute importance.

La gouvernante le toisait d'un regard sévère. Elle savait que Chaussaguet n'était pas au mieux avec son maître.

— Il n'est pas visible, dit-elle. Ignoreriez-vous que...

Le propriétaire terrien de la Gabaudie torturait son feutre entre ses poignes.

— J'y suis j'y reste. Merde alors, je me suis pas rasé pour des prunes.

Il avança dans le couloir jusqu'à la porte du salon. Il y avait une douzaine de bonnes femmes qui montaient la garde : les dames patronnesses, la mercière de la rue Sainjon et quelques autres pleureuses du quartier. Ça parlait à voix basse, ça récitait des prières, ça chuchotait, ça soupirait de concert. Chaussaguet en éprouva un haut-le-cœur.

— On pourra pas me refuser ça, défendit-il d'une voix forte. Je suis un bon chrétien comme tout le monde, non ?

La gouvernante lui fit signe de baisser le ton. Mais Chaussaguet n'était pas sensible à ces subtilités. Il ne savait pas parler autrement. Fallait que les mots fusent, sans ménagement.

— Je le sais, bon Dieu, qu'il est malade. Et après ? Ça l'empêche pas de me voir. Croyez-vous qu'il a peur de moi, Lazare ? Nous sommes de vieux ennemis. Depuis des lustres. Ça remonte à la Libération, nos querelles. Je suis sûr que ça le requinquera de m'entendre. J'ai failli passer moi aussi, deux fois, fit-il en prenant à partie l'abbesse.

Victorine le toisait de haut. Un drôle de paroissien, ce Chaussaguet, avec ses bacchantes de mécréant. Elle tourna la tête de côté.

— Nous attendons monsieur le curé pour l'extrême-onction, dit Louise Laroque.

— Ça, je voudrais bien le voir. Bazin n'est pas homme à lâcher le morceau, même aux portes du paradis. Ce serait plutôt à Dieu de lui rendre des comptes.

Les dames se remirent à chuchoter devant leur tisane. On entendit à peine Victorine murmurer :

— Quel grossier personnage !

— C'est inconvenant, tout à fait inconvenant, insista Germaine Jaffrée. Alors que notre ami vit ses dernières heures derrière cette porte. Il a bien mérité un peu de calme, tout de même.

— Vivement que le père Merlier arrive. Lui, je vous le dis, il saura le remettre en place, le goujat, dit Louise Laroque.

Peu attentif à ces bavardages dans son dos, Léon faisait les cent pas dans le salon, l'œil attiré par la porte close donnant sur la chambre du notaire. Il se sentait le courage, au fond de lui, de la forcer séance tenante. Mais qu'est-ce donc qui le retenait ? Les dames du Sacré-Cœur ? La gouvernante ? Ou le souvenir d'un certain jour... C'était en 52 ou 53, lorsque Bazin lui avait intimé l'ordre de quitter son étude... « Faut-il que je fasse venir la force publique ? » Il avait dit ça, Lazare. « J'ai le droit pour moi. Et vous, je vous le promets, Chaussaguet, le tribunal pour outrage. Et pire encore, la prison... »

L'homme s'interrogeait encore, après toutes ces années : Aura-t-il ce courage-là, aujourd'hui, de me chasser comme un malpropre ? Un mourant qui se dresse dans son lit... Ça serait cocasse, tout de même.

Et vlan, sans crier gare, Chaussaguet poussa la porte interdite, la gouvernante sur ses talons, criant, hurlant, vociférant, et les dames à l'arrière, outragées, médusées, impuissantes. Une fois dans la place, le bonhomme se trouva pris à son propre piège. Il avança en chancelant jusqu'au lit du notaire. Un bonnet sur la tête, engoncé dans les coussins, Lazare Bazin semblait avoir rapetissé. Il offrait une si pâle figure que Chaussaguet hésita à poursuivre son projet. Mais le maître des lieux lui fit signe de se rapprocher. Et visiblement, cela l'amusait fort, cette visite. Le paysan chercha une chaise et s'assit à la tête du lit. Bazin fit quelques efforts pour se redresser, comme un nageur qui veut garder la tête hors de l'eau.

— Oh, maître, vous me faites de la peine, marmonna Chaussaguet. C'est donc pas des histoires, toutes ces choses terribles qui vous arrivent.

Lazare fit signe à sa gouvernante de se retirer. Elle n'était pas très vive au commandement et tarda, encore, à disparaître :

— Vous êtes sûr, maître, que vous n'avez besoin de rien ? N'hésitez pas à me sonner...

Puis, se tournant vers Chaussaguet, elle ajouta, d'une voix rude :

— Quant à vous, prenez garde à ne pas trop le fatiguer, sinon vous aurez affaire à moi...

Bazin éclata de rire.

— Voyez-vous ça ! On veille sur moi comme le lait sur le feu. Pourtant, je ne suis pas encore mort, que diable. Cela ne saurait attendre, certes, de l'avis même de mon médicastre. Mais les médicastres n'ont pas la science infuse. Quand ils n'arrivent pas à bout de nos maladies, c'est la mort qu'ils nous souhaitent. Dans le fond, la camarde finit toujours par leur donner raison.

Chaussaguet n'entendait rien à ce précieux discours. Un discours de notaire, pensait-il, est aussi confus qu'une prière de curé, et encore plus incompréhensible qu'une ordonnance de médecin. Chaque métier possède son jargon. Et lui-même, avec son patois de canton, ne faisait-il pas le malin dans les mercuriales pour flouer les maquignons ? Et pour montrer qu'il n'était pas plus bête que la moyenne, Chaussaguet lança à mi-voix :

— *Morta la bestia, mort lo veren*[1]...

1. « Morte la bête, mort le venin. »

Le notaire ne prêta guère attention à la réflexion, tout occupé à observer le visage de son visiteur. Dans le fond, la venue du paysan de la Gabaudie lui faisait une honorable distraction. Il ramena le drap sous le menton, posant ses grands bras le long du corps. Il eût pu se lever, enfiler une robe de chambre, et conduire le bonhomme dans la petite alcôve. Mais il trouvait plus grisant de le voir dans sa chambre, intimidé par le décor rendu douillet par l'excès de rideaux, de tapis, de voilages, de tableaux et de tentures. Il s'autorisa même à demander à son client de passage d'entrouvrir une des fenêtres pour faire entrer l'air du dehors. Les senteurs du parc lui manquaient depuis qu'il vivait au milieu des vapeurs d'éther.

— J'apprécie beaucoup votre visite, dit Bazin. Depuis tant d'années que nous sommes en froid, c'est un soulagement pour ma conscience. Je me dis fort justement que si monsieur Chaussaguet s'inquiète de ma santé, qu'en est-il des gens de Galiane ? Eux aussi, sans doute, sont en proie à des interrogations. Comme vous me voyez, cher monsieur le propriétaire terrien, ricana-t-il, j'ai encore tous mes esprits.

Chaussaguet remuait la tête, l'œil rivé sur le visage du notaire.

— Je vois que c'est pas encore aujourd'hui qu'on arrivera à s'entendre, fit-il.

Bazin fronça les sourcils et tendit une main qui retomba aussitôt, mollement.

— Voudriez-vous me rappeler votre affaire ?

Léon haussa les yeux au ciel.

— Comme si vous ne le saviez pas... Les terres et la grange de Paillardis... Ça vous dit rien ? Comment on m'a volé... Et comment on me vole encore. Moi, c'est honte de penser à ça. Et faut que je garde la tête bien tournée pour pas me pendre ou, pire, me tirer un coup de fusil.

Le notaire pinça les lèvres.

— Si vous ne parvenez pas à vous entendre avec votre frère, qu'y puis-je ?

— C'est un bâtard. Ma mère était aussi chienne que la Berlue de Massicot. Elle s'est fait engrosser par un des saligauds qui travaillaient chez nous. Du reste, ajouta Chaussaguet en dressant l'index, y a qu'à nous mettre l'un à côté de l'autre pour voir que c'est pas la même semence.

Lazare éprouva une immense lassitude.

— J'apprécie votre délicatesse à l'endroit de votre pauvre mère. Mais cela vous ressemble, ces horreurs de bon païen.

Léon baissait la tête. Il n'avait pas envie d'entrer, une fois encore, dans les détails. Mais ce partage avec le frère bâtard, il ne l'avait jamais admis. Et qu'on l'eût spolié, selon ses dires, de quinze hectares de bonne terre plus une grange en pierre de taille lui était resté sur l'estomac. Il avait engagé moult démarches auprès des tribunaux de Brive pour obtenir gain de cause, sans succès. Le père Chaussaguet ayant reconnu le frère bâtard, il n'était plus de contestation possible. Lazare rappela les attendus du jugement ; ceux-ci remontaient à l'année 49, autant dire que quinze ans s'étaient écoulés depuis l'affaire et que rien ne justifiait encore qu'on rouvrît le dossier.

— Mon père m'avait toujours dit : « Toute la propriété sera à toi. Tu es mon fils unique. Et je n'ai jamais voulu qu'il y en ait un autre... » Comprenez-vous, maître, ce que cette phrase signifie ? Qu'il n'a point touché ma mère depuis ma naissance. Et que, s'il est venu au monde ce polichinelle, on le doit à un étranger de passage.

Le notaire s'obligeait à conserver un brin de sérieux. Jadis, il s'était laissé emporter au point de chasser Léon Chaussaguet de son étude. Cette fois, la colère ne le prendrait pas. Pari tenu.

— Et qu'attendez-vous de moi, cher monsieur ?

— Que vous apportiez au dossier cette chose-là, cette preuve absolue...

— Qu'est-ce donc ?

Léon fouilla dans la poche de sa grosse veste de velours côtelé et en extirpa une feuille pliée en huit, soigneusement. Il la tendit au notaire avec précaution. Bazin prit son temps pour la déplier.

— Regardez dans la table de nuit, mes lunettes sont dans le tiroir.

Le paysan les lui tendit en se penchant sur le lit.

— Ne sont-ce point des choses vilaines que vous me donnez à lire ? demanda Lazare, soupçonneux. Des choses, reprit-il, que mon honneur réprouve ? Puis-je vous faire confiance ? Car si vous m'abusez, dans la situation où je suis, il pourrait vous en cuire. N'est-ce pas, Chaussaguet ? Voyez mon état. Je ne suis pas tout à fait apte à juger du bien-fondé de notre affaire. Tant de fatigue... Je vois que ça vous laisse indifférent... Vous vous dites : Le vieux Bazin est au plus mal, c'est le moment de lui faire avaler une couleuvre...

Léon fit mine de reprendre son document, mais le notaire résista. Doigts griffus comme des serres d'épervier, pensa le paysan. Si ça se trouve, faudra que je le force à me le rendre, foutredieu.

— Qu'est-ce donc ? interrogea Lazare. Dites-moi tout avant que je prenne connaissance de votre pièce.

— Une lettre de ma mère écrite avant sa mort. Des sortes d'aveux.

— Je crains le pire. Cela s'appelle un testament olographe. C'est bien cela, un testament olographe ? insista le notaire. Mais il eût mieux valu que cette volonté fût exprimée devant témoins. Pourquoi ne nous fut-elle pas communiquée avant sa mort, cela aurait apporté un brin de véracité... Ne pensez-vous pas ?

Chaussaguet tournait autour du lit comme lion en cage.

— Je vois bien que vous essayez de m'embrouiller les cervelles.

Le notaire ajusta ses lunettes et prit connaissance de la lettre. Pendant ce temps, Léon surveillait les réactions sur le visage. Mais ce dernier demeurait de marbre, glacé comme la justice. Quand Lazare eut terminé sa lecture, son bras se détendit comme un ressort.

— Alors ? s'écria Chaussaguet. Ça vous la coupe !

— Pauvre femme, marmonna Bazin. Au prix de quel chantage affectif avez-vous obtenu cette misérable confession ?

— Elle est venue spontanément. Ma mère ne supportait plus l'injustice qui m'était faite. Elle a voulu réparer avant de passer. Elle a écrit noir sur blanc que mon frère n'est pas mon frère, puisqu'elle l'a eu avec ce José Ignacio, ouvrier agricole. Si ça se trouve, elle a été prise de force. Et pour éviter le scandale, elle a gardé le secret. Ce Louis-Bâtard-Ignacio est et reste un étranger chez nous. Je demande réparation. Que les terres et la grange me reviennent, comme de juste.

Le notaire ôta son bonnet de nuit et le jeta au milieu de la chambre.

— Pourtant, il existe un acte de naissance, c'est-à-dire une pièce d'état civil incontestable, sur lequel figure la transcription suivante, que Louis est né de Gustave Chaussaguet et Léontine Berducat, épouse

Chaussaguet. Cet acte en fait votre frère, que vous le vouliez ou non. Pour casser ce document, il faudrait engager une procédure d'annulation en reconnaissance de paternité. Je doute que nous y parvenions. Après tout ce temps... Maintenant que les protagonistes sont décédés...

— Mais la lettre ! s'écria Léon.

— Une lettre bien tardive, qui sonne comme une repentance.

Léon Chaussaguet torturait son chapeau comme il se torturait les méninges.

— P't-êt' qu'un jour tout ça finira dans le sang ! fit le paysan. Je rendrai la justice moi-même. Y avez-vous songé ? Votre responsabilité...

Lazare Bazin se découvrait plein de mansuétude pour ce pauvre Chaussaguet. Il eût bien voulu prendre son désarroi à son compte, quitte à tenter quelques arrangements avec la vérité, bien que rien ne prouvât que Louis ne fût point le frère. Néanmoins, le temps n'avait rien arrangé. La haine persistait et persisterait, à cause de la promesse d'un père qui avait tellement désiré que son fils aîné fût le seul et unique héritier.

— Comment se portent les affaires de votre frère bâtard, comme vous dites ?

Chaussaguet était entré dans la plus vive des agitations. Son désarroi grandissait à mesure que la situation semblait lui échapper. Le paysan de la Gabaudie avait compris que Bazin ne changerait décidément jamais et que, contrairement à ce qu'il avait cru naïvement, sa maladie ne l'avait en rien amadoué.

— Ça végète. Ça tire le diable par la queue... Sur une terre qui ne demande qu'à prospérer. Dans le partage j'ai été lésé, volé comme au coin d'un bois. Et à qui dois-je cet exploit ?

Le notaire l'observait, pensif. Autant qu'il s'en souvenait, l'arrangement avait été conclu en défaveur de Léon Chaussaguet. Pourquoi ? Cela relevait de l'irrationnel à ses yeux. Une faute, une de ses innombrables fautes émaillant sa vie d'officier public. Sans doute, au moment de la succession des biens, avait-il été sensible à la gentillesse de Louis, face à un Léon Chaussaguet agressif, vindicatif et coléreux.

J'ai voulu lui donner une leçon, pensait-il. Et l'emportement dont je fus l'objet à ce moment de ma carrière a été la cause d'une flagrante injustice. Je l'ai accomplie en toute lucidité, avec le sentiment profond de mal agir, mais comment s'en empêcher lorsque l'on prend du plaisir à exercer son pouvoir discrétionnaire, derrière le paravent de la justice ? On s'y sent à l'abri, protégé par les règles, les lois, les décrets, les ordonnances...

Dans les années cinquante, où le notaire de Pradeloup avait accompli cette entorse aux règles déontologiques sur l'affaire Chaussaguet, il s'était senti conforté par la société villageoise tout entière. La famille de la Gabaudie avait si mauvaise réputation. On la jugeait querelleuse, chicanière. Quatre ou cinq générations de paysans en butte à l'animosité de la communauté. C'était cela, les Chaussaguet. Des gens à mâter de force et de plein droit – croyait-il. En définitive, le notaire n'avait été que l'exécuteur de cette détestation unanimement partagée.

Comment pourrais-je réparer ma faute ? songeait-il.

Son regard accompagnait le grand diable qui arpentait sa chambre à coucher.

— Mais vous ne lèverez pas le petit doigt. Non, insistait Léon. Vous resterez sur vos positions. Anéantir ce bâtard ! s'exclama-t-il. Faudra-t-il que je le fasse moi-même ?

— Oh, grand Dieu ! s'éleva Lazare. Ne faites pas cette bêtise. Vous le regretteriez tout le reste de votre vie. Car une fois la vengeance accomplie, que découvre-t-on devant soi ? Le vide, le néant. Et ce long silence qui vous dévorerait, mon cher Chaussaguet, comme un chancre. C'est la haine qui enferme l'homme dans son souterrain, pour ne plus jamais en sortir, par peur de voir la lumière, de croiser un regard, de toucher la vérité. Le mal est une prison sans issue. Et pire encore, on devient son propre gardien. On s'interdit de vivre, d'aimer, de croire...

— Eh bien, dites donc, maître, vous savez de quoi il retourne, vous ?

Le notaire chassa d'un geste le drap qui le recouvrait comme un linceul. Décidé, il posa les pieds au sol. Sa longue chemise de nuit lui tombait aux genoux. Chaussaguet s'amusa à contempler ses mollets de coq. Pourtant, il avança, chancelant. Léon voulut prévenir un faux mouvement qui eût versé le notaire sur le tapis, cul par-dessus tête. Mais il le repoussa. Il pouvait se mouvoir seul.

— Ce ne sont pas mes cannes qui font défaut mais la pompe, là, qui bat comme un vieux moteur poussif. Vous comprenez ça ?

Il alla s'asseoir devant le guéridon, puis invita Chaussaguet à le rejoindre.

— Je vais introduire la lettre de votre mère dans le dossier de succession. Nous y modifierons la date pour qu'elle paraisse avoir été écrite durant l'instruction du dossier. Lorsqu'un juge sera amené à réviser l'affaire, il la trouvera en bonne place. Mes successeurs pourront toujours dire que j'ai négligé d'en faire état au moment du partage. Ainsi, la faute me reviendra, comme de juste. Je ne garantis rien, mon pauvre Chaussaguet, mais c'est tout ce que je puis faire pour vous, un faux en écriture.

Le paysan se retira aussitôt l'affaire faite, rasséréné.

D'une injustice l'autre, pensa Lazare en voyant la porte se refermer. Si ce diable de Chaussaguet obtient gain de cause, on ne sait jamais, nous ferons de Louis un spolié de plus. Peut-on réparer un malheur par un autre malheur ? Existe-t-il une voie médiane raisonnable lorsque l'acharnement des hommes s'ingénie à confondre leur vérité et la vérité ?

2

Août 1940

Eteindre la TSF, obturer les fenêtres, chasser les journaux, pour que le chambardement du monde n'entre pas ici, songeait Lazare. Pourtant, il se sentait bien protégé dans son cabinet de travail, entre les murs de dossiers que le temps avait érigés. Un rempart de nobles causes, s'il en est, dans le commerce des hommes. Son regard fouillait la pénombre. L'ordre alphabétique par lequel les affaires étaient classées lui remémorait quelques noms. Il y en avait des plus ordinaires comme les Durand, les Dubois ou les Deschamps. Ceux-là pullulaient dans son capharnaüm. D'autres plus singuliers comme les Vilain, les Personne, les Joyeux... Sur ceux-là, on redoutait de mettre un visage. On se demandait si la mine était conforme au patronyme. Ainsi, monsieur Lion de Saint-Savère avait tout de l'agneau, l'affabilité, l'obéissance, ou la soumission. Et tel autre qui se nommait Secret avait été le plus loquace et discoureur qui fût. Il connut aussi un Duconot qui portait bien son nom, haut et fier. Et cela le ravissait encore, maître Bazin, malgré les années, tant de fois il fut tenté d'écrire *Duconard*, ou lorsqu'il disait à son clerc, le plus sérieusement du monde : « Aujourd'hui, nous avons un rendez-vous avec monsieur Ducon... »

Le petit clerc vint gratter à sa porte. Lazare cria d'une voix forte :

— ...trez !

Sigismond s'avança en ployant l'échine. C'était sa seule marque de politesse affectée en toutes circonstances. Les épaules basses et la mine chafouine. Le notaire lui fit signe d'avancer. Le jeune homme posa une chemise verte sur le bureau, devant son patron. Bazin aimait à toiser les gens ; il se sentait en tout point supérieur. Il était ainsi, depuis sa plus tendre enfance, un fier, un hautain, un indifférent. La détresse de ses concitoyens, le chantage affectif ou les pleurs parfois, et pire encore les coups de colère, les menaces, les invectives, toutes ces scories de l'âme qui traduisent l'impuissance d'être le laissaient indifférent. « Je hais la mansuétude, la compassion », disait-il volontiers autour de lui, sans complexes. Et même à sa femme, qui était chrétienne pour dix. « Un peu de miséricorde, un soupçon de charité ne gâteraient rien, Lazare, répliquait-elle. Vous ne le voyez pas, mais on vous hait à dix mètres. Vous inspirez la crainte. Trouvez-vous plaisir à rabaisser votre prochain ? C'est un péché... » Le mari se gaussait de sa petite femme avec ses excès de charité, comme le jour où elle vint lui demander d'accueillir quelques réfugiés dans une modeste maison dont ils étaient propriétaires à Saint-Savère. « Ça vous démange donc de dissiper nos biens ? défendit-il. Croyez-vous que nous n'avons pas assez de problèmes comme cela, avec cette guerre ? »

— J'ai rédigé l'acte dans le sens que vous m'aviez indiqué, maître.

— C'est-à-dire ? insista Lazare pour mettre son clerc dans l'embarras.

— Ne m'y obligez pas, maître Bazin. Déjà que j'en ai des suées...

Lazare éclata de rire. Il ouvrit le dossier et pointa l'article en question, le lut à haute voix, et le jugea parfait.

— Avec ça, mon petit Sigismond, il y a de quoi embistrouiller toute la smala Mayet. Les frères et les sœurs vont s'étriper. Voici qui fera nos choux gras.

Le clerc baissait la tête. Il n'osait dire sa désapprobation, mais elle se devinait comme le nez dans la figure.

— Quoi ? Sigismond ! Vous me trouvez aigrefin ?

Il ne répondit pas. Les lunettes rondes et cerclées de métal lui donnaient un air réfléchi.

— Reprenez-vous, jeune homme. Tout cela n'est rien à côté de ce que nous allons vivre. Les horreurs de la guerre seront au centuple de mes petites combines. Je suis un joueur. J'aime bien remuer les eaux troubles. Le fond de l'homme, monsieur Sigismond, est vaseux comme un marigot. En douteriez-vous ?

Sigismond jouait les modestes devant un tel homme, si rusé et pétri de certitudes, comme si un simple clerc de notaire ne pouvait au contact d'un professeur de cette trempe, docteur ès filouteries, qu'en prendre de la graine. Mais non, ce serait mensonge que de prétendre une telle chose, aussi mesquine ; il avait choisi l'étude de Lazare Bazin parce qu'elle était la meilleure dans le voisinage, et qu'auprès d'un tel génie du droit il parviendrait rapidement à gravir les échelons. Bientôt clerc de première classe. Il se frottait les mains rien qu'en y songeant.

— Mon maître en toutes choses, fit-il, comment pourriez-vous avoir tort ? Bien sûr que l'homme est ainsi fait, partagé entre le bien et le mal, sinon quel sens donner à la vie ? La créature se grandit et s'élève, ainsi, dans sa confrontation intérieure. S'il n'était ce duel, que serait l'homme ?

Le notaire le regarda, soudain, l'œil suspicieux.

— Tu n'en ferais pas un peu trop, animal ? Ne me prends pas pour un imbécile. Je suis conciliant... jusqu'à ce que la corde casse. Car alors, mon petit Sigismond, je te laisserais au courant, dériver, sans rien espérer de moi. Surtout pas une main tendue. Cela m'est insupportable de penser que l'homme doive être secouru une fois livré à la dérive. C'est le destin qui s'accomplit. Rien ne doit en dévier le cours, n'est-ce pas ?

Lazare lissait sa moustache. Il disposait d'un petit peigne en ivoire à cet effet. Et dans un miroir tenu à hauteur de son visage, il vérifia l'harmonie de ses traits, en tendant et détendant les muscles de la face.

J'ai de la chance, pensa-t-il, confiant et satisfait, je ne vieillis pas. Le temps glisse sur moi, sans éclats. Quarante-cinq ans et pas une ride. Parfait. Je suis comme le personnage d'Oscar Wilde...

Il en chercha le nom et ne le trouva pas, ce qui eut pour effet d'éveiller en lui un soupçon d'agacerie.

Pourtant, je n'ai conclu aucun pacte diabolique. Bien que...

Il se prit à sourire. Le droit est de nature diabolique, parfois. Comme un discours de sortilèges. Il endort, ensorcelle, jusqu'à ce que les mots se referment sur la proie. Vous avez signé, persisté et signé, c'en est fini. L'affaire est bien ficelée, sans appel.

Montrant quelques signes d'impatience, le notaire consultait maintenant sa montre de gousset. Le clerc consulta aussi la sienne et comprit qu'il ne lui faudrait pas s'attarder dans le bureau de son patron. Il demanda à se retirer, jurant qu'il ferait grand cas des conseils dont on l'avait gratifié. Craché, juré, il ferait encore un effort pour devenir plus inhumain que maître Bazin ; c'était entendu une bonne fois pour toutes, l'homme de justice et de droit ne se doit qu'à la rectitude au prix de tous les renoncements : la pitié, l'apitoiement ou la compassion. Heureusement, l'époque allait se prêter au jeu, satisfaire sans effort la cruauté, l'égoïsme, le mépris.

Sans perdre de temps, Lazare enfila son veston et rajusta sa cravate noire sur un col de celluloïd qui lui maintenait le menton haut. Il alla chercher à la patère du couloir son melon et descendit aussitôt dans le salon. Toute pomponnée, visage poudré de rose, lèvres fardées à l'excès, Adrienne Bazin attendait la messe de cinq heures. Comme elle n'aimait guère faire la conversation avec ses voisines de la rue des Bouviers, elle quittait l'hôtel Pradeloup au dernier moment. C'était le rôle qui lui convenait le mieux, du reste, celui de la femme pressée. Elle trottinait jusqu'à l'église sans tourner la tête à droite ou à gauche.

— Je prierai pour nos pauvres réfugiés, dit-elle à son mari.

— Ne nous oublie pas dans tes prières, tout de même, insista Lazare. La guerre ne nous épargnera pas non plus.

— Ne serions-nous point à l'abri du besoin ? Qu'aurions-nous à demander de plus à Dieu ? Nos enfants sont en bonne santé...

Elle se signa, machinalement. Adrienne croyait qu'une convocation de tous les instants de la force divine pourrait lui servir de paratonnerre. Cela lui faisait chaud au cœur d'interroger sans répit la Vierge Marie, comme si chaque décision de son existence, les grandes comme les petites choses du quotidien, eût dû s'opérer sous contrôle. Puisqu'elle avait perdu foi en son mari sur ces questions, elle s'en référait désormais à l'Esprit-Saint.

Elle disait : « Dieu est d'accord, je puis agir ainsi sans crainte... » Elle quêtait le pardon avec excès, préférant se croire coupable même lorsqu'elle ne l'était pas, afin de ne pas risquer la disgrâce des forces sacrées.

— Notre Georges est plein de force et de joie. Et notre petite Calixte a hérité d'un joli minois. Rendons grâce à...

— Je vous en prie, Adrienne, gardez pour vous ces simagrées. Ce n'est pas la peine de penser ainsi, à haute et intelligible voix. Cela est agaçant, à la longue.

A peine Adrienne eut-elle quitté le salon que le notaire descendit au garage pour s'installer dans sa voiture. Le jardinier Clary donna les trois coups de manivelle nécessaires, tandis que le notaire enfilait ses gants de cuir. On lui ouvrit les portes, et il démarra aussitôt, plutôt sèchement du fait que la pédale de débrayage était sensible. Il quitta Galiane par la route haute des vignerons d'Astardier. Cela lui faisait un petit détour pour retrouver la départementale de Saint-Savère, mais Lazare tenait à la discrétion. L'habitant de Galiane-sur-Sévère était plutôt fouineur de nature, prompt à faire des gorges chaudes du moindre événement. Et de par sa position dans le paysage local, personnalité de premier plan, prêteur-gageur, conseilleur, on avait tendance à surveiller ses moindres faits et gestes.

La Renault Vivaquatre parcourut les sept kilomètres séparant Galiane de Saint-Savère par la route des crêtes. En cet endroit, le paysage du bas pays corrézien déployait ses charmes sur tout le bassin de Brive. Les prés cernés par des lisières boisées étaient encore verdoyants grâce aux pluies de juin. Les paysans disaient volontiers que l'année 40 serait une année de foin, autant dire une année de rien. Mais Lazare se moquait bien des vieux dictons. Les agriculteurs menaient assez bien leur barque, que l'année fût abondante ou non, grâce à la polyculture ; les fruits, les primeurs, l'élevage, le tabac, les céréales, autant de cordes à leur arc qui leur assuraient bon an mal an un revenu substantiel. Quelques-uns d'entre eux étaient économes à l'excès, au point de venir placer leur argent chez lui, puisqu'il leur en offrait des bénéfices non négligeables. Bazin prêtait à dix ou douze pour cent, parfois plus, se réservant au passage la quote-part minimale pour ses frais d'écriture et son profit personnel. « L'argent désespère et se déprécie à ne pas trouver preneur », répétait-il. C'était une phrase magique qui réveillait, à chaque coup, l'instinct lucratif chez ses clients. Et chaque fois, le bénéfice usuraire de ses prêteurs se transformait en terres, en granges, en outils aratoires. Je fais le bonheur du pays, se disait Bazin. Je contribue à l'économie locale. Et tant pis pour ceux qui se font prendre par mes contrats excessifs. Quand les banques rechignent à prêter de l'argent à un client ne présentant aucune garantie, il finit chez moi. Et mes propositions le satisfont toujours. Bien sûr. A-t-il un autre choix ? Et qui mieux qu'un notaire se trouve apte à lui faire signer toutes sortes d'engagements ? Quelques bonnes terres en gage, une maison, un petit corps de ferme ? Je suis gagnant sur tous les plans.

Bazin méditait sur les temps nouveaux. La guerre, tout compte fait, lui serait une aubaine. Elle installerait un désordre propice aux commerces parallèles, aux crédits usuriers, aux reconnaissances de dettes prohibitives, sans que la justice s'en mêle, occupée pour l'heure à des affaires plus urgentes. Il conduisait à petite allure sur une route étroite, évitant les nids-de-poule, doublant les attelages avec précaution. La vie est précieuse et le temps n'a pas de prix, pensait-il. L'étude, dont il avait hérité de son père et qu'il avait fait fructifier, lui rapportait un bon pactole, au point de lui assurer tous les deux ou trois ans l'achat de quelques appartements à Paris dans les beaux quartiers. De même possédait-il une villa à Biarritz à la pointe de l'Atalaye, dont la location trois mois de l'année suffisait à l'entretien.

A quoi ressemble un homme heureux ? songeait-il. A Bazinus ! Bazinus, tel était le nom que ses ancêtres avaient conservé jusque sous l'Empire. Puis on l'avait francisé pour le rendre plus commun. Son origine germanique, Bazinus ou Basinus, eût été plus utile par ces temps que Bazin, mais qu'importe, il était de ceux qui voyaient dans l'effondrement du pays une sorte de punition rédemptrice. Mieux vaut l'occupation allemande que la victoire des bolcheviks, pensait-il. L'empreinte allemande sur notre vieille terre française sera salutaire après les errements du Front populaire. On nous enseignera le goût de l'ordre, le respect des classes, la puissance de l'argent, les valeurs de la famille et du travail. Et si Lazare n'aimait guère le Maréchal, trop vieux, trop baderne, il se disait que les événements finiraient par imposer des hommes nouveaux au caractère bien trempé comme il s'en trouvait dans l'Action française, patriotes et ambitieux.

Saint-Savère était une petite bourgade de cinq cents âmes. Les rues étaient sales, les maisons cernées par des encombrements de charrettes, de tombereaux, de charrues. On était occupé aux moissons. Des champs de blé doré s'étendaient sur le flanc sud des collines. Et Lazare ralentit pour les observer, ces hommes au travail que la guerre n'avait pas encore atteints. La signature de l'armistice avait engendré quelques illusions. Ça rappelait celle de 18, mais ce n'était pas la même chose. Celle de 40 signifiait la défaite. On allait subir la loi de l'ennemi, sans coup férir. Hormis les messes, les discours patriotiques, les rodomontades des vieux politiciens, il ne restait plus que la soumission en partage. Et nul n'avait envie d'y songer, à cette humiliation, puisque le Maréchal faisait figure de sauveur, qu'il promettait la paix et la mansuétude des conquérants.

A la sortie de Saint-Savère, il y avait une demeure en brasier rouge, cachée derrière son écrin verdoyant. Les deux marronniers encadraient la façade, deux arbres majestueux, bicentenaires sans doute, dont les plus hautes ramures dominaient la toiture d'ardoise bleue. Lors de sa première visite, durant l'été 32, il avait été séduit par ces monstres de verdure au point de jeter son dévolu sur la demeure et de l'acquérir un mois plus tard. La vieille dame qui la possédait avait accepté un viager. Elle était dans le besoin, et Bazin lui avait promis pour accélérer la vente de faire des travaux d'aménagement intérieur. Il tint assez peu sa promesse, mais qu'importe, puisque la vieille dame mourut l'hiver suivant. A vrai dire, Lazare ne s'était pas engagé à la légère dans la rente viagère. Il avait pris des renseignements auprès du médecin qui, piétinant son serment d'Hippocrate, l'avait assuré que sa cliente ne vivrait guère plus de deux années.

Le notaire entra par le chemin de côté et gara sa Vivaquatre sous l'un des marronniers. Il dérangea une famille de merles qui avait élu domicile dans les seringats. Pauvres merles, pensa-t-il en suivant leur fuite éperdue dans les fouillis d'arbustes, ce sera la guerre pour vous aussi lorsque la nourriture viendra à manquer... Bon Dieu, que je ne trouve pas un de ces petits paysans en train de poser des pièges, il aura affaire à moi. Si Lazare était d'ordinaire insensible aux tracas des pauvres gens, plutôt méprisant et fort peu charitable, il accordait toute sa pitié à la gente animale, les oiseaux communs mais aussi les chevreuils, les sangliers, les lièvres et lapins de garenne. Sur ses possessions de Galiane, dix hectares et un corps de ferme au lieu-dit La Jabote, il avait interdit les chasseurs et formé son métayer à les poursuivre sans relâche. « Allez donc chasser la racaille humaine ! » leur criait-il en exhibant un poing vengeur.

Clarisse attendait son visiteur dans le salon. Elle était assise dans un fauteuil crapaud, jambes croisées, fumant une cigarette. Lazare entra à pas de loup. Cela ne lui était pas difficile tant l'épaisseur des tapis étouffait tous les bruits. Mais sa surprise fut sans effet, la jeune femme ayant entendu le ronronnement de la voiture, le crissement des pneus sur le gravier de l'allée.

— Mon fou, ma folie ! s'écria-t-elle en se fourrant dans ses bras.

Dans l'étreinte, Lazare en perdit son melon. Il roula sur le tapis. Et de même le veston tomba à ses pieds. Elle tressaillait contre lui. D'angoisse ou de désir, il ne savait encore. Il approcha son visage de sa chevelure blonde, quêtant l'effluve léger de son parfum. Cela suffisait à réveiller son envie d'elle. D'ordinaire il la prenait sans plus attendre à l'endroit même où ils se retrouvaient, sur le sofa vert bouteille du salon, ou sur le tapis persan avec ses arabesques violines, ou contre la crédence de noyer. Parfois, ils poussaient le jeu jusqu'à s'aimer sous les lilas, sur un petit carré d'herbe tendre, loin des regards indiscrets. L'amour était un rite qu'ils accomplissaient très vite, comme une soif à étancher.

« Je te bois, je te respire, je te dévore », répétait-il.

Lazare était fasciné, ensorcelé, envoûté par la jeunesse de sa maîtresse. Elle avait à peine vingt et un ans, tandis que lui courait sur ses quarante-cinq printemps. Dans cette liaison, il y avait un doux parfum de scandale. Tout de même, Clarisse eût pu être sa fille, mais cela ne faisait qu'égarer son esprit, la différence des années et des générations.

Pourtant, cette fois, il n'y eut point ce déclic qui les transportait l'un et l'autre enlacés jusque dans la chambre. Il tomba à ses genoux, lui enserrant la taille. Et lorsqu'il voulut retrousser sa robe de fine mousseline rose et blanc, elle résista. L'homme se prosterna alors comme un orant, le front posé sur ses pieds. Il avait peur, si peur de ne pas la retrouver aussi passionnée qu'au jour où ils s'étaient rencontrés. Il avait peur qu'elle ne lui signifiât la fin de son rêve, peur de la perdre.

— Tu veux ta liberté ? Pourtant, pourtant, tu as tout de moi...

Clarisse caressait sa chevelure grisée par l'âge. Et il se releva pour plonger son regard dans ses yeux, car il savait, depuis le premier jour, qu'ils ne pourraient jamais lui mentir.

— Laisse-moi chercher la vérité ! supplia-t-il.

La jeune femme ne comprenait pas toujours ses mots mystérieux. Il parlait par énigmes, comme ces gens qui n'expriment leurs pensées que par ellipses. Elle essayait de combler les vides de ses phrases. Dans l'amour, cette manie faisait croître son désir, mais dans le doute, lorsque la passion s'interroge, cela sonnait étrange.

Il se recula pour l'observer.

— La beauté est cruelle, dit-il. Surtout lorsqu'elle a conscience de son pouvoir. Tu me tues. Puisque je ne peux te toucher. Là ! s'exclama-t-il en portant ses mains sur les seins à peine modelés sous le tissu lâche.

Elle le laissa fureter, sans le moindre encouragement. Son désir restait en panne. Pourtant, l'homme faisait tout ce qu'il fallait pour la ramener à lui. Ses doigts étreignaient son ventre, ses cuisses, froissaient le tissu sur la peau. Le glissement de la mousseline sur sa chair ferme offrait une sensation électrique. Pour un peu, il l'eût bousculée, versée sur le tapis. Mais elle était plus forte que lui, et ses gestes se contenaient à ne point la blesser, elle qui se rebellait. Il lut l'ombre d'une supplication dans ses yeux. Ne me force pas, disaient-ils, respecte mon désarroi. Et il attendit qu'elle se fût rassise dans le fauteuil crapaud, puis il vint, à genoux, poser son buste contre ses jambes qu'elle se refusait d'ouvrir. Il tenta de glisser une main entre ses cuisses, mais elles restaient serrées comme les mâchoires d'un étau. Alors, ses bras l'entourèrent, cherchant pour s'insinuer une petite place sur ce corps rétif.

Voyant combien son insistance semait la détresse dans ses yeux, il se retira enfin, dompté. Elle accueillit sa reculade avec une sorte de soulagement. Mais Clarisse, toute rouée qu'elle était au délicat langage des passions, lui décocha sa tristesse des jours sombres, comme une éclipse de lumière sur son visage. Lazare crut alors que son refus était dû à une force irraisonnée, indépendante de sa volonté même, et peut-être aussi passagère qu'une bourrasque sur un paysage d'été.

Il s'assit en face d'elle, en silence, captivé par sa beauté. Sa douleur s'estompa, peu à peu. Elle voudrait te montrer que son corps n'est pas un objet de plaisir que tu pourrais saisir à volonté, elle ne s'y prendrait pas autrement, se dit-il. La passion est étrangère à l'humilité, surtout lorsqu'elle s'affiche. Et la prière, la supplique, la déploration ne peuvent rien ; il n'est rien de sacré dans les mots de l'amour, rien de divin ou de céleste, contrairement à ce que l'on prétend dans les belles lettres. Tant de poèmes inutiles et néanmoins pétris de douleur. Comme si l'humiliation de soi, ou pire la mortification, la flagellation avaient l'avantage de nous rendre plus aimant. Au contraire, on aggrave notre situation. On s'amenuise devant une déesse qui ne veut plus de nous. Et si recours en grâce il y a ensuite, elle est le fruit de notre patience.

— J'ai des choses graves à te dire, dit-elle énigmatique.

Lazare dressa à peine l'oreille. Il était perdu dans sa douleur. Cela lui faisait l'effet d'être dans un dédale sans sortie. Il se fabriquait déjà une romance désastreuse. Deux années de bonheur sans nuages. Et soudain, le bronze de l'hiver comme un couvercle oppressant. Elle va me signifier son départ. Il me restera la maison vide et son odeur dans les draps, l'inépuisable murmure des mots peuplant les murs, les pièces. L'enfer, en somme.

Il observa les meubles du salon, un mélange hétéroclite de styles divers : bonnetières ajourées de rosaces, garde-manger provençal, bahut vendéen, crédence normande... Au fil du temps, Clarisse et lui avaient acquis ces trésors, sans ordre aucun, suivant seulement la pente de leurs coups de cœur respectifs. Tout le contraire de l'hôtel Pradeloup. Là, il n'y avait que du mobilier d'héritage, du Directoire, du Récamier, du Louis-Philippe. A la mort de son père, il n'avait rien touché, rien changé. Reliques sacrées des Bazinus et des Bazin. Que cela plaise ou non, l'hôtel Pradeloup demeurerait ainsi, longtemps encore, tant que la maison donnerait des générations de notaires, d'avocats, de magistrats. Aussi, en meublant la demeure de Saint-Savère, Lazare avait expérimenté le ravissement que procure la liberté dans son parfum d'interdit. Une maîtresse cachée dans un écrin de luxe et de volupté.

— Après ton départ, notre maison deviendra un musée, marmonna-t-il. La villa Clarisse. Ainsi baptisée, elle me restera la seule preuve de deux années de bonheur absolu.

La jeune femme l'écoutait, les sourcils plissés.

— Oh mon fou, tu voudrais que je parte ?

Les larmes dévalèrent sur ses joues. Il la fixait, pris d'émotion aussi.

— Ce n'est pas ce que tu veux me dire... commença Lazare.

Elle eut un sourire contrit.

— Je serai toujours à toi, mais...

— Mais quoi ?

— Je ne sais pas si tu voudras me garder telle que je suis, dans mon état.

— Quel état ?

Clarisse alla se lover contre le velours rouge de la fenêtre. Il lui suffirait juste de prendre le pli tombant du rideau et de le rabattre sur elle pour s'effacer de son regard. Ensuite, attendre le verdict.

Dans le contre-jour, il la distinguait à peine, bien que la lumière du dehors fût vive en cet été. Il se dressa pour la rejoindre, mais hésita. Il craignait qu'elle ne lui fît signe de demeurer immobile à sa place. Et qu'il s'agenouillât encore ne changerait rien à l'affaire. Et qu'il criât aussi, pleurât, vociférât... Clarisse était maîtresse de la situation. Elle en ordonnait les principes, en détenait l'issue. Cela le brûlait intérieurement, de n'être rien d'autre que l'ombre d'un amant, guettant son verdict.

— Je crois que je suis enceinte, murmura-t-elle. Te rends-tu compte ? Enceinte...

L'homme courut vers elle et la prit dans ses bras.

— Ce n'est donc que cela ?

Il la sentit molle, offerte à sa seule décision d'homme. Lazare n'avait point encore mesuré les conséquences de cet aveu. Il goûtait à son bonheur de ne pas se sentir proscrit. Cette raison extérieure à leur amour, si l'on peut dire, n'était rien, puisqu'elle ne remettait pas en cause l'avenir de leur liaison.

— J'aurai donc un enfant caché, voilà tout. Que m'importe. Je suis riche. J'ai les moyens de l'élever.

— Et moi ? Y as-tu songé ? Que deviendrai-je ? Fille mère. C'est un déshonneur, tout de même.

— Mais que crains-tu ? Je le reconnaîtrai à sa naissance. Je lui ferai une rente. A toi et à l'enfant. Vous vivrez ici, dans le bonheur. Et ce sera pour moi une félicité de vous rejoindre.

Clarisse se laissa conduire dans leur chambre, où ils se dévêtirent. Il voulait caresser ce ventre qui portait le fruit d'un amour adultère. Il l'embrassa, le mouilla de ses baisers.

— Mon fou, mon petit fou ! répétait-elle en pleurant d'émotion.

Après l'amour, Clarisse et Lazare descendirent dans le jardin pour se dorer au soleil, loin des regards à l'abri des hauts murs. Les merles étaient revenus dans les seringats et ils prirent mille précautions pour ne pas les déranger. Ils s'abandonnèrent dans des chaises longues sous le marronnier. La fraîcheur tombait des ramures dans le jour finissant. Ils se tenaient l'un près de l'autre, la main dans la main.

— J'avais pensé que tu ne supporterais pas cette idée...

— Quoi donc ? interrogea Lazare.

— Que je porte un enfant de toi...

Bazin écoutait sa maîtresse, gravement.

— Je me disais, poursuivit Clarisse, que tu me demanderais un sacrifice...

Il baissait la tête. Il se sentait lâche et honteux. En effet, l'idée l'en avait traversé. Il connaissait un médecin complaisant. Avec l'argent, tout est possible. Le meilleur et le pire. Mais il était trop tard pour sonder le cœur de Clarisse. A tout bien réfléchir, c'était sans doute la solution raisonnable. Du moins, celle qui lui aurait convenu. Mais c'était trop tard. Au risque de perdre son amour. Il est dans la nature du bourgeois, pensait-il de lui sans complaisance, de préserver le confort de son existence à tout prix. Mais le bourgeois, hélas, n'est pas à l'abri des passions et lorsqu'elles s'emparent de lui, le voici déstabilisé dans ses principes les mieux ordonnés. Devant Clarisse, se dit-il, je suis sans volonté, je suis faible, je tombe à sa merci. Ce serait erreur de croire que je suis touché, soudain, par la grâce, par la générosité. Ce sont des mots que l'argent n'aime pas. Et l'argent est et reste mon maître. En avoir, toujours plus, est une folie raisonnable. Elle m'a tenu, ma vie durant, dans l'espérance. Toutes les satisfactions m'ont été apportées par cette maîtresse-là, dévoreuse. Et Clarisse, tout de même ? Un amour, comme un accident de parcours sur un trajet sans fautes...

Il serra sa main avec force.

— Que désires-tu le plus ?

— Je souhaite le garder, dit-elle d'une voix teintée par l'émotion. Mais j'aurais compris que...

— On n'en parle plus, coupa Lazare. La question est tranchée. Tu l'élèveras comme un Bazin, dans les grands principes. C'est moi qui ordonnerai ce qui lui convient le mieux.

Clarisse parut résignée à ces propos. Loin d'en flairer l'aigreur, elle était trop heureuse de sentir qu'elle comptait pour lui un peu plus qu'une maîtresse.

— Je t'aime, Lazare.

Il ne répondit pas. Il disait souvent, à partir du verbe aimer : je t'aime bien, ce qui avait un sens restrictif. Je t'aime bien quelquefois, ou je t'aime bien dans certaines situations très précises. Mais le verbe aimer, dans sa bouche, n'avait jamais un sens absolu. Le je t'aime de la folie amoureuse, le je t'aime des passions exclusives, il n'en connaissait pas l'usage. Du reste, Lazare n'avait jamais dit à son épouse légitime qu'il l'aimait, ni bien ni beaucoup. Il avait dit au moment du mariage : « Nous formerons un beau couple et ensuite une famille. » Adrienne avait pleuré en l'écoutant. Elle n'attendait rien de plus de son mariage : un couple et une famille. L'amour charnel n'était pas leur fort. Il ne se préoccupait guère que sa femme eût du plaisir ni qu'elle fût heureuse dans ses bras. C'est pourquoi après quelques années de mariage Lazare avait pris une maîtresse. Clarisse fut celle-ci. Elle lui donna ce qu'il n'avait pas connu, puisque le mariage chez le bourgeois est une action raisonnable pétrie de principes. Elle lui donna l'amour charnel, le goût de la perdition, le plaisir interdit. Et maintenant, qu'elle lui offrît un enfant n'était pas dans son projet. Lazare se demandait, déjà, égoïstement, si Clarisse resterait désirable dans le rôle de la mère. Il avait espéré que sa maîtresse demeurerait l'éternelle jeune fille, vouée au plaisir des sens, attachée au rendez-vous de cinq heures.

Pour s'en revenir à l'hôtel Pradeloup, après avoir quitté sa maîtresse, Lazare Bazin contournait Galiane par la route longeant la rivière. Cela l'obligeait à un détour, mais c'était une prudence nécessaire. Rien ne devait laisser croire qu'il allait régulièrement à Saint-Savère, ces ruses faisant partie intégrante de son jeu de mari adultère. Il avait compris fort vite qu'un amour caché ne dure qu'à ce prix, car si par malheur la rumeur s'en répandait dans le pays, le choix serait vite fait. Un notaire ne peut tromper sa femme, trahir son serment de mariage. Un notaire se doit d'être exemplaire en toutes situations.

Parfois, notre homme arrêtait sa voiture à proximité du chemin de halage pour griller un cigare. Encore une tromperie pour charger son haleine de tabac avant de paraître devant sa chère épouse, puisqu'il était censé quitter une salle de jeu. Lazare possédait trois proches amis, fidèles et dévoués, prêts à se faire couper en quatre pour soutenir un alibi. Cette association de joyeux lurons était constituée pour les mêmes motifs, tromperies et mensonges en tout genre. Les uns et les autres se tenaient ainsi par la barbichette pour des histoires comme celle que nous venons de voir, mais aussi dans des affaires hélas plus sérieuses requérant des prête-noms. Jérôme Chabriard, directeur du Crédit national, Emile Lubert, expert en assurances, et Félicien Laumet, comptable et conseiller financier, faisaient partie du cercle de bridge où notre homme prétendait passer ses soirées de cinq à neuf.

De retour au bercail, le notaire prenait juste le temps d'embrasser ses enfants, Georges et Calixte, déjà au lit, avant de passer à table. Adrienne ordonnait alors à la gouvernante de faire servir le repas. Denise faisait son office comme une somnambule, sans un mot, par gestes économes. Pour ces raisons, on lui trouvait toutes les qualités. On la disait discrète, effacée, sans personnalité.

Madame Bazin l'avait choisie elle-même entre deux âges et plutôt laide pour éviter que son mari la remarquât. Au bout de six mois de mariage, Adrienne lui avait soupçonné quelque liaison ancillaire avec une petite paysanne dévergondée, aussi vite chassée d'une poigne ferme. Avec Denise, rien à craindre. Son genre vieille fille portée sur la religion la préservait de toutes les tentations.

— Avez-vous fait le mort, comme à votre habitude ? demanda Adrienne.

— Le mort ? répéta Lazare. Que voulez-vous dire ?

— N'êtes-vous pas abonné à ce rôle dans vos parties de bridge ?

Le notaire soupira profondément.

— Monsieur Laumet ne cesse de me dire cela à chacune de nos rencontres. Tellement vous êtes distrait, mon pauvre ami, vous vous retrouvez chaque fois sur la touche.

— Qu'importe. Nous ne jouons jamais d'argent.

— Encore heureux.

Après le potage, Lazare ouvrait son journal, histoire de se prêter une contenance. Mais ce soir-là, il fit semblant de lire, l'esprit encombré par l'annonce de sa maîtresse. Comment ai-je pu me faire prendre ? Un enfant. Et quoi encore ? Elle me tient, désormais, la petite garce, songeait-il. Mais le jeu en vaut la chandelle. Quelle bougresse, tout de même. Entre ses cuisses, j'ai l'impression d'être un homme.

— Que disent les journaux ? demanda Adrienne.

Denise servait le veau Marengo comme une automate. Du reste, les Bazin ne prenaient pas garde à ses manières rigides. Ils s'étaient habitués à cette froide distance qu'elle observait, sachant qu'ils pouvaient parler sans crainte devant elle, ce qui faisait dire à

Adrienne que la bonne était une perle. Lazare, qui la trouvait plutôt idiote, ne lui adressait jamais la parole, jugeant que les affaires domestiques revenaient à sa femme.

Lazare replia le journal et se mit à picorer dans son assiette.

— Il aura fallu que les Allemands rentrent dans Paris pour que naisse la Révolution nationale. Tous ces hommes autour du Maréchal ont des idées bizarres.

— Quoi donc, ça ne vous plaît pas, la Révolution nationale ?

— C'est le mot « révolution » qui me fait peur. J'y vois un grand chambardement sans issue. C'est un peu l'esprit de la loi constitutionnelle du 10 juillet. Elle a chassé la République et installé l'Etat français.

— Un bien ou un mal ? demanda Adrienne.

Le notaire fixait, songeur, les halos jaunes des appliques de la salle à manger sur le gris des tapisseries.

— Le nouvel Etat français n'aura qu'une alternative : respecter les clauses de l'armistice, c'est-à-dire se conformer au diktat allemand. Voilà tout. Le reste, c'est de la littérature.

— Mon Dieu, comme c'est compliqué.

Le notaire haussa les épaules. Il n'avait pas envie de parler. Il songeait à Clarisse. Il se disait : Quand donc pourrai-je enfin passer une nuit avec elle ? Une nuit pleine... Cela lui était arrivé cinq ou six fois en deux ans et au prix de fallacieux prétextes.

— Croyez-vous, Lazare, que les Français accepteront la défaite ? Je crains la guerre civile. Et ce fameux de Gaulle, c'est préoccupant tout de même. Voici un militaire qui quitte son pays en pleine débâcle, on le condamne à mort par contumace...

Lazare hochait la tête. Il n'était pas assez imbécile pour ne pas comprendre les motivations profondes du général de Gaulle. Et bien que l'heure portât à la soumission aux vainqueurs, il jugeait assez favorablement qu'un militaire de haut rang eût pu se rebeller contre l'ordre nouveau.

— Ne soyez pas si tranchée, ma chère. Hitler est un gangster, tout comme Staline et Mussolini. Notre époque a mis au pouvoir des chefs de gang.

— N'étiez-vous pas, jadis, pour l'Action française ?

— En effet. C'était mon péché de jeunesse.

— Et qu'est-ce donc qui vous pousse à vous méfier du Maréchal ? C'est un homme honnête et généreux, qui en impose.

— Une baderne galonnée entourée de jeunes loups.

La vivacité de la réplique surprit Adrienne, qui ne s'y attendait guère. Un mois auparavant, au moment de l'offensive allemande, son mari applaudissait ce coup d'éclat en jurant à qui voulait l'entendre que les Français obtenaient là ce qu'ils avaient cherché. Qu'est-ce donc qui avait pu adoucir sa position ? La file des réfugiés ? Sûrement pas. Et encore moins les premiers rationnements. Les Bazin, quelle que fût la durée de la guerre, n'auraient point à souffrir des restrictions.

Adrienne n'osa pas reprendre ses questions insistantes et le reste du dîner se poursuivit en silence. Elle sortit de table la première pour se rendre au salon, où elle avait l'habitude de prendre une infusion. Lazare, lui, demeura à sa place pour réfléchir. Je ne lui ai même pas demandé quand aurait lieu la naissance. Ni depuis combien de temps elle se trouvait enceinte. J'ai accueilli cette nouvelle avec fatalité. Sans poser les questions d'usage. Suis-je le père, au juste ?

Il écarta son assiette pour poser ses coudes sur la table. Les volutes de son cigare l'auréolaient d'une fumée bleue. Celle-ci semblait aspirée vers le plafond dans l'évasement vert jade de la suspension. Il regardait ses vieux meubles de famille, le vaisselier, les buffets, les chaises Régence, avec dégoût. Ici, pensait-il, je n'ai rien choisi. Tout me fut imposé. A moi l'hôtel Pradeloup et l'étude paternelle. A mon frère Geoffroy, distingué avocat inscrit au barreau de Bordeaux, le domaine familial de la Gerbert. « Ne croyez-vous pas, père, que notre arrangement est inégal ? » Il se souvenait encore de sa question audacieuse posée dans le cabinet de travail (celui qu'il occupait présentement). Le vieux l'avait toisé d'un œil noir par-dessus ses lunettes ovales : « Cela est ainsi, cela ne se discute pas. »

Lazare se servit un cognac et alla le déguster dans un fauteuil du salon. Il n'avait plus envie de lire les journaux ni d'écouter la TSF. Pendant des années sans doute, les nouvelles ne seraient pas bonnes. On allait résolument vers un temps de catastrophe. Mais cette perspective ne l'émouvait pas plus que ça. Le bourgeois est ainsi fait, il tenterait de survivre envers et contre tout avec des réserves de sucre, de farine, de pâtes, de riz... Néanmoins, il y aurait toujours de belles affaires à réaliser, des coups à monter, de l'argent à placer.

Et l'enfant, que deviendra-t-il ? Tant que la maison de Saint-Savère restera en dehors de tout ça, comme un havre de paix, rien à craindre, se dit-il. A moins qu'un jour, sait-on jamais, Adrienne ne se mette en tête de la visiter. Par exemple, pour y loger des réfugiés... Les curés ont de ces idées, pousser nos femmes à la générosité... De quoi se mêlent-ils ? Mais, tôt ou tard, il y aurait d'autres occupations plus gratifiantes, les dons au Secours national, les colis aux prisonniers... Bazin n'avait aucune idée de l'entraide, c'était une activité négligeable à ses yeux. Et que sa femme fût attirée par celle-ci correspondait à l'engagement de son adolescence dans les rangs des Jeunesses chrétiennes.

Puisque son mari se refusait à la conversation, Adrienne retourna à son roman. Elle lisait *Rebecca*, de Daphné du Maurier. C'était son heure d'évasion. Ainsi allait-elle peu à peu vers le sommeil. Au bout du silence, seulement troublé par le bruit des pages tournées, elle dirait simplement : « Mon ami, je tombe de fatigue. Vous ne tarderez pas à me rejoindre ? » Elle déposerait un baiser sur son front et ce serait tout.

Seul, enfin, Lazare se resservit un cognac. Par mesure d'économie, il ordonna à la gouvernante de réduire l'éclairage à l'essentiel. Il se plaisait dans la pénombre, une fenêtre ouverte sur le jardin, d'où montait la fraîche odeur de menthe. Le jardinier avait fauché les abords de l'allée, l'herbe coupée apportait une note poivrée en exsudant sa rosée de nuit.

On pourrait croire que la guerre n'est pas encore arrivée jusqu'à nous, songeait-il. Mais la présence des réfugiés n'est pas une illusion. Les magasins manquent déjà de marchandises. Une sorte de pénurie s'installe lentement, insidieusement. On parle de tickets de rationnement. C'est un signe intangible de guerre.

Lazare monta voir ses enfants. Georges et Calixte dormaient dans deux pièces voisines au bout d'un long couloir. Il alla s'asseoir près de sa petite fille et passa une main protectrice sur son visage.

— Vous aurez un frère ou une sœur, bientôt, murmura-t-il. Un enfant dont vous ignorerez l'existence, car je n'ai pas d'autre choix que de vous le cacher. Peut-être m'en voudrez-vous un jour de ma lâcheté ? Peut-être me détesterez-vous pour ce mensonge ?

3

19 et 20 juin 1963

Jugeant qu'il ne pourrait plus rien faire pour sauver son client, sinon l'assister jusqu'à la fin, le docteur Léontin proposa à Lazare Bazin ce soir-là un peu de lecture. Le médecin rangea son stéthoscope et son appareil à tension dans sa sacoche de vieux cuir noir sous l'œil amusé du malade.

— Avouez que je vous ai joué un vilain tour... persifla Lazare.

— Quel tour ?

— Déjouer vos pronostics.

— En effet, selon moi, vous devriez être mort depuis trois jours au moins. Mais la nature a ses secrets. Et la science, parfois, doute d'elle-même. Encore que, voyez-vous, elle finisse toujours par avoir raison.

— Dans mon cas, je vous l'accorde, elle finira par gagner. Mais annoncer à l'heure près l'issue fatale, l'instant suprême, là, vous n'en savez rien. Ce sont les organes qui commandent. Lorsqu'ils diront « Assez », je m'éteindrai comme la chandelle.

Bazin se redressa sur son séant, et le médecin l'aida à placer un coussin sous sa tête pour qu'elle fût relevée.

Cela le fatiguait, finalement, de devoir tendre le cou pour voir son visiteur, mais Lazare ne voulait rien perdre de ses réactions, de ses mimiques.

— La chandelle est une bien belle métaphore. La flamme qui diminue, diminue... C'est une image explicite. Du reste, elle a fortement impressionné ma gouvernante. Geneviève en a fait des gorges chaudes.

Le docteur se mit à rire en songeant au malentendu que sa phrase avait généré autour de lui. Il contourna le lit et vint se placer au chevet, livre ouvert. Son Lucrèce, il en débuta la lecture d'une voix grave, appliquée. On le sentait au comble du ravissement, l'œil brillant, le geste ample. Pendant ce temps, Lazare écoutait, attentif au moindre mot. Pour un peu il eût exigé plus de lenteur, mais il n'osait pas interrompre son médecin. L'enchaînement des idées chez Lucrèce était clair et limpide. On allait d'une déduction à l'autre, sans revenir sur ses pas, ni s'égarer dans des digressions qui, souvent, alourdissent la meilleure démonstration.

Quand il eut terminé sa lecture sur « les corps invisibles [1] », le notaire soupira profondément.

— Vous me faites grand plaisir, docteur. C'est une parole qui me rassure, dans le fond. Tout le malheur des hommes vient de la connaissance qu'ils ont de leur fin. Pour se rassurer, ils ont inventé Dieu, parce qu'ils ne parviennent pas à accepter l'idée de leur finitude, et qu'en définitive le corps meurt avec l'âme. Alors la mort n'est rien. Une dissociation des atomes qui nous composent. La nature est ainsi faite : tandis que Bazin meurt et que ses atomes se dispersent, d'autres se recomposent ailleurs et forment une vie nouvelle.

1. *De la nature*, livre premier.

— Tout porte à croire que, une fois morts, nous serons tels qu'avant notre naissance, dit Serge Léontin. Alors, à quoi bon nous inquiéter ? En quelque sorte, nous avons tous connu la mort, déjà.

— En effet. La vie reste alors une illusion. Et si je n'avais conservé en mémoire les jours heureux de mon existence, je pourrais dire que je n'ai pas existé. Et pourtant, soupira de nouveau Lazare, je m'accroche, je m'accroche, comme un noyé à son tronc d'arbre, espérant que mon pauvre corps délabré m'accordera encore un petit sursis. Ce serait tellement simple de suivre les préceptes de votre Lucrèce, d'ignorer la course à l'abîme, et de vivre ce moment comme s'il était aussi insignifiant que le jour où je fus à Rome, à Venise et à Florence pour voyage d'affaires... C'était en 52, ou 53. Je me sentais si bien dans ma peau qu'un instant je me crus éternel comme un dieu. Voilà bien un péché d'orgueil, comme aurait dit ma pauvre femme.

Le notaire essuya une petite larme éclose sous ses paupières. Serge Léontin l'observait avec tendresse.

— C'est son souvenir qui vous émeut à ce point ? demanda-t-il. Pourtant, elle n'est plus à plaindre. Et vous ne priez jamais pour elle, puisque vous ne croyez pas à la prière, n'est-ce pas ?

— Je songe à ces dernières heures partagées avec le curé Merlier. Lui, il ne lui lisait pas les poèmes de Lucrèce, mais les *Actes des apôtres*. Et ainsi crut-elle jusqu'à la dernière seconde que Dieu l'attendait dans son royaume. Elle mourut donc dans la béatitude. Avec votre Lucrèce, mon cher, je ne risque pas ce mauvais sort. Je sais que mon âme s'anéantira avec mon corps et que nulle force divine n'en jugera le bien-fondé après que j'aurai passé. C'est un soulagement de croire que je n'aurai pas de comptes à rendre, parce que ma vie, d'un point de vue chrétien, fut vouée au mal, à l'indifférence de mes prochains, et à toutes les turpitudes recensées par les Tables de la Loi. J'ai expérimenté tous les péchés capitaux et ne m'en suis, bien entendu, jamais repenti. Je refuserai le curé, bien que ma gouvernante veuille me l'imposer. Vous savez comment sont les belles âmes chrétiennes, toujours promptes à sauver le pauvre pécheur...

— Je pourrais lui parler si vous m'autorisez, proposa le médecin. Lui signifier vos dernières volontés...

Bazin eut un sursaut d'orgueil.

— N'en faites rien. Laissons chacun vaquer à ses vocations. Et ma dernière bonté se bornera à ne rien contrarier au profond secret des choses.

— « Ma dernière bonté... » reprit le docteur. Vous ne manquez pas d'esprit. En avez-vous eu beaucoup, à ce jour, de la bonté ?

Lazare tourna la tête de côté.

— Souhaiteriez-vous devenir mon confesseur ? Cela serait cocasse pour un épicurien.

— En effet. Je n'ai pas de disposition pour ça.

— Mais je fus un triste personnage, ma vie durant. L'argent a occupé tout mon temps. Comment en disposer plus que tout le monde. Vous comprenez ? Cela me vint précocement, ce goût de lucre. A cause de Geoffroy Bazin.

— Votre frère, avocat à Bordeaux, si je ne m'abuse ?

— Il fut toujours le préféré. Même au moment du partage. Mon père me déshérita honteusement. Je n'eus que ce misérable hôtel Pradeloup...

Serge Léontin éclata de rire. La demeure était sans doute le plus cossu, le plus vaste, le plus luxueux des immeubles de Galiane-sur-Sévère.

— Je devine ce que vous pensez, docteur, mais c'est une maison froide, meublée en rococo. J'ai toujours détesté le rococo. Toutes ces boiseries puent l'encaustique. Et aux étages, les pièces sont mal distribuées. Ou trop grandes ou trop petites. Pour moi, Pradeloup – nom ridicule s'il en est – est un lieu d'exil. J'y ai passé ma vie dans le dégoût des souvenirs. La haine que j'ai vouée à mon père m'a tenu lieu de religion. Une haine féroce qui a gâché mon enfance. Une détestation qui m'a privé de tous les bonheurs ordinaires. Alors, j'ai voulu acquérir des biens, souvent en piétinant les principes, souvent en faisant le malheur autour de moi. Mais savez-vous, mon cher, j'y ai pris aussi du plaisir. L'esprit a besoin d'exulter, dans le bien ou dans le mal. Moi, ce fut le mal. La bonté, je n'ai jamais eu l'occasion de la faire partager à mon prochain. Alors le mal fut mon activité principale. Car l'argent pour l'argent, mon Dieu non, quelle vulgarité. Vous ne pensez pas cela de moi, tout de même ?

Le médecin hocha la tête.

— Je crois que vous avez été malheureux dans votre vie.

— Oui. Sans doute. Je n'ai jamais aimé ma femme. Adrienne non plus, sans doute. Nous avons élevé deux enfants qui sont devenus nos caricatures. Georges, surtout. Quant à Calixte, j'ai cru qu'elle se sauverait à la longue de l'emprise Pradeloup. Mais non. Elle y retomba à la première occasion. Un mariage d'argent, sans amour, comme le mien. Comme cela est triste.

— Ils ne vous ont pas rendu visite ? Dans l'état où vous êtes, mon pauvre Lazare ?

— Madame Geneviève leur fait son rapport journalier sur mon état de santé. Ils en savent autant que vous. Le cœur, les reins, les artères... Tout cela est examiné à la loupe. Au premier fléchissement des ressorts, je puis vous dire, mon cher Léontin, qu'ils accourront ventre à terre. Mais je n'ai pas encore fait mon testament. J'hésite. Il ne me déplairait pas que ces deux-là s'écharpent comme des hyènes sur une charogne.

Le médecin lui prit la main et la serra, amicalement. Il était lui-même étonné des ressources dont le malade disposait encore pour exprimer sa rancœur. Depuis trois jours, Lazare Bazin présentait pourtant les symptômes les plus alarmants. Etait-ce l'ultime sursaut que l'on trouve souvent chez les incurables, comme si la dernière goutte de vie refusait à se rendre ?

— Ce pourrait être votre « dernière bonté », que vous leur évitiez cela, suggéra Léontin. Faites donc un testament équitable. Sinon, vous n'en tirerez aucun avantage. Vous ne serez plus là pour goûter à leurs querelles.

— Comme c'est dommage.

— Vous n'êtes pas sincère, releva le docteur, sinon vous eussiez agi différemment, comme le fit votre père en son temps. Ainsi auriez-vous assisté au spectacle, joui de la déconvenue sur le visage de votre fils...

Le vieil homme ferma les yeux. Il avait envie de réfléchir, mais simulait une fatigue soudaine afin d'éloigner Léontin.

— Je vois que, présentement, votre état est stationnaire et que ma petite lecture vous a fait plus de bien que n'importe laquelle de mes médications.

Lazare ne répondit pas. Et le médecin se retira aussitôt, sur la pointe des pieds.

En traversant le salon voisin de la chambre, Serge Léontin se fit alpaguer par la gouvernante. D'ordinaire, il passait à grands pas, l'allure pressée, afin de décourager les curieux qui faisaient tapisserie. Ce cercle de pleureuses lui hérissait le poil.

« Etat stationnaire, état stationnaire », répéta-t-il.

Geneviève l'accompagna au bout du couloir. Cela faisait partie de ses attributions, d'escorter les visiteurs jusqu'à la sortie. Résolue à obtenir d'autres informations sur l'état du malade, elle se plaqua contre la porte d'entrée.

— Faut-il que je prenne mes dispositions ? demanda-t-elle.

Léontin fixa la gouvernante, droit dans les yeux, hautain. Il n'avait pas envie d'exprimer une once d'amabilité. Pourtant, ce lui eût été aisé d'expédier trois ou quatre mots d'explication. Mais depuis qu'il connaissait son rôle d'informatrice auprès de la famille, la moindre confidence lui semblait malsaine.

— Quelles dispositions ?

— Vous comprenez bien, docteur...

Et elle joignit ses mains pour simuler la prière. Le geste lui parut d'une obscénité sans nom, au point qu'il détourna le regard. Sa main chercha la poignée de la porte qu'on lui refusait. La gouvernante revint à la charge.

— Pour cette nuit, ça ira, fit-il. Je lui ai administré mon Lucrèce. Ce qui le dispense du prêtre.

Geneviève offrit alors son air le plus bougon. Elle ne comprenait rien à ce langage. Mais elle libéra le médecin, sans autre formule de politesse.

Dans le salon, les pleureuses dégustaient l'infusion du soir. On faisait grande consommation de tilleul, de verveine et de camomille. Cela venait par tisanières entières. Pour la circonstance, Geneviève avait prévu de laisser le fourneau allumé sans discontinuer. Il n'y avait que Ramusat, le jardinier, qui n'était pas content, obligé qu'il se trouvait de fournir le bois de chêne par brouettée toutes les trois heures.

— Je ne crois pas que je resterai au-delà de minuit, dit Francette Jacquemin. C'est l'heure où je tombe de sommeil. A moins de prendre du café bien fort, mais cela me donne des aigreurs d'estomac. Et vous ?

Les dames du Sacré-Cœur se regardèrent de concert. Elles pensaient au malade, dont l'âme avait grand besoin d'être secourue.

— S'il venait à mourir sans le saint-sacrement ? s'inquiéta Germaine Jaffrée. Peut-être nous faudrait-il lui parler avant que...

Madame Geneviève entra à ce moment dans la conversation. Elle quittait juste le médecin et disposait des nouvelles de dernière main. On fit mouvement vers elle, l'abbesse en tête.

— Le docteur Léontin parle d'état stationnaire. Ce qui veut dire : ni mieux ni mal. Mais je le sens soucieux. Soucieux, repartit-elle, comme un homme qui n'est pas très assuré de son diagnostic.

L'inquiétude gagna l'assemblée. Néanmoins, on se replongea dans les sièges confortables que la maison Pradeloup avait mis à la disposition des veilleuses.

— Nous avons atteint ce seuil critique, dit Victorine Boisson, où la science s'incline devant le divin. Notre pauvre Lazare est en train de mourir. Nous nous devons de lui apporter le sacrement, sinon nous faillirions à notre mission.

Les dames hochèrent la tête. La gouvernante remplit de nouveau les tasses de porcelaine. On dégusta en silence, par petites lampées.

— Ne trouvez-vous pas curieux que les enfants Bazin n'aient pas donné signe de vie ? s'étonna Berthe Vizille.

— Que croyez-vous ? Je les tiens au courant, dit Geneviève. Madame Portenois, surtout. Elle téléphone matin, midi et soir.

— Et son frère Georges ? demanda Louise Laroque.

— Très occupé par ses affaires, savez-vous. Mais ils ne manqueront pas de venir à la première alerte, expliqua la gouvernante.

Le mot « alerte » fit sourire l'abbesse.

— Qui donc disait qu'il vaut mieux élever des chiens que des enfants ? reprit Louise.

— Il faut bien reconnaître que maître Bazin n'a pas toujours été comme il faut avec ses enfants, reprocha Francette Jacquemin. Il les a menés à la dure. Souvenez-vous, ces pauvres petits, pieds nus dans leurs sandalettes. A croire que ça n'avait pas un sou pour les habiller.

La gouvernante s'imposa de ne pas prendre part à la conversation. Elle savait trop de choses et à cette heure ultime on attendait d'elle des confidences. Mais elle avait appris à se taire pour conserver sa place.

Germaine quitta le petit cercle pour se dégourdir les jambes. Elle aimait bien contempler les trésors du vaisselier. Les faïences étaient toutes de belle qualité : barbotines aux fruits de l'été, assiettes Saint-Clément illustrées de coqs ou de roses, culs noirs et Moustiers pour les plus anciennes pièces datant du dix-septième ou du dix-huitième. Il fallait aussi y ajouter des bouquetières et des huiliers Renoleau, des vases Louis-Philippe... Adrienne avait voué une passion sans limite à ces objets acquis au long d'une vie. Et pour les mettre en valeur, la maîtresse de Pradeloup les avait installés sur un vaisselier en merisier de belle facture – picard ou flamand – avec surtout sa potière de Thiérache à cinq barres superposées.

Berthe Vizille la rejoignit près du meuble. Elle était peu sensible à la fameuse collection d'Adrienne ; « des nids à poussière », disait-elle. Elle appartenait à ce genre de personnes qui ne voient dans la valeur des objets que le travail qu'ils occasionnent à les bien entretenir. Toute sa vie, la mercière de la rue des Echauds avait eu à se battre contre la poussière, afin que ses ustensiles (cuivre, laiton, faïence, porcelaine, verre ou cristal) conservent leur cachet à la vente.

— Notre abbesse est en service commandé, chuchota Germaine. L'abbé Merlier l'a chargée de veiller sur l'âme de maître Bazin. Mais que savons-nous au juste des intentions du malheureux ? Peut-être n'est-il pas aussi religieux que nous le voudrions. Ce serait alors lui imposer une décision qui n'appartient qu'à lui-même.

— Je trouve bizarre que le banquier ne s'inquiète pas plus de la santé de son père. Se détesterait-on à ce point dans la famille ?

— Georges est un garçon secret, expliqua Germaine.

— Vous le connaissez ? demanda Berthe Vizille.

— Parfaitement. Il a fait carrière à Limoges, au Crédit national. Une bonne place de fondé de pouvoir. C'est lui qui s'occupe des relations avec les chambres consulaires. Monsieur roule avec chauffeur, que croyez-vous ? Et ce train de vie n'est pas du goût du vieux Bazin. C'est l'ancienne génération, pour qui un sou est un sou. Comprenez-vous, le notaire préférerait voir son fils économiser pour acheter des immeubles de rapport. Mais Georges est un poète, dans son genre. Il faut l'entendre dire : « On n'a qu'une vie, mon vieux père, autant en profiter au maximum... »

Les deux dames pouffèrent de rire.

— Pourtant, Georges Bazin devrait être reconnaissant à son père. C'est par ses bonnes grâces qu'il est arrivé au

Crédit national. Ce bon génie porte un nom : Chabriard, Jérôme Chabriard ! Le piston, ma chère. Chez ces gens, on se rend des services. A charge de revanche.

— Vous en savez, des choses... reprit Berthe Vizille. D'où détenez-vous tout ça ?

Elles se retirèrent vers le billard, là où la lumière ne donnait plus, comme si la pénombre favoriserait les confidences.

— De mon pauvre mari. Il était du même cercle. Toutes ces choses, ces manigances, ces petites combines, se concluaient dans le milieu étroit de la rue des Pénitents. Un minuscule appartement au premier étage, avec tout ce qu'il fallait pour faire la fête, discuter le coup, ripailler, boire, et que sais-je encore. Enfin, quoi, vous me comprenez, ma chère. Les hommes entre eux, c'est une vie de bâton de chaise.

— Franc-maçon ? questionna madame Vizille.

— Qu'est-ce que vous allez croire ? Des choses plus futiles encore. Le bridge, ma chère. Ça jouait des nuits entières. Quand ce n'était pas les parties de chasse chez les Coster, dans la Brême.

Madame Vizille avait posé les coudes sur le tapis du billard. Les boules d'ivoire occupaient un angle du jeu. Elle avait envie d'en déranger l'ordre, mais elle n'osait pas. Depuis que le maître était dans son lit, plus personne n'osait déranger un brin de poussière dans la maison Pradeloup. On attendait.

— Je ne savais pas tout ce que vous me dites. Comme quoi on peut vivre à côté des gens sans rien connaître d'eux.

Germaine éclata de rire.

— Des murs épais les protègent. C'est ainsi qu'on vit le mieux à son aise, caché.

— Mais il faut avoir les moyens, dit Berthe, rêveuse.

— Forcément. Les pauvres n'ont pas d'histoire, ajouta Germaine. Et personne ne vient les veiller au moment de rendre l'âme. Regardez notre abbesse. Elle espère que le vieux Bazin la couchera sur son testament.

— Vous croyez ? s'étonna Berthe.

— Merlier nourrit quelque espérance pour sa cure. Croyez-vous que les portes du ciel s'ouvrent toutes seules ? Il faut les y aider, n'est-ce pas ?

— Je comprends, désormais, pourquoi notre Victorine ne quitte plus le salon bleu, dit la mercière.

Elle se découvrait si naïve qu'elle eut honte d'elle-même. Suis-je bécasse, tout de même, se reprochait-elle, moi qui croyais à l'extrême dévouement de cette femme, alors que l'intérêt motive ses bontés. Et elle se souvint alors qu'on avait réservé le service minimal à la pauvre Denise Fanton, sans doute parce qu'elle n'avait jamais donné le moindre sou au denier du culte, bien qu'elle fût croyante et pratiquante, et serviable pour l'entretien de l'église.

— Et moi, quand je passerai, questionna Berthe, aurai-je droit à la veillée ? C'est bien réconfortant, tout de même, de savoir qu'il y a des âmes compatissantes à la porte de votre chambre, prêtes à accourir pour vous soulager.

Germaine partit d'un grand rire. Elle ne savait s'il y avait dans cette réflexion plus d'ironie que de naïveté. Mais le doute fut ôté lorsque Berthe se mit à rire, elle aussi. Les deux dames s'étreignirent amicalement. C'était amusant de communier de la sorte à la même idée, selon laquelle Dieu tout de même était loin de tout ça, de ces simagrées hypocrites, de ces visées mercantiles.

Lazare Bazin connut une nuit calme, sans étouffements ni battements de cœur intempestifs. En ouvrant un œil, il vit sa gouvernante au pied du lit, guettant son réveil.

— Vous avez craint de me trouver raide, ma pauvre Geneviève, dit-il. Mais ce sera pour une autre fois.

— Nous avons veillé jusqu'à deux heures du matin.

Elle annonça la nouvelle avec un air de triomphe. Cela parut flatter le bonhomme.

— De plus en plus tard, nota-t-il. Bravo. Quel extrême dévouement. Bientôt, vos dames passeront la nuit, sans désemparer. Je gage, ma chère Geneviève, que vous m'avez rendu une petite visite toutes les heures, histoire de vérifier si je respirais encore. Mais ma nuit fut aussi douce que possible. Ce bon docteur Léontin m'a lu une prose mécréante qui m'a redonné goût à la vie. J'attends avec impatience la suite. Peut-être cette fameuse page où Lucrèce affirme que les dieux ne gouvernent pas le monde.

— Qui est ce Lucrège dont vous parlez, maître ?

— Lucrèce, ma bonne Geneviève. Titus Lucretius Carus, poète et philosophe romain qui naquit cent ans avant Jésus-Christ et dont la bonne parole devrait être administrée à tous les agonisants. En ce temps-là, on savait mourir dignement, sans repentir ni espérance.

La gouvernante se signa longuement, comme elle le faisait chaque matin, devant son maître, marmonnant une prière pour chasser de la chambre tous les mauvais esprits que Bazin attirait à lui comme une lampe les lucioles. Il l'interrompit dans son occupation qui lui portait sur les nerfs :

— Ecartez donc ces rideaux et ouvrez la fenêtre en grand. Je veux voir mon jardin, et sentir les odeurs. Cela me rappellera des étés flamboyants, car je fus si heureux par ces matins calmes, à contempler la nature. Cela a du sens, le chant des oiseaux, le vent dans les feuillages de mes platanes, cette lumière qui enchante les couleurs de l'aube.

Elle obéit à regret. A reculons, pensa Lazare. Elle croit sans doute, la pauvre femme, que je dois prendre congé de ces bonheurs, un à un, pour m'enfoncer dans les ténèbres résolument. Comme si mes désirs étaient une insulte au monde, puisque la volonté de Dieu, ou de je ne sais quoi, exige de m'en séparer. Orgueil. Ineffable orgueil d'un homme qui refuse de s'allonger dans son cercueil.

Cette pensée renforça sa mauvaise humeur, jusqu'à l'instant où la gouvernante lui apporta son plateau. Un bol de potage. Deux tartines de pain grillé à peine griffées de beurre, une coupelle de compote et un petit verre d'eau.

Geneviève voulut guider sa cuillère, comme pour un enfant en bas âge, mais il repoussa sa main fermement. Elle pesta un instant, puis se ravisa lorsqu'elle comprit combien son attitude était incongrue. Lazare lui avait laissé accroire, lors de ses deux crises successives, que sa fin était proche et que, désormais, en fidèle domestique, elle pourrait prendre le dessus sur lui, commander à ses heures restantes. Comme il se sentait revigoré par sa belle nuit, il entendait reprendre pied dans son autorité.

— Ça n'a aucun sens, ces caprices, maître.

Bazin l'observa avec reconnaissance.

— Vous avez raison, Geneviève, je suis un vieillard grincheux. Pardonnez-moi.

Il lui fit signe de placer un oreiller sous sa tête pour qu'il pût se tenir droit.

— Puis-je vous confier une mission ?

— Une mission, maître... Quelle mission ?

— Vous allez dans mon bureau. Il y a une enveloppe adressée à maître Antoine Duquenoy, notaire à Brive. Ce courrier est urgent, vous irez le poster avant midi.

Geneviève alla chercher le pli et le montra à Lazare. Il confirma d'un hochement de tête. Elle observa l'adresse, soucieuse. Duquenoy était un ami du notaire de Galiane-sur-Sévère, plus que cela même, un homme de confiance.

— Vous ne me demandez pas de quoi il s'agit ?

Elle baissa la tête.

— Je préfère vous le dire, puisque vous l'ouvrirez quand même. Votre curiosité est sans limites, ma pauvre Geneviève. Je ne vous en veux pas. Je sais ce qui motive votre indiscrétion.

La gouvernante se tourna de côté pour échapper au regard insistant de son maître.

— Mes enfants ont fait de vous une espionne à leur service, n'est-ce pas ? Vous consignez heure par heure chacune de mes activités. Encore que celles-ci soient extrêmement réduites. Vous notez le nom des gens qui viennent me voir, les diagnostics de Léontin, et accessoirement les propos que je tiens. Et bien sûr sans discernement, ajouta-t-il pour lui-même en levant les yeux au ciel.

— Oh, maître ! Comment pouvez-vous croire une chose pareille ? Ça me peine. Voyez-vous, ça me vexe.

Lazare se mit à rire. Il prisait fort le feu aux joues, les gestes désordonnés de sa domestique, ces signes ne faisant que confirmer ses soupçons.

— Je vous jure que... insista Geneviève.

La gouvernante poussa un cri d'effroi.

— Ne jurez pas, vous iriez en enfer.

Le notaire se fichait bien, en vérité, que son employée de maison se fût tournée vers Georges. Elle espérait ainsi ménager son avenir, lorsque le bon notaire aurait passé de vie à trépas. Que lui a-t-on promis ? pensa-t-il. De la garder à son service ? De la maintenir dans l'hôtel Pradeloup pour veiller sur les reliques ? Promesse de Gascon, se dit-il. Une fois enterrée, la succession ira bon train. Cinquante millions à la chandelle. Moitié pour Calixte, moitié pour Georges. Affaire conclue.

— Vous direz à mon fils qu'à huit heures vingt minutes, fit-il en se tournant vers la pendule, j'ai adressé un pli à mon ami Duquenoy pour lui demander de prendre en main l'affaire Chaussaguet.

Elle fronça les sourcils, effaçant les quelques larmes qui luisaient sur son visage.

— Ce misérable bonhomme ! jura-t-elle. Tant de bonté...

— Me perdra ! railla-t-il. Au point où j'en suis, avouez que votre réflexion est cocasse.

Il soupira en fixant les ramures de ses platanes, la lumière dans le feuillage. La paisible atmosphère lui rappelait ses longues après-midi à Saint-Savère sous les marronniers, allongé sur une chaise longue. Sa main effleurait celle de Clarisse. Je ne savais pas combien j'étais heureux. Pourquoi faut-il le découvrir trop tard, ce que furent ces instants de ma vie ? Je croyais ne jamais en connaître la fin. Mais les plus belles passions meurent aussi, sans qu'on fasse rien pour en précipiter la fin. Elles meurent en silence, invisibles à notre attentive crainte, comme l'herbe qui pousse.

— Vous haïssiez ce Chaussaguet, autant que je me souvienne, repartit Geneviève. Et maintenant, vous lui déroulez un tapis rouge sous les pieds...

— Je veux réparer une injustice. Ce pauvre homme m'a ému, moi, l'indécrottable notaire de Pradeloup, fier, hautain et méprisant pour le faible. Si vous ne comprenez point, alors à quoi vous sert-il de courir à l'office de sept heures ? De prier ? De jurer fidélité à Dieu et à tous les saints ?

Geneviève prit l'enveloppe et promit aussitôt qu'elle accomplirait sa volonté.

— Merci, dit-il. Mille mercis.

Le notaire éprouva, soudain, du soulagement à se retrouver seul. Pour ce qu'il lui restait à accomplir, désormais, Lazare avait besoin de trois heures de tranquillité. Il quitta sa couche précautionneusement. Ses jambes le portaient avec difficulté. Sans doute ai-je trop séjourné au lit, se dit-il. C'est une position qui ne me convient guère. Peut-être faudra-t-il m'installer un fauteuil pour demeurer, le jour, dans la condition intermédiaire, ni debout ni couché ? Mais mon distingué médecin, admirateur des épicuriens, m'en donnera-t-il l'autorisation ? L'homme malade, forcément diminué, tombe dans une sorte de disgrâce par laquelle tous les médicastres de la terre en prennent à leur aise pour lui imposer leurs lois. Il n'est donc aucun profit à se montrer plus souffrant qu'on ne l'est, au risque de se voir priver de tout mouvement et, enfin, du moindre avis personnel, songeait Lazare. Cette position s'apparentant à celle du proscrit, nul ne s'étonne que vous ne jouissiez plus de votre liberté d'aller et venir. On vous refuse la moindre opinion sensée. Au contraire, on compte vos jours comme s'ils ne vous appartenaient plus, avec une sorte de déférence appliquée, quand on ne s'étonne pas de ne pas vous trouver au plus mal, à croire que la fin ne vient pas assez vite accomplir son ouvrage.

A l'aide de ses deux cannes, vieux objets de son père dont il s'était abondamment moqué, Bazin se traîna jusqu'au cabinet de toilette. Il eut toutes les peines du monde à desserrer le robinet de cuivre. Cette garce, maugréa-t-il, veut ainsi me faire comprendre que je ne puis vivre sans son secours... Néanmoins, il réussit à remplir la cuvette d'eau fraîche pour s'humecter le visage.

Toilette de chat, fort réconfortante, se dit-il. Ça mériterait cependant un bon bain afin d'effacer l'odeur des suées aigres. Misérable vieillesse avec ses effluences de peau morte et ses sécrétions répugnantes. Le corps s'abandonne comme la vieille écorce de mon noyer crevassé. Il mettra un peu plus de temps que moi pour tomber, mais lui aussi la mort le gagne, ramure après ramure. « Quand ça donne plus de bois sec que de fruits, c'est le signe », disait notre ancien palefrenier en pointant en l'air son doigt crochu, comme s'il en voulait au ciel de nous rendre la vie incertaine. Je disais alors, se souvint Lazare : « La vie brève ne fait qu'ajouter à sa beauté... Nous sommes pathétiques parce que nous sommes mortels. » Je disais cela avec un air de triomphe, propre au jeune homme qui s'adresse à un vieillard sans mesurer la cruauté du propos.

La toilette terminée, Bazin reprit ses cannes pour traverser sa chambre en diagonale. Il évita le tapis, si vieux et si usé qu'un rien y faisait des plis malséants où ses pieds s'emmêlaient parfois.

Que je m'affale comme un arbre mort, d'un coup, et ça serait le comble. Sans Geneviève, je ne reprendrais jamais pied. Et je ne veux pas de son aide. Me tenir seul, debout, comme la dignité l'impose à tout homme, voici mon effort.

Lazare parvint à la porte et tourna la clé. Il poussa un long soupir. Je suis isolé, sur mon île, pensa-t-il, donc libre comme le naufrageur qui a fait le tour de ses rivages et mesuré la petitesse de son exil.

Puis, trottinant sur ses vieilles jambes, Lazare entra dans son bureau. Le cœur a l'air de supporter l'effort, se dit-il, comme quoi la machine ne doit pas être épargnée jusqu'à l'ultime instant.

Assis dans son fauteuil Voltaire usé à la corde – deux générations de notaires en avaient patiné le cuir –, il posa ses coudes sur le bureau de noyer veiné, compta les taches d'encre qui s'étaient incrustées dans le bois, puis se mit à rire, doucement. Lazare Bazin exprimait ainsi son bonheur de retrouver le monde et sa surface sensible. Sa main courut sur les moulures, caressant les arrondis, le galbe des pieds, la marqueterie en pointes de diamant, les attaches secrètes avec ses queues d'aronde, ses chevilles ajustées. Il aimait le bel ouvrage des vieux ébénistes, et celui-ci, un bureau Louis XV, était une réussite d'une époque où l'on ignorait encore le clou et la colle. Il ouvrit son tiroir délicatement, en sortit trois plumes, un encrier de marque Herbin. C'étaient ses préférées, celles qui lui avaient apporté le plus de bonheur dans sa vie de gratte-papier. Le notaire est un écrivassier, à ses heures, tenté parfois par la fibre lyrique, mais qui s'en méfie comme de la peste, l'ouvrage administratif exigeant justesse, précision, clarté. Le contraire de l'usage littéraire, où les mots enflent sous les doigts.

Il tâta ses plumes en acier, une à une, et mit un peu de temps à choisir. Rien de tel qu'un petit essai pour se persuader, se dit-il. Et il trempa la première dans l'encrier, après qu'il eut posé un peu de sa salive sur l'acier amer. La plume sergent-major marqua trois mots : *Je soussigné Maître...* avant de griffer la cellulose et produire un pâté infâme. De rage, il la jeta dans la corbeille à papier, chiffonna la feuille avec la même colère. Il observa longuement ses mains ouvertes, cherchant à éteindre le tremblement qui les animait. Il y parvint, enfin, et de même à dompter son souffle, que l'émotion avait accéléré. Il respira profondément, à plusieurs reprises. Et ce flux d'oxygène sembla le rassurer sur lui-même.

Cette fois, il choisit sa seconde plume en fonction de son élasticité. Il aimait à forcer l'acier pour que les empattements de ses lettres fussent gorgés d'encre noire. Les mots allaient et venaient, jaillissant de son esprit. L'écriture était régulière et élancée comme une vague. Ça déferlait à toute allure, maintenant que le tremblement de ses doigts s'était estompé. A la sixième ligne, il sentit une douleur musculaire dans son bras, et comprit que sa dextérité à l'écriture s'était ankylosée à force de faire du lit.

Après qu'il eut écrit la première page, il s'arrêta soudain, la plume en l'air, pensif. Je dois nommer un chat un chat. Et pourquoi cela m'est-il pénible de le faire, en toute honnêteté ? Parce que j'avais juré de ne jamais rien abandonner par-devers moi. Rien. Un silence. Comme ces gens qui se suicident sans laisser un mot d'explication. Mais ce brave médecin m'a convaincu, avec son Lucrèce, que la vaine résistance de l'esprit ne produit que du néant. Et que je transcrive ou non mes volontés ne changera rien ni dans un sens ni dans l'autre, puisqu'elles ne seront que des mots posés sur un parchemin. Nul ne sera contraint de s'y conformer. Ou du moins leurs réfutations ne feront que me donner raison sur le sens des choses humaines, et prouver peut-être par le pessimisme que le mal mène le monde.

Lazare écrivit en lettres capitales : *MON TESTAMENT*. Puis il relut le long préambule qui contenait des précautions oratoires sur sa santé mentale. *Si le corps est déficient, l'esprit est vif et point corrompu par la maladie qui m'afflige.*

Sain d'esprit, poursuivit-il. Et pour montrer que son état était conforme à la description qu'il en faisait, il raconta l'étrange rapport entretenu désormais avec les philosophes épicuriens, grâce à son médecin, auquel il rendit hommage, mais aussi évoqua quelques autres textes lus récemment et qui l'avaient amené à réfléchir sur sa condition et à réviser ses jugements.

Le notaire s'amusait fort dans cet exercice auquel il était roué, du moins s'agissant des affaires des autres, puisqu'il n'avait jamais entrepris pour lui-même, durant sa longue vie, la rédaction d'un testament. En revanche, il en avait soutenu la rédaction chez un grand nombre de ses clients, lesquels, ne sachant comment le formuler la plupart du temps, allaient chercher midi à quatorze heures et s'égaraient, forcément, dans des considérations subalternes.

Du reste, Lazare ne fut pas loin de penser la même chose de son travail lorsqu'il eut achevé son préambule.

Moi aussi je m'égare. Pourquoi aurais-je à prouver que je suis sain d'esprit ? Ne me suffit-il pas de l'affirmer de ma plus belle plume pour en convaincre mes futurs héritiers ? A la vérité, le vieil homme connaissait trop bien son cher fils pour lui accorder la moindre confiance. Georges est sans doute un brillant administrateur, mais dépourvu de principes moraux, se dit-il. Adepte du vieil adage « la fin justifie les moyens », il ne manquera pas d'invalider mon testament, si l'une des clauses se place en travers de ses projets. Et faire valoir la sénilité du testateur sera une des parades classiques de notre bon Georges, pensa-t-il. Mais bon Dieu, je ne suis pas né de la dernière pluie.

A ce moment, Lazare Bazin décida de s'accorder un peu de récréation. Il se traîna avec ses cannes jusqu'à la fenêtre de son bureau, fit jouer la crémone et ouvrit en grand. C'était ce dont il avait le plus grand besoin, respirer le bon air de son parc. Son regard se porta sur les fruitiers, la tonnelle qui avait belle allure, puis, au plus loin, sur la lisière du bois, dans son bleu matinal troublant. La brume tardait à s'épuiser en cet endroit où le soleil ne venait guère avant midi.

Le jardinier passa sous la fenêtre et Lazare lui fit signe. L'homme demeura quelques secondes interdit, ne sachant s'il devait obéir à cet ordre. On l'avait instruit, ces jours derniers, de préparer les pelouses et les massifs pour l'événement. Ce pauvre Ramusat, lui aussi, s'attendait à la triste nouvelle. Et il accélérait l'ouvrage pour que les abords de l'hôtel Pradeloup fussent dignes des visiteurs qui ne manqueraient pas d'affluer dans la chambre mortuaire.

— Oh maître, ce n'est pas bien prudent... dit le jardinier en approchant, craintif.

— Avez-vous planté les boutures hivernées sur couche ? Les agérates, les pélargoniums, les gazanias, les centaurées blanches, les fuchsias, les dahlias... énuméra-t-il.

Ramusat se rendit compte soudain qu'il avait omis d'ôter sa casquette et la retira en hâte.

— Bien sûr, maître. Tout est en ordre. Vous pouvez dormir tranquille.

— Dormir ! Grand Dieu, voilà une bien belle expression, marmonna Lazare pour lui-même. J'ai autant envie de dormir que de me pendre... Ce pauvre idiot ferait mieux de sortir les azalées, les myrtes et les lauriers-roses de la serre.

Bazin lui demanda de se porter à sa hauteur afin qu'il n'eût pas à hausser le ton pour lui parler. L'homme s'exécuta en frottant ses mains terreuses sur son pantalon.

— Craignez-vous des gelées tardives ? Nous sommes à la Saint-Jean. Et l'été sera généreux cette année, vous pouvez me croire, Ramusat.

— Je vais le faire, maître. Aujourd'hui même.

— Ce n'est pas parce que Lazare Bazin est malade que l'on doit changer les habitudes. Vous savez, mon brave, je ne suis pas encore mort. N'écoutez pas tout ce qui se dit dans ce pays de racontars. Fiez-vous à votre instinct de paysan. Il n'y a rien de plus noble que l'instinct du paysan, celui qui n'écoute que le ciel, le vent, la pluie et le grondement des orages. Et gardez-vous, Ramusat, de ressembler à un citadin.

Mais le notaire parut, soudain, absent, figé par une réflexion qui faisait tempête sous son crâne. Lui allouerais-je ma belle villa de la pointe de l'Atalaye que ma petite Clotilde serait bien comblée ? Justice en vérité, pensa-t-il. Mais cela ferait désordre chez les petits Bazinus. Heureusement que ma pauvre Adrienne ne m'a donné que deux rejetons. Est-ce ma faute s'ils me ressemblent en tout point côté caractère ?

Revenu derrière son bureau, Lazare entreprit aussitôt le recensement de tous ses biens : maisons, appartements, terres, titres, actions et placements. La liste s'étendit sur deux feuillets. Et pour ce faire, il n'eut recours à aucune recherche, tant sa mémoire était active. A peine vérifia-t-il sur des feuilles de cadastre les numéros de parcelles dont il n'était pas très sûr. La moindre erreur entraînerait des complications sans fin : querelles, procès, expertises...

Lazare Bazin avait usé, bien des fois, de ces subterfuges pour tromper ses clients. Il était fréquent qu'il glissât volontairement une erreur de numérotation de parcelle dans un acte de succession. Le légataire, se pressant de signer l'acte, le plus souvent sans le vérifier, accordait droit à cette confusion. Ensuite, parfois des années après la succession, le légataire s'en revenait à l'étude faire corriger l'erreur ou l'omission. La réparation, bien que n'étant pas de son fait, lui était comptée de nouveau. Argent aisément acquis, pensa Lazare. Nous aurons été des champions dans le genre, mon père et moi, car j'appris tout de lui, les petites comme les grosses ficelles.

Quand il eut terminé le recensement de ses biens, Lazare prit un chiffon dans le tiroir de droite pour essuyer ses doigts souillés par l'encre noire. Puis il relut attentivement, ajoutant à la plume quelques corrections.

— Monsieur le fondé de pouvoir du Crédit national ne manquerait pas d'utiliser à son avantage la moindre erreur ou fausse interprétation. Comme on connaît ses saints, on les honore, marmonna-t-il.

Trouvant alors qu'il avait à réfléchir sur la suite de son testament, il retourna s'allonger sur le lit, sans même prendre soin de se délester de sa robe de chambre. Mais Lazare dut se relever au bout de quelques minutes en se souvenant, soudain, qu'il avait oublié de libérer la serrure de sa porte.

4

Août et septembre 1942

Le dernier orage d'août brisa l'une des branches maîtresses d'un marronnier. En s'abattant sur la toiture elle causa d'importants dégâts. Des trombes d'eau envahirent les combles, ainsi que l'une des quatre chambres de la maison. Les plafonds, les tapisseries, les meubles furent endommagés par ce déluge. Et durant toute la nuit, Clarisse ne put contenir comme elle l'aurait souhaité l'inondation. C'est alors que, au cœur de sa solitude, la jeune femme mesura combien elle était vulnérable et coupée du monde, puisque les consignes étaient de ne pas se montrer dans le village.

Tel fut le fait marquant de l'année 1942 à la villa Clarisse. C'est du moins ce que nota Lazare Bazin dans son journal. Les réparations furent rapidement engagées par un artisan local. Pendant les travaux, qui durèrent une semaine, le propriétaire contraignit sa maîtresse et sa petite Clotilde à séjourner à Brive, à l'hôtel Cotton. Le séjour fut des plus agréables. Pour une fois, ce furent de véritables vacances. La mère et l'enfant passaient des journées à se promener par les rues, à visiter les grands magasins, comme La Ménagère ou Conchon-Quinette, à flâner dans les jardins de la Guierle, à s'attarder aux mercuriales de la place de la Victoire, à fouiller dans le bric-à-brac du marché du Civoire. De temps à autre, Clarisse allait aussi prendre une collation dans un salon de thé de la rue Majour. Les jours s'écoulèrent sans histoire, sans que Bazin vînt prendre de leurs nouvelles. Après tout, elle s'était habituée à son absence. Cet homme que j'aime, comment se fait-il qu'il ne s'inquiète pas de moi, se demandait-elle, lorsque je ne suis plus là pour l'accueillir de cinq à neuf ? Ne suis-je donc qu'une maîtresse toujours disponible pour le satisfaire ? Singulièrement, l'intermède briviste avait abondamment contribué à armer en elle une réflexion qu'elle n'eût point eue dans sa villa de Saint-Savère. Lorsque l'on a le nez collé sur ses problèmes, on ne voit rien, il suffit qu'on prenne un peu de distance pour que tout s'éclaire enfin.

Au retour, Clarisse céda à une crise de nerfs. Elle n'avait pas supporté qu'un si banal événement les contraigne, elle et sa fille, à se cacher comme des réprouvées.

— Je n'en peux plus d'être considérée comme un fantôme dans ta vie, reprocha-t-elle à son amant.

— Je ne pouvais pas vous faire prendre le moindre risque... se défendit-il.

— Quel risque ?

Lazare resta les bras croisés devant cette tempête.

— Le risque, répéta-t-il. Le risque, quoi. Je ne veux pas te faire un dessin.

Clarisse tenait sa tête enserrée entre ses poings. Et sa colère explosa, soudain, agitant sa chevelure en tous sens. Il voulut la calmer, mais son geste n'eut pour effet que d'amplifier la fureur de la jeune femme.

— J'ai bien compris. Tu as peur que ta femme découvre ta double vie ! hurla-t-elle. Et alors ? Ce serait un bien, non ? Clotilde et moi, nous existons, tout de même ! Ne faisons-nous pas partie de ton existence ? A moins que tu ne veuilles, ainsi, toute notre vie, nous retenir recluses à Saint-Savère. C'est de la démence. Comment ai-je pu accepter cette situation ? Par amour. L'amour est une folie. Il faut en payer le prix, un jour. J'ai bien compris ça. Et toi, Lazare, tu restes là, immobile, silencieux, les bras croisés, comme si ces basses questions domestiques ne pouvaient t'atteindre. Mais tu dois prendre une décision pour nous deux. Dire enfin ce que tu comptes faire de nos vies. Sinon, je nous tuerai, moi et ma fille. Je me tuerai. Entends-tu ?

Le notaire de Pradeloup l'observait de sa froide hauteur. Il ne parvenait pas à prendre au sérieux ce chantage affectif. Il se disait : La vie d'un couple est comme un match de boxe : qui portera le coup fatal ? Mais avant, on passe beaucoup de temps à s'observer, à se jauger, voire à s'intimider.

— Pourquoi ne nous aimons-nous plus comme avant ?

Elle pleurait dans ses poings fermés, reniflait, gémissait.

— Pourquoi ? insista-t-il. Il me semble parfois que notre passion a changé à la naissance de Clotilde.

Clarisse releva la tête, les yeux exorbités par la colère et la rage impuissantes.

— Sors d'ici ! Je ne veux plus te voir !

Lazare se retira dans le jardin, derrière la haie de troènes et de seringats. Il marchait dans l'herbe haute, écartant les branches qui avaient envahi l'allée. Cela faisait deux ans au moins que Clarisse n'entretenait plus le jardin. Ce goût des haies bien taillées, des pelouses tondues, des massifs désherbés, l'avait quittée aussi à la naissance de l'enfant. « Fais donc venir ton jardinier à Saint-Savère, avait réclamé la jeune femme. Moi, je n'ai plus le temps, entre les biberons, les lessives et le maternage. » Bazin avait levé les bras au soleil : « Pour que Clary raconte partout que j'entretiens une maîtresse... »

L'emportement de sa maîtresse n'était pas de nature à l'inquiéter. Bazin avait traversé avec Clarisse d'autres crises de cette sorte. Celles-ci avaient duré une heure, un jour, mais jamais plus de deux. Ils se réconciliaient ensuite avec quelques gestes amoureux. Ces mésaventures faisaient partie du quotidien. Si tu avais pu, mon pauvre Lazare, t'éviter cette naissance, c'eût été parfait, se reprochait-il, jugeant son comportement coupable. « Jamais d'enfant avec les maîtresses, disait Laumet. Sinon tu quittes... C'est bien assez de complication dans le cercle familial sans en rajouter. » Certes, Laumet avait raison, mille fois raison, mais l'accident était arrivé, il n'avait su y faire face avec les grands moyens. Cette négligence, au fond, lui ressemblait assez : plutôt intraitable dans les affaires et désarmé côté cœur.

Tout en réfléchissant, le notaire fit trois ou quatre fois le tour de la villa d'un pas nonchalant. Bazin n'était point homme à se flageller plus que sa nature ne le réclamait. Il avait le pardon facile pour lui-même, préservé par son égoïsme. Bientôt, il se découvrit tellement de qualités qu'il reprit espoir en lui. Pourquoi te plains-tu ? Tu as une jeune maîtresse à ta disposition. Tu la loges, la nourris, la blanchis. Elle se rebelle quelquefois. Certes, c'est dans l'ordre des choses. Et ça fait cinq ans que ça dure. Cinq ans que le secret est bien gardé. Comment ai-je pu faire pour qu'elle n'éclate pas au grand jour, ma liaison ? C'est du talent, tout de même. D'un certain point de vue, je le dois à la guerre. Sans elle, Adrienne aurait découvert le pot aux roses, ma double vie, pensa Lazare. La guerre, se répéta-t-il. Providentielle guerre. Et il loua tout ce qu'elle lui avait apporté : argent, affaires, secrète existence... Et tout ce qu'elle lui apporterait à l'avenir.

Lazare entendit des pleurs de Clotilde qui jouait dans sa chambre. Il monta les marches quatre à quatre pour la rejoindre. La petite avait laissé tomber sa girafe entre le mur et le lit. Le père la récupéra et la lui rendit.

— Petite maman ne s'occupe plus de toi, dit-il en la prenant dans ses bras. Et cette barrière qui n'est jamais fermée. Un jour tu dégringoleras les marches, ma pauvre enfant. Tu ne tiens pas encore bien sur tes jambes.

Il la descendit dans le salon et la posa sur le tapis.

— Qu'est-ce que tu crois, mon pauvre Lazare, qu'elle t'a attendu pour se débrouiller ? C'est moi qui lui ai appris à marcher. Et à descendre l'escalier en s'asseyant sur chaque marche et en se tenant bien à la rambarde.

Lazare avait exprimé ces reproches à dessein, histoire de culpabiliser Clarisse. Mais la mère se leva de son fauteuil pour asseoir sa fille sur ses genoux.

— Regarde ton papa, ma pauvre Clotilde, il vient nous voir de temps en temps. Et au lieu de nous féliciter pour les progrès que nous avons faits, il lance ses piques assassines.

La fillette agitait ses mains potelées, puis elles empoignèrent la chevelure de sa mère. Mais Clotilde lâcha prise aussitôt devant le regard sévère de sa maman. Alors, ses petites mains se firent caressantes sur le visage de Clarisse. Celle-ci embrassa ses joues, l'une après l'autre, et ses bras. Clotilde dit quelques mots incompréhensibles.

— Tu ne lui as pas encore appris à parler, dit Lazare d'un ton de reproche imbécile.

— Ignorant toi-même, répliqua Clarisse. A deux ans, il n'est pas beaucoup d'enfants qui possèdent le langage courant. Et les tiens, les légitimes, Georges et Calixte Bazin, ils le possèdent sur le bout des doigts, le langage courant, n'est-ce pas ?

Le notaire se détourna vers la cuisine pour y chercher un verre d'eau. Il but et reposa le verre dans l'évier.

— Tu ne réponds pas, insista Clarisse. Pourtant, j'aimerais entendre tes explications. Ce serait instructif pour moi.

Lazare revint d'un pas chaloupé, les mains enfouies dans les poches de son pantalon. Dans ces moments d'agressivité extrême, il eût voulu être aux cinq cents diables. Mais Clarisse le tenait dans la ligne de mire de son regard, sans désemparer. Elle avait envie de l'insulter, de le gifler, de lui porter des coups. Bien qu'elle se sentît au plus mal dans sa peau, il restait en elle un peu de raison pour se dominer. Elle se disait : Il faudra bien faire machine arrière, un moment ou un autre. Sinon, tu l'éloigneras de toi.

— Je ne connais rien à l'éducation des enfants. Et j'avoue humblement que je n'ai pas assisté aux premiers pas de Georges, pas plus d'ailleurs qu'à ceux de Calixte. Maintenant, ils me semblent parler comme des enfants de leur âge. A vrai dire, je ne m'en suis jamais soucié.

Clarisse poussa un rire nerveux.

— Ta chère femme légitime n'a pas plus de chance que moi. Tu nous tiens, elle et moi, dans la même indifférence. D'elle, la pauvre Adrienne, je le comprends, puisque tu m'as dit si souvent que tu ne l'aimais pas. Et moi, m'aimes-tu ?

Il baissait la tête, comme un enfant pris en faute. Il ne savait pas parler aux femmes, pas plus à l'épouse qu'à la maîtresse. Pourtant, Bazin avait fait des efforts considérables pour la séduire, sa jeune Clarisse. Mais l'habitude avait fini par la ranger, elle aussi, dans le magasin des accessoires.

— Je t'ai donné un enfant. Et tu as pensé à ce moment-là : Je n'ai plus de maîtresse. Il me reste une mère. A moins que ce ne soit pire encore et que tu te dises, mon pauvre Lazare, que tu t'es collé deux mères sur les bras...

Bazin se força à tirer de lui quelques larmes qui eussent pu sauver les apparences. Mais il n'y parvint pas. Il se sentait à côté de la réalité, dans une sorte de stupeur. Je ne m'aime pas, pensait-il de lui. Je ne me suis jamais aimé. Avec mon frère Geoffroy je partage cet extrême handicap d'enfance. Tout est la faute de notre père, qui a voulu faire de nous des êtres insensibles caparaçonnés de certitude et de suffisance. La supériorité des Bazinus contre l'idiotie générale. Ce complexe fut instillé par notre éducation, dont le credo était : Nous possédons de l'argent. Nous vous ferons faire des études de droit dans la meilleure faculté. Après, vous serez armés pour la vie. Tout ce qui est humain vous deviendra étranger. Voici l'impérieuse règle pour réussir sans embûches...

A cette seconde, le notaire de Pradeloup eût souhaité dire ce qu'avait été l'éducation dans la pure lignée des Bazinus. Peut-être Clarisse eût-elle été sensible à l'exposition soudaine de ses états d'âme. Et peut-être encore eût-elle compris la nature des liens qui le maintenaient dans son état de suffisance. Ainsi fait, il eût pu espérer gagner un peu d'indulgence de sa maîtresse. Car il avait présentement grande envie de se faire plaindre, jugeant sans doute que sa vie d'homme méritait en fin de compte les circonstances atténuantes. Mais les mots ne purent jaillir de sa bouche. Il était fermé comme une huître, ainsi qu'il l'avait toujours été, avec toutes les femmes qui avaient compté pour lui : une mère, un premier amour, une épouse, une maîtresse. Ça continuerait donc, hélas.

Lazare se mit à genoux pour implorer la clémence de Clarisse. Elle la lui accorda pour cette fois. Un sursis. Il goûta alors cet heureux mouvement qui en faisait, soudain, un autre homme.

— Je ne pourrais vivre sans toi, avoua-t-il.

Elle accueillit son visage dans ses mains protectrices de femme aimante. Dans ces moments de tendresse, elles se ressemblent toutes, les femmes ; les traits revêtent l'indulgence consolatrice de la *mater dolorosa*. L'homme se mit à ronronner comme un gros chat. Puis Clarisse et Lazare s'accordèrent le pardon de l'amour en gestes maladroits.

Au moment de se quitter, écartant les draps de leurs corps nus, la maîtresse poussa un long soupir.

— Tu as encore gagné, cher maître, mais pour combien de temps ?

— Qu'ai-je gagné ? Me le diras-tu ?

— Le droit de revenir dans cette maison, de me faire l'amour, et de supporter mes colères...

L'homme ne répondit pas. Après le verdict, il ne sert à rien de reprendre les arguments de la plaidoirie.

Lazare Bazin passa tard au cercle de la rue des Pénitents. Mais ils étaient tous présents, les bons amis. Et ce lui fut un grand réconfort. Quand le désir d'une maîtresse est épuisé, il reste l'amitié des hommes, pensait le visiteur dans la fumée lourde des cigares. On l'invita à s'asseoir pour prendre part au jeu. Mais le notaire refusa énergiquement. Alors, chacun abandonna ses cartes. Jérôme Chabriard courut à la cuisine et revint avec une bouteille de cognac. Félicien Laumet alla quérir les verres dans le buffet.

— On ne va pas boire cette fine champagne dans des tasses à café, non !

— Bourgeois, jusqu'au bout des ongles, s'amusa Emile Lubert.

— Qu'as-tu contre les bourgeois ? reprit Chabriard.

L'expert en assurances tarda à répondre. Mais on le poussa à le faire quand même, en citant au passage quelques aphorismes de Léon Bloy. C'était une lecture de chevet chez ces jeunes gens du cercle, par ces temps où le mépris était élevé en posture.

— La Révolution nationale se fera contre le bourgeois, clama Lubert d'une voix forte. Ou elle ne se fera pas.

Depuis que le Maréchal dirigeait la France dans les salons de Vichy, l'expert en assurances avait acquis le ton du hâbleur. Il aimait ponctuer ses propos de phrases courtes et sentencieuses. Sa vision de l'avenir s'était réduite à un combat opposant les trublions de l'ordre nouveau au reste de l'humanité, empêtrée à ses yeux dans les vieux dilemmes humanistes.

— Parce que le bourgeois est ennemi du Maréchal. Le bourgeois veut perpétuer ses privilèges dans le vieux monde, poursuivit Lubert, mais nous l'empêcherons de nuire. N'a-t-il pas fait assez de dégâts à nos valeurs ? Le mal vient des Juifs et des Anglo-Américains. Cette engeance a conquis tous les postes clés dans la finance, l'armée, la justice, l'éducation. C'est l'œuvre régénératrice du Maréchal qui mettra un terme à cette hégémonie corruptrice...

Pendant ce temps, Chabriard emplissait les verres, copieusement. Lubert, seul, repoussa le divin nectar.

— Ce que tu peux être ennuyeux, mon pauvre Emile, reprocha Laumet. Lassant comme la pluie, vindicatif et donneur de leçons. Tu nous pourris l'ambiance, ici.

— Oui, quoi, renchérit Chabriard, nous sommes de joyeux drilles qui aiment la bonne vie, les femmes, les plaisirs que procure l'argent. Cessons de nous prendre au sérieux. Il faudrait ériger des statuts dans notre cercle, dont le premier article stipulerait : Sérieux s'abstenir. Article deux : Le goût pour la frivolité est recommandé à tout membre qui paie sa cotisation.

Laumet applaudit l'initiative. Et le notaire aussi insista pour que le règlement fût établi sans attendre et affiché sur la porte d'entrée.

— Décadence. Décadence ! s'écria Lubert. Voilà ce qui nous gangrène, peu à peu. Mais que nous a apporté cet esprit d'avilissement et de renoncement ? La guerre. L'effondrement de notre nation. Et maintenant, il nous faut payer le prix de nos fautes. Le peuple ne sait plus à quel saint se vouer. C'est à nous, enfin, représentants du génie français, de montrer la voie de l'honneur et du redressement...

— On croirait entendre un discours du Maréchal, dit Bazin. Mon pauvre Lubert, tu n'as pas trouvé ça tout seul. Tu répètes ta leçon comme un perroquet. Mais nous, quand même, on est au-dessus de ce charabia. On a acquis assez d'expérience pour savoir que l'argent mène le monde, et qu'il en sera ainsi pour longtemps encore. Je gage que nous ne tarderons pas à faire du commerce avec ces « âmes pures » qui entourent le caporal Hitler.

Chabriard éclata de rire.

— Tu as raison, Lazare. Nous ferons des affaires avec les conquérants. Du reste, j'ai commencé. Que croyez-vous ?

— Cachottier ! s'exclama Laumet.

— Dans ceci, messieurs ! fit Chabriard en levant le verre.

— Le cognac ? s'étonna Bazin.

— En effet, je vais être un des fournisseurs de la Wehrmacht. Dix mille bouteilles pour commencer. Et là, en douce. Plus de taxe, de droits et autres agaceries. Si vous voulez en être, mes amis, je vous prends.

— Combien nous faudra-t-il miser ? demanda Laumet.

— De quoi acheter la marchandise aux négociants de Bordeaux et de Libourne. Je garantis des marges somptuaires.

— Tu veux dire, mon cher Jérôme, que l'avenir est dans le commerce avec les Allemands ? demanda Bazin.

— Disons que nous approvisionnerons les demandes sans restriction, fit Chabriard.

— Je prends ! lança Laumet.

Ils s'observèrent en silence.

— Y a-t-il le moindre risque ? s'inquiéta Lazare.

— Comme nous traitons avec les Allemands par l'entremise d'une Weinführer, aucun, dit Chabriard. Nous nous ferons des bénéfices alléchants.

— Aucun risque, répéta Laumet d'un air rêveur.

— Nos clients sont amoureux de notre cognac, de nos champagnes, de nos vins... Et comme nous aurons l'exclusivité sur les ventes, les négociants, les producteurs seront obligés d'en passer par nos conditions. J'ai engagé des courtiers, installé un dépôt à Angoulême pour stocker la marchandise. Elle est acheminée par train vers Paris et Berlin. Nous jouissons de tous les laissez-passer. En zone occupée, ce sont les Allemands qui dirigent et décident de tout.

Eberlué, Laumet s'était assis dans un des fauteuils profonds du cercle.

— Je pourrais m'occuper de toutes les opérations comptables, proposa-t-il. Faut bien quand même que nous tenions nos comptes à jour ?

— Bien sûr, rassura Jérôme Chabriard.

Laumet hochait la tête.

— Pourquoi Angoulême ?

— A cause de la ligne de démarcation.

Il y avait sans doute une part d'exagération dans les propos de Jérôme Chabriard. Le banquier du Crédit national était plutôt mythomane. Laumet, comme d'habitude, était tombé sous le charme, il buvait ses paroles comme du petit-lait. Quant à Lazare Bazin, il s'avouait assez méfiant. L'idée qu'on pût installer sans risque un tel réseau de négoce par-dessus la taxe, nécessitant nombre de complicités pour déjouer l'administration de Vichy, lui paraissait relever de la pure fantaisie. Certes, le notaire avait besoin d'y croire, ne serait-ce que parce que réaliser sans se fatiguer un bon pactole lui semblait correspondre à la folie de l'époque. D'un côté des files de gens devant les commerces soumis aux tickets de rationnement, et de l'autre des aigrefins faisant fi des directives de l'Etat français et réalisant en toute impunité des opérations juteuses, voilà une image tout à fait envisageable, avec laquelle on devrait se familiariser. Aussi poserait-elle rapidement un choix cornélien : demeurer un bon Français obéissant à l'ordre ou se vautrer dans la fange pour s'assurer une fortune rapide. Ce que j'ai appris de la vie, songeait Lazare, me conforte dans l'idée que l'argent et la réussite seuls inspirent le respect. L'héroïsme, le courage patriotique, l'intégrité intellectuelle, la probité sont des vertus qu'on ne reconnaît qu'aux morts au moment de l'oraison funèbre.

— Qu'en penses-tu ? demanda Laumet à Lazare.

— Je réfléchis à la question, répondit Lazare.

— Moi, je me laisserais bien tenter, ajouta Laumet. J'ai tellement compté la fortune des autres que je trouverais enfin reposant de compter la mienne.

Chabriard éclata de rire.

— Il n'est que les désordres de la guerre pour ouvrir de telles perspectives, justifia le banquier. Les lois ne sont contraignantes que pour ceux qui les subissent. Mais les autres – c'est-à-dire nous – qui ont des amis dans l'écurie d'Augias, la loi n'est pas faite pour eux. Je vous le garantis.

— Un jour, il nous faudra rendre des comptes. La guerre n'est pas éternelle, et lorsque l'ordre républicain reviendra, ils ne manqueront pas, les Fouquier-Tinville vertueux, pour couper les têtes, prévint Lazare.

— Ce jour-là, forcément, nous serons toujours banquier, comptable, notaire... Et l'ordre des vainqueurs aura besoin de banquiers, de comptables et de notaires, insista Chabriard.

— Cela se tient, reconnut Lazare.

— Nous n'avons pas entendu Lubert, déplora Chabriard.

Pendant la conversation, il s'était tenu à l'écart, absorbé par sa pensée.

— Vous auriez à craindre que je vous dénonce, n'est-ce pas ? Après tout ce que j'ai entendu...

— Tu irais raconter ça aux flics de Vichy ? ricana Chabriard. Si tu veux faire carrière dans la politique du Maréchal, il te faudra quelques appuis. De l'argent peut-être, des réseaux d'amis assurément, plaida le banquier. Ce n'est pas parmi les imbéciles de la Légion et du SOL que tu les trouveras. A tous ces excités la besogne ingrate, aux clairvoyants la grosse galette.

Lubert hochait la tête. Il songeait au mal gangrenant l'homme sans répit, le mal rongeant les sociétés et corrompant les institutions. C'était sa croisade personnelle, tirer l'homme nouveau de la fange. Et l'illuminé qu'il était croyait en toute bonne foi que le nouveau régime de Vichy allait lui donner raison.

— Je ne vous suivrai pas, trancha-t-il. Dussé-je vous paraître stupide, mais je crois aux principes édictés par la Révolution nationale. C'est ce qui me différencie de vous, mes pauvres amis, vous qui ne croyez en rien.

Ils s'installèrent en cercle autour de lui pour le raisonner. Mais Lubert, avec sa petite tête d'oiseau, son corps d'ascète, sa fine moustache taillée, ressemblait à un moine cistercien qui a fait vœu de pénitence. Il tirait quelque orgueil de se voir, ainsi, soudain, redevenu le centre de toutes les attentions. Sa résistance face aux corrupteurs accroissait sa force. Il se disait : Mon courage les effraie, mes discours les outragent, mais ils ne me feront point changer de ligne. Car c'est ma vérité, ma seule vérité, me sacrifier pour le Maréchal.

— Faisons-lui goûter notre merveille, insista Chabriard en lui tendant un verre de cognac. Tu ne peux pas en vouloir à la planète à ce point. Tant de rage en toi, de haine aussi, voici qui peut donner une image faussée de la réalité. Or le vieux soldat de 14 est dépassé par les événements. On l'a mis là, en sacrifice, pour expier je ne sais quel péché. D'autres tireront les ficelles dans son dos. Un maréchal qui ne sera qu'une marionnette, c'est pathétique, cela inspirera le respect aux Français. Mais les autres, les profiteurs du régime, la ménagerie de l'hôtel du Parc [1], nous y verrons plus d'un montreur d'ours, des criminels, des sadiques, des scélérats en redingote...

Laumet comprit alors que leur camarade était irrécupérable, qu'il se laisserait emporter dans la folie collaboratrice. Il se leva le premier, découragé. Le notaire le suivit dans la cuisine. Seul Chabriard resta près de Lubert, la main posée sur son genou, amical. Jusqu'au bout, il tenterait de le sauver.

Tandis que le notaire faisait danser dans son verre le cognac, admirant les traces huileuses déposées sur le cristal, Laumet s'approcha pour lui parler à l'oreille.

— Nous n'irons pas jusqu'à l'extrême, tout de même, pour le rendre clairvoyant, n'est-ce pas ?

— L'extrême ! Que veux-tu dire, Félice ?

Il le surnommait, ainsi, Félice, diminutif de Félicien.

— Une femme. Une belle femme plantureuse. A cinq cents francs la passe.

Le notaire éclata de rire.

— Crois-tu que ça lui mettrait un peu de plomb dans la cervelle ?

— Faudrait-il encore que notre cher camarade veuille bien monter l'escalier ! Comme à Bordeaux, t'en souviens-tu ?

Lazare hocha la tête et prit une gorgée qu'il garda longtemps en bouche.

— Notre fameuse virée au congrès des bridgeurs...

Bien que connaissant l'histoire, Bazin se délectait à l'avance sur la manière dont son ami la narrerait.

— Une donzelle en guêpière que nous avions soudoyée pour le faire monter au septième ciel, notre pauvre Lubert.

---

1. La résidence du maréchal Pétain à Vichy.

— Une jolie fille, lascive, avenante, douce et maternelle. Maternelle même, insista Lazare.

— En effet. Bon Dieu, oui. Caressante. Du genre, si tu vois ce que je veux dire, qui n'attend pas, le regard au plafond, que ça se termine, ajouta Laumet.

— Oui, mais ça n'a jamais commencé, pouffa Lazare.

— Notre Lubert est descendu en courant les marches quatre à quatre. Nous l'attendions dans le hall du bobinard, près d'une plante verte, en sirotant du brandy...

— Quelle mémoire !

— Et il s'est mis à nous insulter tous les trois. Comme si nous méritions ça, nous qui avions déboursé mille francs avec le champagne, la serviette et le savon ! Mon Dieu, tout de même, c'est d'un sordide.

— « Bande de petits salauds ! » criait-il. « Vous m'avez bien eu, moi qui vous comptais parmi mes meilleurs amis ! » singea Lazare.

Ils rirent ensemble.

— Ceci explique cela ! fit Laumet, énigmatique.

Bazin le regarda, intrigué.

— Tu veux dire, Félice, que les maréchalistes recrutent parmi les inhibés, les introvertis et autres complexés du genre ?

— Oui, mon cher Lazare, c'est de cette pâte molle et malléable qu'ils tireront des enragés, des barbares... disposés à la basse besogne.

Ils revinrent à la table du cercle pour constater que leur ami Lubert n'avait guère été sensible aux arguments du banquier. Et ils en ressentirent une profonde tristesse. Ils le forcèrent néanmoins à déguster le cognac.

— Un producteur des Borderies, expliqua Chabriard, qui se nomme Chatelayon, est disposé à jouer le jeu avec nous. Son alcool a vingt ans d'âge, et savamment entretenu dans les tierçons il a gagné en saveur. Goûtez plutôt...

Ils burent tour à tour et convinrent que la production des Borderies valait plus que celle de bons bois ou de bois ordinaires, et qu'elle conviendrait aux Allemands en l'état.

— Ça les changera de leur maudit schnaps, dit le notaire.

Bien que depuis la guerre les dimanches fussent des jours tristes comme les autres, les Bazin ne manquaient pas de les fêter quand même par une escapade. Pour leurs sorties dominicales, il y avait un rituel d'hiver et un rituel d'été ; les repas à l'auberge des Quatre-Jeudis pour la mauvaise saison, et les pique-niques au puy de Pauliac pour les beaux jours. Ce 6 septembre 1942, Denise prépara un panier garni de bonne heure, avant que ses maîtres eussent quitté leur appartement.

Le dimanche, Adrienne se levait la première et s'occupait des enfants. Elle ne voulait point que sa servante s'acquittât des toilettes. Le petit Georges allait sur ses sept ans et montrait déjà des signes de pruderie. Il disait en grommelant : « Je veux que ça soit toi, maman ! Tu es douce et tu sens bon. » Il n'en fallait guère plus pour que la mère fût conquise. Lazare trouvait ces manières ridicules. Pour lui, une employée de maison payée mille deux cents francs le mois se devait d'être à toutes mains, apte à accomplir l'ensemble des tâches domestiques... « Sinon, ça donne des idées de paresse », prétendait-il.

Adrienne ne concevait pas que ses enfants fussent éduqués par des tiers. Elle voulait leur donner une instruction chrétienne, de bonnes manières, des principes rigoristes. « Mon pauvre ami, expliqua-t-elle un jour à son mari, vous ne comprenez donc pas que votre fils est déjà un petit garçon. Il réclame son intimité. Et notre Denise a des habitudes de fille de ferme. » Cela fit hurler de rire Lazare. Lui, dans son enfance, il avait été livré à des domestiques et cela ne l'avait pas empêché de grandir et d'acquérir la meilleure éducation.

J'ai même connu mes premiers émois charnels sous les caresses d'une soubrette, se disait-il. Mon père s'en était amusé, sans rien montrer. A ses yeux, cela faisait peut-être partie du contrat. « Si le petit maître réclame son plaisir, ma pauvre Eugénie, faites donc ce que bon vous semble. Mais en toute discrétion, sinon... » Tel avait été le vieux père Auguste Bazinus, épicurien comme lui, amateur de jolies maîtresses.

Pour ses sept ans, Georges était déjà un solide garçon, charpenté et musclé comme sa mère, tandis que Calixte possédait la finesse des traits et la fragilité corporelle de son père. Du reste, cette différence animait les conversations autour d'eux. Peut-être les enviait-on, les Bazin, pour cet équilibre parfait dans leur famille : un garçon et une fille, si opposés par le corps et l'esprit.

Le notaire préférait son Georges. Il lui paraissait plus intelligent et éveillé que sa sœur. C'était une vue trompeuse : si le garçon se plongeait volontiers dans la lecture des encyclopédies et passait son temps à poser des questions redoutables pour son âge, Calixte possédait déjà, à six ans, l'espièglerie des petites filles modèles que l'on trouve dans les romans de madame Rostopchine. Elle ne pleurait jamais, s'arrangeait pour que son frère payât ses fautes à sa place. Un simple observateur, un tant soit peu objectif, eût aisément remarqué que Calixte se comportait comme une petite reine dans le cercle familial.

Ce matin-là, les enfants courant dans ses jambes, Adrienne contrôlait le panier. Il y avait des œufs durs mayonnaise, une volaille rôtie, quelques fromages, un gâteau de Savoie, un litre d'orangeade et une bonne bouteille de vin bouché du Médoc.

— Avez-vous vérifié les couverts ? s'inquiéta la maîtresse de maison.

— Votre dînette est prête, madame, assura Denise.

Adrienne poussa un soupir de contrariété.

— Combien de fois vous ai-je dit de ne pas employer ce mot ridicule ! Nous ne faisons pas dînette, comme vous dites, innocente femme, mais pique-nique. Et pour ce faire, nous disposons d'une mallette à couverts. Que voici !

Elle désigna du doigt la valise en cuir jaune mirabelle que le petit Georges était en train d'ouvrir avec sa sœur.

— Il y a tout, maman. Les assiettes creuses et plates, les verres à pied en cristal...

— Parfait, dit Adrienne en repoussant ses enfants. Ce n'est pas la peine de tout déballer.

Elle se tourna vers Denise.

— La dernière fois, il y avait des traces sur la porcelaine. Et ça sentait l'œuf. Ne vous ai-je pas répété de mettre un peu de vinaigre blanc dans l'eau de vaisselle ?

Denise se sentait tellement coupable devant chacune de ces remontrances qu'elle versait des larmes pour un oui pour un non. Cette réaction émotive avait l'art de désarmer Adrienne.

Pour cette fois, la gouvernante proposa de relaver les couverts. Mais la maîtresse de maison refusa, par crainte que l'opération ne lui fît perdre du temps. A la vérité, Adrienne avait sermonné pour le principe, histoire de montrer son autorité. Georges emporta aussitôt la mallette pour la ranger dans le coffre de la voiture. Sa sœur y adjoignit la nappe blanche et les serviettes.

— Papa n'est pas très sérieux, dit Calixte, de laisser la clé de la Viva à Georges. Un jour, il démarrera la voiture et partira sans nous.

— Comment peux-tu dire une chose pareille de ton frère ?

— Je l'ai vu mettre le contact, allumer les phares et jouer avec l'avertisseur. C'est un idiot. Un monsieur Je-sais-tout.

— Il y a des moments, ma petite fille, lui reprocha Adrienne, je me demande où tu vas chercher tout ça. Tu feras des romans un jour. Ça oui, je veux bien le croire.

Calixte alla se fourrer dans les jupes de sa mère, lui entourant la taille et la serrant bien fort contre elle.

— Plus je lis des histoires et plus j'ai envie d'en inventer, confessa-t-elle.

Adrienne la prit par la main et la mena dans le salon. Il restait encore quelques effets à plier, dont des vestes et des paletots pour la petite famille au cas où le vent se lèverait au puy de Pauliac.

— Tu n'aurais pas ce goût-là, tout de même ? questionna Adrienne, inquiète.

— Quoi donc, maman ?

— Inventer des histoires. Ce n'est pas très sérieux de s'abandonner à des rêveries, ma petite fille.

— Et toi, maman, tu en lis quelquefois ?

— C'est une affaire de grandes personnes.

Calixte avait déjà essayé de décrypter quelques extraits de ces romans que sa mère lisait à la suite. La petite fille possédait déjà la lecture courante, mais ne parvenait pas à percer le sens des mots et des phrases. Il y en avait qui la ravissaient plus que les autres, comme « des fenêtres bâillant à l'abandon » ou « des arbres nus aux membres blancs[1] »... Cela éveillait en elle des images fantastiques, au point qu'elle pouvait aisément les dessiner, ces fenêtres délabrées aux vitres cassées, ces arbres décharnés aux membrures écartelées sur un ciel sombre. En la voyant ainsi dessiner, Lazare se disait : Ce sera une artiste, la pauvre enfant ! Plaignons-la.

Lazare descendit de sa chambre au dernier moment, lorsque tout fut chargé dans le coffre de la Vivaquatre. Il claqua dans ses mains, et les enfants s'engouffrèrent sur les sièges arrière de la voiture.

— Avons-nous assez d'essence ? demanda Adrienne.

— De l'essence ? Nous en avons de reste, répliqua le notaire. Baptiste Ponchet pourvoit à mes besoins. Et si ça ne suffisait pas, puisqu'on ne sait jamais avec ces gens de la Délégation spéciale, le docteur Fayolle serait généreux avec moi.

— Le docteur Fayolle ? reprit Adrienne. Vous fréquentez le docteur Fayolle, vous ? Ça m'étonne.

— Pourquoi ne fréquenterais-je pas Franck Fayolle ? C'est un homme estimable, cultivé, un bon médecin.

La maîtresse de maison avait croisé les bras, pris un air grave :

— N'est-il pas un peu trop gaulliste, non ?

Le notaire boutonna patiemment son petit gilet en percale gris souris.

— Ce n'est pas charitable de crier ça, à tue-tête, dans notre maison. On pourrait entendre.

— Notre curé Séverac prétend qu'il ravitaille les terroristes, ajouta Adrienne. Et je ne voudrais pas que nous soyons mêlés à ça.

— Le curé Séverac ferait mieux de relire les Evangiles. « Tous ceux qui prendront l'épée périront par

1. Citations attribuées à Daphné du Maurier, *Rebecca*, chapitre 1.

l'épée[1]... » Qu'il s'occupe des belles âmes et qu'il laisse les autres en paix. L'avenir jugera les bons des méchants. Et si je ne m'abuse, la vérité n'est jamais d'un seul côté.

Madame Bazin en resta sans voix. Jamais encore elle n'avait entendu son mari parler de la sorte. D'où lui venaient-ils, ses doutes ? De ses longues heures passées dans son bureau à écouter la TSF. Car il s'y était mis, lui aussi, depuis peu. Comme à la lecture des journaux. Parfois, il énonçait les événements d'une voix blanche, sans passion ni émotion. Il semblait dire : C'est ainsi, nous subissons. Faisons en sorte de passer à travers les gouttes. Mais, tout de même, quelle que soit notre capacité d'indifférence, tentons de croire à la raison humaine.

Adrienne reçut sa leçon sans un cillement.

— Si vous croyez préférable de rester dans notre maison...

— Pourquoi ?

— N'y aurait-il pas quelque provocation à étaler nos richesses, tandis qu'autour de nous les gens n'ont rien pour vivre ? Le rationnement impose deux cents grammes de pain par jour, cent quatre-vingts grammes de viande par semaine... Alors, vous rendez-vous compte ? Sortir notre voiture comme si de rien n'était, brûler de l'essence, étaler notre bien-être ?

Lazare éclata de rire, pouffa plutôt, se retenant en fin de compte de montrer son hilarité. Il ne voulait pas blesser sa pauvre épouse et sa charité chrétienne. Au reste, ce n'était pas d'elle dont il riait, mais de l'ironie du sort qui faisait de lui un trafiquant de marché noir avec le fameux cognac de Chabriard entreposé à Angoulême. Les cent mille bouteilles n'attendaient plus que les wagons plombés de la Deutsche Reichsbahn pour

1. Matthieu, XXVI, 52.

s'envoler vers l'Allemagne. Il avait calculé que le premier convoi lui rapporterait cent mille francs, et que l'opération se répéterait, ainsi, à raison de deux par mois.

— Vous vous moquez de moi ?

— Je n'ai rien à voir avec Vichy, se défendit Bazin. Rien à voir avec le Service d'ordre légionnaire... Que croyez-vous, je suis en dehors de tout ça.

Adrienne le fixait droit dans les yeux. Mais Lazare faisait face, en silence.

— Que manigancez-vous dans le fameux cercle de la rue des Pénitents ? On y voit d'étranges visiteurs. Je ne puis me résoudre à croire que vous soyez en dehors de tout ça. Vous étiez trop engagé, avant la guerre. Vous avez applaudi la victoire allemande. Même si vous n'aimez guère le Maréchal, il est des hommes autour de lui dont vous vous sentez proche : Pierre Pucheu, Paul Baudouin, Pierre Laval...

La Vivaquatre traversa Galiane-sur-Sévère à petite vitesse. A cette heure matinale, il n'y avait pas âme qui vive. Même les joueurs de boules avaient déserté la place du foirail. Et les cafés, dont le Bournat, proche de l'église, étaient vides aussi. Puis les Bazin prirent la direction de Tournette. C'était le dernier village avant le puy de Pauliac. Lazare s'arrêta devant la mairie pour observer les inscriptions tracées au lait de chaux. Malgré les protestations d'Adrienne, il descendit de sa voiture et s'approcha. Il y avait deux croix de Lorraine qui encadraient l'édifice communal. Puis, sur le mur de la maison Bonnal, il lut « Vive de Gaulle », et plus loin « A bas Pétain », et un « Pétain au poteau » que son auteur n'avait pas eu le temps de terminer. Le notaire reprit le volant de sa voiture, sans un mot.

— Vous n'y pensez pas, s'arrêter ici avec les enfants devant ces inscriptions ! Vous voulez nous faire avoir des ennuis. Mon Dieu, il est des moments où je ne sais plus ce que vous avez dans la tête.

Georges demanda ce qui se passait, mais sa mère le priva de réponse. Devant une telle situation, le père ne renchérissait pas, estimant qu'Adrienne était dans son rôle. Pourtant, il lui brûlait de dire ce qu'était la guerre : un pays occupé par des envahisseurs, un peuple collaborant avec ceux-ci, et des opposants qui n'acceptaient pas la défaite.

Bazin gara sa voiture sur le terre-plein du puy de Pauliac et ordonna à sa troupe de prendre le sentier de l'oppidum. Georges voulut porter le panier et sa sœur la mallette à pique-nique, mais celle-ci était trop lourde pour elle et Calixte renonça, en larmoyant de rage. Adrienne tenta de la raisonner avec des paroles rudes sous le regard lointain de son mari.

Ils s'assirent dans un creux formé par d'anciennes fouilles, à l'abri du vent. Avec ses deux cent cinquante mètres d'altitude, le puy dominait la vallée de Brive. Ici, pensa Lazare, la guerre n'est pas encore arrivée, et il en éprouva une sorte de soulagement. Peut-être se contiendra-t-elle loin de nous, peut-être nous épargnera-t-elle. Jusque-là, les événements avaient eu peu de prise sur la vie quotidienne des Bazin. Et bien que sa femme eût rappelé en quelques mots les restrictions auxquelles était soumise la population, en quoi se sentait-on concerné à l'hôtel Pradeloup ? On continuait à vivre sur un grand pied, comme avant la guerre, plutôt égoïstement. A la différence qu'Adrienne en ressentait une sorte de honte personnelle, comme si, à se mettre au diapason des gens ordinaires, elle eût gagné quelque apaisement. Certes, elle donnait de plus en plus au Secours national pour les prisonniers en Allemagne ; des vêtements, des chaussures, tout ce dont elle voulait se débarrasser, en somme, tout ce qui l'encombrait. Et elle voyait partir les paquets, les colis, avec soulagement. Elle disait : « Nous mériterons notre paradis. »

La belle porcelaine blanche étalée sur le pré vert offrait une image heureuse d'avant-guerre. Le petit Georges alla chercher dans la voiture l'appareil photographique que son père lui avait offert l'hiver précédent. C'était un Brownie 6x9, de forme cubique, gainé de cuir. Il voulut le charger lui-même et y parvint sans gâcher le premier cliché de l'amorce. Puis il prit deux photos. Son père tint à tirer la troisième, pour que Georges fût aussi dans la boîte.

Après une courte promenade digestive autour de l'oppidum, Adrienne jugea qu'il était l'heure de revenir à Galiane-sur-Sévère. Les enfants protestèrent, sans succès.

— Crois-tu qu'il y a un trésor sous ces ruines gauloises ? demanda le petit Georges.

— Je ne pense pas, répondit Lazare.

— Qu'en savez-vous ? reprit Adrienne.

Bazin avait une sainte horreur des archéologues. Ils lui avaient contrarié dix ventes au moins dans sa vie, dont une demeure templière négociée à un prix défiant toute concurrence. Les fouilles entreprises dans les caves avaient duré plus de deux années, au terme desquelles le client avait fini par se dédire.

— Je le sais, insista-t-il. Laissons dormir ce lieu en paix. Trouver quelques éclats de poteries ou des clous de chaussure ne nous en apprendra guère plus sur la guerre des Gaules de Jules César.

— Vous êtes désespérant, mon pauvre Lazare, jugea Adrienne en prenant ses enfants par la main pour accélérer l'allure.

Bazin se laissa distancer. Il aimait ce lieu secret dominant le pays de son enfance. Autrefois, il venait jouer dans ces vieux murs érodés par le temps. Il avait lui aussi imaginé les combats farouches qui s'étaient déroulés ici. A toutes les époques, la guerre, pensa-t-il. Et dans ces fonds boisés, il est des hommes qui poursuivent leur croisade indéfiniment contre les envahisseurs. Il se rappela alors les traces qu'ils avaient laissées sur les murs de Tournette. Des cris d'espérance et des murmures de vengeance. De toute éternité, l'homme poursuit sa guerre.

La petite famille s'était déjà installée dans la Vivaquatre. On n'attendait plus que le chauffeur. Il prit le volant sans même ôter son chapeau de feutre. Adrienne boudait dans son coin et les enfants, sur les sièges arrière, parlaient à voix basse.

— Nous devrions passer par la Gabaudie, suggéra Adrienne.

— Pourquoi ?

— Je n'aime pas Tournette. C'est un pays sinistre.

Mais Lazare avait envie de revoir les inscriptions autour de la mairie. Il projetait même de les prendre en photo. Jules César a triomphé des tribus gauloises en leur apportant le goût pour une civilisation nouvelle. Mais que nous apportera Hitler ? Rien qui grandisse l'homme. La barbarie, la haine raciale, la tyrannie, pensait-il.

A l'entrée de Tournette, la gendarmerie avait dressé un barrage. Adrienne poussa un cri en voyant les hommes en armes. Un civil fit signe à Lazare d'ouvrir sa portière et lui intima l'ordre de descendre. Il déclina son nom et son adresse, croyant naïvement qu'il lui suffirait d'annoncer son état pour être quitte. Mais le type parut sceptique. Il regarda attentivement Adrienne et les enfants. Elle sortit de son sac des pièces d'identité.

— Notaire à Galiane-sur-Sévère, dit le civil à son voisin.

L'homme se mit à sourire.

— Un notaire. Qu'allons-nous faire d'un notaire ? Fais-le venir dans la mairie.

Bazin se laissa conduire entre deux gendarmes, tandis que sa femme pleurait dans la voiture et que les enfants s'étaient couchés sur les sièges pour ne pas voir le spectacle. Leur mère disait d'une petite voix :

— Ne regardez pas, surtout. Ne dites rien. Restez sans bouger...

Au moment de pénétrer dans la mairie, Lazare se retourna vers les gendarmes.

— Il y a erreur. Je suis Lazare Bazin, notaire à Galiane. Que me veut-on, au juste ?

Le gendarme le poussa en avant avec le canon de son mousqueton.

— Tu lèves les mains ou je te descends.

Bazin éclata de rire.

— Mais c'est un cauchemar. Je vis un cauchemar.

On l'installa dans la salle d'attente sur un banc de bois. Les gendarmes prirent leur faction, immobiles, l'arme au pied. Bazin jugea inutile de dire le moindre mot. Il ne tarderait point à voir, enfin, un chef, devant lequel il pourrait s'expliquer et démêler le malentendu.

— As-tu vu des terroristes ? dit une voix.

Il se leva. Un homme jeune, vingt-cinq ans à peine, habillé d'un costume gris, le toisait de haut.

— Je vous connais, monsieur, dit Lazare.

— C'est bien possible, répondit l'homme. Je me nomme Jules Pensennier. Je suis le chef de district de la Légion. As-tu vu les insanités écrites sur les murs ?

— Oui, dit Bazin.

— Tu les approuves ? « Vive de Gaulle ! » « A bas Pétain ! »

— Non, dit Bazin. Je n'ai rien à voir avec ça.

— Pourtant, tu les as lues.

— Je les ai lues sans penser à rien.

— Tu es un bon Français ?

— Je le crois.

Pensennier fit le tour de Bazin, effleurant son visage du bout des doigts, puis d'un geste vif expédia son chapeau au sol.

— On se découvre, maître, devant le chef de district de la Légion.

— En effet, reconnut Bazin en se baissant pour récupérer son couvre-chef.

— Tu es ami avec notre camarade Lubert.

Le visage du notaire s'éclaira d'un sourire.

— En effet, Emile Lubert compte parmi mes proches amis, confirma Bazin.

Le légionnaire allait et venait de droite à gauche, sous le regard impassible des gendarmes. Il n'en était aucun de gradé à première vue. Bazin se faisant une haute idée de ce corps avec lequel il avait eu souvent à partager des renseignements, il ne comprenait plus qu'ils fussent, soudain, hostiles. Comme il n'y avait parmi eux aucun visage qui lui fût connu, il pensa que ces hommes appartenaient à une section spéciale détachée pour la circonstance.

— Tu es ami avec Chabriard, repartit Jules Pensennier, et aussi Laumet. Nous savons l'activité qui vous occupe, tous les trois.

— Quelle activité ? Je suis notaire et...

Le chef de la Légion se mit à rire. Et d'une chiquenaude il ordonna aux gendarmes de reconduire Bazin à sa voiture. Le notaire sortit aussitôt. Il avait en ligne de mire sa Vivaquatre et il lui tardait d'accomplir les cent mètres qui l'en séparaient. Je ne me retournerai pas, pensait-il, quoi qu'il arrive. Si ça les prend, ces imbéciles, de me tirer dessus, qu'ils le fassent.

— Halte ! cria une voix dans son dos.

Le notaire s'arrêta.

— Si tu sais quelque chose sur les activités des terroristes, dis-le-nous, surtout. Sinon... Tu m'as compris, notaire.

Bazin avait reconnu le timbre aigu, sifflant, de Pensennier. Il reprit sa marche sans regarder les gendarmes qui se tenaient de part et d'autre de la route. Il monta dans sa voiture, démarra aussitôt, fila vers la fontaine, puis accéléra.

— Qu'est-ce qu'on te voulait ? demanda Adrienne, le visage rougi par les larmes.

— Rien, répliqua Lazare.

5

20 et 21 juin 1963

Dans la fin de l'après-midi, Geneviève entra en catimini dans la chambre. Elle se porta au chevet de Lazare Bazin et écouta le rythme de sa respiration. Elle la trouva sifflante et irrégulière. Machinalement, d'un geste protecteur, elle ramena le drap sur ses épaules. Le malade se mit à geindre, deux ou trois fois, puis se tourna sur le côté. Il avait une préférence pour le côté droit, sans doute pour éviter que le muscle cardiaque fût compressé contre le matelas. A force d'être étendu sur le dos, Bazin éprouvait des douleurs au bas des reins, aux fesses. Il eût tant aimé pouvoir se mettre sur le ventre, mais pour cela il eût fallu qu'on ôtât traversin et oreiller. Le notaire craignait que cette position ne finisse par lui apporter plus de désagréments que de plaisirs : une sensation d'étouffement et de suffocation. Ainsi avait débuté sa crise, au milieu d'une nuit. Et il avait compris alors que la mort n'est pas douce, comme on le prétend, plutôt une brutale douleur activant tous les sens, une dernière fois, avant la paralysie générale. Ainsi, le cerveau poursuit son activité, bien après que les organes ont cessé de fonctionner. « L'enfant qui naît pousse un cri de douleur, lui expliquait récemment le docteur Léontin, parce que l'air entre brutalement dans les poumons. Peut-être est-ce la même souffrance à l'instant où il se retire... Qui pourrait le dire ? »

La présence de la gouvernante à son chevet intrigua Lazare. Il se remit brutalement sur le dos, la fixant avec des yeux exorbités. Il évita de lui faire sa sempiternelle réflexion. A force de sollicitude, il avait compris, tout de même, qu'elle attendait, la pauvre femme, de lui fermer les yeux.

— Je ne voulais pas vous réveiller, s'excusa-t-elle.

Lazare lui sourit pour la désarmer, ne supportant plus ses airs catastrophés chaque fois qu'elle entrait dans sa chambre.

— Votre odeur m'est tellement familière qu'elle m'annonce votre présence, dit-il, même à travers la somnolence. Elle me rappelle des souvenirs d'enfance...

Pendant un été, son père l'avait mis au contact d'une famille de métayers à Petit-Bois pour lui apprendre « les réalités de la vie ». Il y avait une des filles qui possédait cette sorte d'odeur d'aisselles, forte et aigre, comparable à celle de Geneviève. La jeune fille avait été l'origine de ses premiers émois érotiques. Le soir, elle avait l'habitude de se baigner nue dans la Sévère. Combien de fois l'avait-il surprise dans le plus simple appareil, sans que la jeune fille y eût prêté attention. Peut-être étaient-ce cette désinvolture, ce naturel affiché, le peu d'importance accordé à la situation, l'absence de pudeur, qui l'avaient marqué à jamais.

Geneviève l'écoutait sans grande concentration, parce qu'elle l'avait déjà rangé dans la catégorie des gisants. Ses propos n'étaient tout compte fait qu'une sorte de monologue pré-mortem d'un intérêt négligeable. A ses yeux, il n'était que la prière – un acte de contrition par exemple – qui eût pu le ramener dans l'ordre raisonnable et soumis des vivants fréquentables.

— Notre salon bourdonne de voix, dit Bazin. Pourriez-vous me dire ce qu'ils font là, tous ces gens, à attendre ? Ai-je besoin de leur présence ? En quoi peuvent-ils me soulager ? Si vous possédiez un peu de considération pour moi, vous leur diriez de partir. Il ne se passera rien cette nuit encore. Rassurez-les. A moins que cette nouvelle ne leur occasionne quelque contrariété… Qui sait ?

Geneviève tira une chaise près du lit et s'assit devant la table de nuit. Elle fixait la petite flamme courageuse de la bougie qui brûlait continûment. Elle serait encore là, brillante, après que le maître aurait rendu l'âme. Image de la conscience éveillée, eût dit Victorine avec sa passion des symboles. La même flamme chétive ne brûlait-elle pas dans les églises, jour et nuit, sans jamais s'interrompre, symbolisant la présence du divin dans son temple ? Une part de cette présence céleste scintillait semblablement dans la chambre de maître Bazin, afin de l'accompagner aux portes de saint Pierre. Lui, au juste, se fichait bien de ces allégories chrétiennes, puisqu'il atteignait, nu et sans espérance, ses jours sombres.

— Mademoiselle Victorine souhaiterait tellement que vous acceptiez la visite de notre curé. Pour l'heure, il est fort occupé, mais il consentirait à vous entendre au plus vite.

— Occupé par quoi ? s'étonna Lazare. Un curé occupé est une drôle de formule. Qu'ont-ils d'autre à faire, nos ecclésiastiques, que s'inquiéter de nos âmes ? Entre baptême et onction finale, tout est dit.

— Ne savez-vous pas, malheureux ? Nous attendons un nouveau pape… D'une heure à l'autre, appuya Geneviève.

Bazin songeait au testament et avait hâte de reprendre son ouvrage. Il lui restait à rédiger ses dernières volontés et celles-ci n'étaient pas aisées à formuler, à cause de Clotilde.

— Je consens à recevoir notre prêtre, admit-il. Mais pas avant demain matin, au moins. Disons dix heures. C'est une bonne heure pour une conversation théologique.

Il se mit à rire. La gouvernante à applaudir. Tant de jubilation parut suspect à Lazare.

— Pourquoi faites-vous la pintade ? Auriez-vous risqué un pari ? Que je finirais par vous céder, ma chère ?

— Oh maître, c'est une grande nouvelle. J'avais confiance en vous. Je savais que vous vous rangeriez à la raison.

La gouvernante courut aussitôt informer ses visiteuses. Par la porte de la chambre entrebâillée, Bazin entendit le cri de joie de Victorine.

— Notre-Seigneur l'accueillera sans nul doute. Je dirai des prières pour lui. Et notre abbé vous récompensera, Geneviève, pour votre patience. J'imagine que cela n'a pas été facile de convaincre ce vieux mécréant. Mais la peur de la mort réveille tout ce qu'il reste de bon en nous, parce qu'il est bien triste de paraître devant Notre-Seigneur sans être habité par la foi...

Soudain, les voix s'atténuèrent comme s'il s'était trouvé un magicien dans le salon pour couper le son. Des chuchotements s'activèrent, tel un frôlement insistant d'ailes de chauve-souris. L'image lui parut convenir à la circonstance. Elles viendront, harpies de mauvais augure, me ponctionner mes dernières gouttes de sang, se dit Lazare. La porte se referma, doucement. Et il lui sembla alors que les Erinyes[1] s'en venaient cogner contre la cloison de sa chambre, acharnées à le perdre. Enfin, le silence reprit ses domaines. Tu as cédé trop vite, se dit-il. Peut-être aurait-il fallu faire monter les enchères. Une vie ne se donne point aisément à qui veut la prendre. Il est temps encore de choisir ton dieu. Mais qu'importe, une extrême-onction n'a jamais fait mourir personne. Et si j'en crois ma raison d'homme lucide, elle me fera l'effet d'un emplâtre sur une jambe de bois.

D'un geste décidé, Bazin jeta de côté le drap et quitta sa couche en prenant soin de ne pas brutaliser son corps. Il alla directement dans son cabinet de travail, sans prendre soin, cette fois, de tirer le verrou. Cessons de nous comporter comme un enfant, se dit-il. Si d'aventure on pénétrait dans mon antre sans s'annoncer, je ferais la grosse voix. Et Geneviève prendrait peur. L'agonisant a bien droit à quelques traits de folie.

Sans s'attarder sur les qualités respectives de ses plumes, sur la couleur de son encre et sur la tenue du papier, le notaire poursuivit la rédaction de son testament. A Georges, l'hôtel Pradeloup de Galiane-sur-Sévère, la métairie de Petit-Bois, en Charente, avec ses trente-deux hectares de prés, de vignes, de bocage, son corps de ferme et ses dépendances, écrivit-il d'un geste assuré. Il hésita à y adjoindre les terres de Fontepie, près de Saint-Savère, une trentaine d'hectares, avec ses deux granges qui eussent fait, une fois aménagées avec de franches ouvertures dans la façade, des logements convenables. Allons, un bon geste, se dit-il. Notre Georges les vendra sans tarder, et en tirera de quoi acheter, à Brive ou à Limoges, un immeuble de rapport.

1. Déesses infernales dans la mythologie grecque.

Bazin se mit à rire en rechargeant sa plume d'encre. Lui qui a toujours haï la vie à la campagne, les paysans et leurs commerces misérables, voici qui lui donnera à réfléchir. Que vaut en effet la terre, bon Dieu, sans une âme de bouseux pour la bien faire fructifier ? Certes, notre bon petit Georges jouira de mon hôtel. Il y viendra passer ses jours de vacances. Cela nous promet de belles disputes en perspective. Notre bru, l'exquise Isabelle, ne manquera pas de lui reprocher les dépenses que cette acquisition générera. Fatalement, bien sûr. Rien que le parc... Quel gouffre ! Cela flatte la vue lorsqu'on y vient de temps en temps, mais cela coûte surtout le salaire d'un jardinier et mille petites dépenses imprévues au fil du temps : le remplacement d'un tracteur, d'une faucheuse, l'acquisition d'une sulfateuse, sans compter les semis, l'entretien des serres, les plantations d'arbres, l'élagage des cèdres qui exigent l'intervention d'une entreprise spécialisée. Diable, voici une charge que notre petit Georges devra enfin assumer sur ses deniers, car je ne puis envisager qu'un Bazin se déferait d'une si noble demeure. Ce serait perdre tout honneur. Et puis, et puis, songeons à Ramusat... Il faut le conserver à notre service, cet homme-là, si précieux. Condition testamentaire pour jouir du bien ancestral...

Le notaire sentait le feu aux joues le gagner, peu à peu. Jamais je n'aurais cru prendre tant de plaisir à rédiger un testament, reconnut-il. Le mien, forcément. Ce n'est point comme celui des autres, qui est une besogne détestable où il faut entendre sans réagir les pires hypocrisies, les méchancetés de tout crin, les rancœurs fielleuses. Et si souvent inspirer un peu de justice, afin de rendre le document crédible... Mais tout notaire n'est-il point une éponge qui absorbe les haines et ne les restitue jamais. Il se souvint alors du vieux

Bordier, qui s'arrachait les cheveux pour déshériter l'un de ses fils : « Je le voudrais mort, celui-là. Mort avant moi, pour ne pas avoir à lui abandonner la moindre parcelle de terre... » Douze années de procès. Douze années de guerres intestines. L'affaire Bordier lui avait rapporté une petite fortune : consultations répétées, assignation en nullité du testament olographe, partages sans cesse recommencés et contestés...

Comme le soir tombait sur son bureau, Lazare alluma sa lampe sabot. Il aimait la douceur de cette lumière trempée d'ombre. Ainsi se sentait-il revivre à ce jeu dont sa vie entière s'était repue. Il relut à haute voix les paragraphes et n'y trouva rien à redire.

Lazare se remit à la tâche. *A ma fille Calixte, je lègue...* Et il énuméra à la suite les deux immeubles parisiens de la rue de la Verrerie, l'hôtel Granger sis à Brive, les six appartements de Toulouse et de Bordeaux. Madame Portenois sera une heureuse héritière, se dit-il avec une petite larme au coin de l'œil. Un brin avantagée, j'en conviens. Mais c'est justice, puisqu'elle est ma préférée, cette petite, qui pourtant m'a apporté tellement de déception en épousant l'homme le plus sot qui soit et en ratant son entrée à l'Ecole normale supérieure. Tous ces efforts pour n'être au bout du compte qu'une obscure comptable dans l'entreprise de travaux publics du mari. Mon Dieu, quel gâchis. Il n'est pire naufrage qu'un mauvais mariage, pire réclusion que la passion amoureuse.

D'un geste de lassitude, Bazin repoussa son ouvrage. Il chercha ses deux cannes et se remit debout avec une féroce énergie. Près de la fenêtre, il observa longtemps le parc baigné d'ombres. A la lisière, cèdres et tilleuls entremêlés formaient une masse bleuie. Il songea alors qu'il aimerait être enterré en cet endroit où les écureuils venaient s'aventurer. Vœu pieux, Georges n'étant pas de ces natures romantiques qui s'embarrassent de telles considérations. Inutile donc de faire figurer cette volonté sur le testament, puisqu'elle ne serait point respectée. Ne demande jamais l'impossible. Et toi-même, as-tu révéré les dernières volontés d'Adrienne ? Elle voulait reposer dans la terre meuble et tu ne lui as offert que ce vilain caveau de famille. Tu iras donc auprès d'elle, comme de juste. De la sorte parlerait Georges, d'une voix de fondé de pouvoir, au moment des grandes décisions. Ainsi en adviendrait-il sans qu'une voix discordante se manifeste : un enterrement de première classe avec messe, discours, fleurs, condoléances, dans la tradition française.

Bazin retourna à son bureau et poursuivit son testament. La dernière partie serait une sacrée noix à craquer. Ça jettera un froid ! pensa-t-il. Le secret enfin rompu, nous voudrions voir ça, mon cher, mais hélas, ce ne sera pas possible. A moins que...

Et il imagina l'inimaginable chose, l'innommable trahison. Je connais mon fils. Je sais comment il va réagir. Ce sera grandiose, ce moment, épique. Et s'il est un dernier plaisir que tu dois t'accorder, maître Bazin, ne le rate pas.

Emu, le notaire révéla enfin, après tant d'années de silence, de cachotteries, de mensonge, l'existence de Clotilde, née le 17 avril 1941 à Saint-Savère, *ma fille légitimement reconnue par acte de naissance inscrit sur le registre d'état civil de ladite commune, le 20 du même mois*... Il transcrivit l'acte mot pour mot, avec son numéro d'inscription sur la table décennale, et apporta en complément les circonstances dans lesquelles Clotilde était née. Pour la première fois, Lazare Bazin osait écrire le nom de la mère sur un document signé et paraphé : *Clarisse Zeiss.*

Je lègue à ma fille Clotilde ma villa de Biarritz à la pointe de l'Atalaye... nota-t-il en soulignant la phrase d'un trait franc. Au paragraphe suivant, le notaire y adjoignit un portefeuille d'actions d'une valeur d'un million de francs. Ainsi s'acquittait-il d'une vieille injustice. Au passage, il salua le destin de lui avoir accordé une enfant de l'amour, et de l'avoir maintenu jusqu'à la fin de sa vie sain de corps et d'esprit, pour accomplir l'ultime geste par lequel il réparait ses erreurs et ses négligences passées.

Enfin, Lazare data et signa le document, précisant en marge qu'il contenait cinq feuillets et douze paragraphes sans ratures ni rajouts. Après coup, il glissa les feuillets dans une enveloppe grise, la cacheta et y apposa un tampon de cire rouge. Sur le dessus, il nota simplement : *A n'ouvrir qu'après ma mort en présence de Maître Antoine Duquenoy, notaire à Brive.* Il glissa la lettre dans le tiroir de son bureau et le ferma à clé.

Au petit matin, une DS 19 se rangea contre la grille principale de l'hôtel Pradeloup. Un homme en costume clair, portant moustache et chapeau mou, en descendit d'un pas alerte. Il tenta d'ouvrir le passage comme il en avait sans doute l'habitude, mais l'un des côtés se trouvait clos. Il s'approcha de la sonnette disposée sur l'un des piliers de l'entrée, ôta ses gants, mais hésita à appuyer fermement sur le bouton de cuivre. Il consulta sa montre. A peine sept heures, c'était un peu tôt, décidément, pour alarmer toute la maison.

L'homme retourna à sa voiture et arrêta le moteur. Sur la banquette arrière, une femme était allongée, juste couverte d'un plaid à carreaux écossais. Elle releva la tête, la chevelure blonde ébouriffée. L'homme la contempla au sortir du sommeil avec une sorte de tendresse amusée.

— Tu es comme un chien fou, ma belle.

La jeune femme lui accorda un sourire et bâilla.

— Nous sommes arrivés ?

L'homme rajusta son chapeau en jetant un coup d'œil dans le rétroviseur. Puis il resserra aussi le nœud de sa cravate, passa la main sur la pochette de sa veste en tweed pour rafraîchir sa mise.

— Tu ne vas pas au bureau, ce matin, mon Filou. Aurais-tu oublié ?

Il affecta une sorte de rictus.

— Je suis comme je suis, ma belle. Toujours parfait, comme tu sais.

— Hélas, soupira-t-elle en s'abandonnant contre le velours rouge de la banquette.

Il parut réfléchir en contemplant l'allée du parc, où les oiseaux batifolaient dans les flaques d'eau. Il avait plu une partie de la nuit. La nature tout entière semblait lavée, toute neuve, avec ses odeurs de terre fraîchement réveillées.

— Pourquoi sommes-nous partis si tôt ? déplora la jeune femme.

L'homme hésita à répondre et colla son front contre le volant noir de la DS. Dans le silence de la voiture, il n'entendait que le battement imperceptible de la montre sur le tableau de bord.

— Je veux avoir une conversation sérieuse avec la gouvernante. Je crois qu'elle ne nous a pas tout dit. Tu sais bien, avec les domestiques, c'est la croix et la bannière.

La jeune femme avait la tête posée légèrement de côté et fixait les larges épaules de son mari. Elle ne voyait que ça, sur la couture de la veste de tweed, un long fil blanc. Elle approcha la main pour l'ôter, mais il résista.

— Ton tailleur aurait pu vérifier, quand même.

— Quoi donc ? Il ne te plaît pas ? Ce costume trois pièces m'a coûté cinq cents francs. La coupe est parfaite. La veste tombe à merveille. Je l'ai fait modifier deux fois au moins. Tu ne voudrais pas que ton mari s'habille en prêt-à-porter. Mon Dieu, j'ai horreur de ça.

Elle éclata de rire.

— Monsieur le fondé de pouvoir doit conserver son rang. J'en conviens. Mais aujourd'hui, quelle importance ? Tout ça pour voir ton père agonisant. Le pauvre, il se fiche bien de ta tenue, non ?

L'homme releva la tête, rajusta encore son chapeau sur l'arête du nez, se mit à bâiller à son tour.

— Je vais frapper à la porte. Ce sera plus correct, dit-il. Tu peux finir ta nuit si tu veux, ma belle.

Il descendit de sa voiture et rabattit la portière en douceur. L'allée conduisait directement à l'escalier principal, mais au dernier moment il bifurqua sur la droite, vers les communs. A cette heure, il savait où trouver Geneviève. Et il avait grande envie de la surprendre. C'était une manie de chef, toujours fondre sur le personnel par surprise.

Dans la cuisine, le visiteur eut le regard attiré par le nombre des tasses en porcelaine s'égouttant sur la paillasse de l'évier. Il en prit une et reconnut le vieux Limoges, le fameux Royal. La décoration n'était pas de son goût, mais le blanc était irréprochable, fin, si fin, au point d'en être translucide. Il prit une des sous-tasses et la porta à la lumière. Sans défaut. En ce temps-là, on savait travailler, se dit-il. On ignorait la série. Et les contrôleuses avaient ordre d'éliminer la plus minime imperfection.

La gouvernante poussa un cri en apercevant l'homme dans sa cuisine.

— Oh, monsieur Georges ! dit-elle. Vous m'avez fait peur.

Il s'approcha pour lui serrer la main, mollement.

— Comment allez-vous, Geneviève ?

— Moi, ça va, mais...

— Je sais que mon père est au plus mal. Ce n'est pas ce que je vous demande.

Elle inclina la tête, respectueusement. Monsieur Georges avait la réputation d'être difficile d'approche. Il aimait à rabrouer les petites gens. Cela faisait partie de son jeu. Il avait débuté la carrière dans l'étude, sous les conseils du vieil Auguste, avant de se diriger vers le droit commercial. J'ai été à bonne école, disait-il en se souvenant de son grand-père. Un homme dur en affaires, mais juste. Et de son père, qu'avait-il appris qui lui fût profitable ?

— Je vois que notre porcelaine est de sortie, dit Georges d'un ton pincé.

— Notre salon ne désemplit plus depuis la maladie de maître Bazin. Votre cher père connaissait tellement de monde. Et il a rendu tant et tant de services...

— Croyez-vous ce que vous dites ?

Geneviève se mit à trembler. Il y avait du juge inquisiteur chez ce fils-là, avec son regard perçant, ses mots à l'emporte-pièce, et sa manière hautaine de railler sans en avoir l'air.

— Nos dames du Sacré-Cœur viennent le veiller tous les soirs. Et monsieur votre père m'a conseillé de leur offrir des infusions ou du café dans le service Récamier.

On ne comprendrait pas qu'il en soit autrement, n'est-ce pas ?

Georges Bazin la toisa avec amusement. Il imaginait ce que devaient être les conversations dans le salon. Nous sommes sur la sellette, bien entendu, se dit-il, en attendant que les portes se ferment à Pradeloup comme ailleurs. Après la mort du pauvre père, tout ira au partage. Ce sont les cimetières qui finissent par avoir raison de tout. Tandis que les vieilles demeures sombrent à la découpe.

Il entra dans le salon, d'un pas décidé, et fut rassuré de voir que tout était en ordre. L'emplacement des meubles, des chaises, des tables, des fauteuils, était tel qu'à sa naissance. Rien n'avait changé d'un millimètre depuis le vieil Auguste. On avait fait de Pradeloup un musée. Seul le bureau avait subi quelques modifications, des étagères en plus, un bahut en moins, des croûtes expédiées au grenier. Lazare avait voulu se sentir chez lui dans cet espace, il l'avait rénové, si timidement en vérité. Et moi, songea Georges, que vais-je faire de tout ça ? Le bonheur des antiquaires. A moins que ma petite sœur ne veuille garnir son appartement de Blois. Elle aura l'embarras du choix. Mais en vérité, j'ai l'âme d'un vieux capitaine, voir périr le bateau corps et biens.

Tandis que Georges Bazin réfléchissait à la triste destinée des vieilles demeures bourgeoises, la gouvernante se tenait cinq mètres à l'arrière, immobile.

— Souhaiteriez-vous que je vous prépare un petit déjeuner ? Comme autrefois, dit-elle, café, pains grillés, beurre et confiture ?

— Une tasse de café suffira, Geneviève.

— Et madame Isabelle, n'est-elle pas avec vous ? Si je ne m'abuse...

— En effet, elle va venir. Et vous lui préparerez une collation. Elle la prendra dans la verrière. Jadis, nous étions amoureux de cet endroit donnant sur le parc.

— Votre père le fait entretenir par Ramusat, savez-vous. Hier encore, de la fenêtre de son bureau, il donnait ses ordres. Je comprends que cela lui soit difficile de quitter tout ça.

Georges hocha la tête, un sourire contrit sur les lèvres.

— Ne nous apitoyons pas trop, ma pauvre Geneviève. Mon père a vécu ici comme un prince dans son royaume. Rien ne lui a fait défaut, ni l'argent ni la santé. Ma pauvre mère s'est occupée de lui jusqu'au dernier moment. Peut-être que leur amour commun ne fut pas à la hauteur de ce que l'on attend dans la vie... Mais elle lui fut fidèle et aimante. Et lui ? Je ne sais pas. A la vérité, je ne sais rien de mon père. Nous n'avons jamais eu une conversation sérieuse. Il était trop secret pour cela, solitaire et parfois indifférent. Il nous aimait, ma sœur et moi, à sa manière. Il était préoccupé par notre éducation. Il voulait faire de moi un notaire aussi. Et sur ce point je l'ai déçu. Mais j'occupe un poste qui est cent fois plus important que ce à quoi il me destinait.

Geneviève se retira dans la cuisine pour y préparer le café et le plateau d'Isabelle. Cette dernière tardait à venir parce qu'elle avait compris, à demi-mot, que Georges avait besoin d'être seul avec la gouvernante.

Le fondé de pouvoir du Crédit national rejoignit la gouvernante dans les communs. Cela la troublait de se savoir surveillée. Elle additionnait les gestes maladroits, cognait les tasses, perdait de son habileté. A la vérité, Georges se souciait assez peu de ces détails.

— Comprenez-vous, désormais, pourquoi je vous ai demandé ce service ? dit-il.

Elle se retourna, les traits empreints de gravité.

— Je suis encore au service de votre père, monsieur Georges. Et celui-ci a compris le rôle que vous me faites jouer.

— Il vous en a fait le reproche ?

— Oh non, maître Bazin est trop subtil pour cela. Vous savez, il semble s'amuser de sa mort. Et le docteur Léontin lui fait des lectures qui le remontent tout aussi bien que ses médications.

— Comment cela ? Des lectures ?

— Il lui lit quelques pages d'un certain Lucrèce.

— Lucrèce ! s'exclama Georges. Comme c'est curieux.

— Mais n'ayez crainte. Hier soir, maître Bazin m'a assuré qu'il accepterait la venue du prêtre pour les derniers sacrements. Et nos dames du Sacré-Cœur ont repris espoir que Dieu l'accueille, enfin, dans son royaume, en paix avec lui-même.

Georges se retira sur la pointe des pieds dans le couloir pour réfléchir, puis il revint quelques minutes après.

— Mon père ne croit en rien. Autrefois, il lisait Nietzsche en buvant du cognac avec ses amis du cercle. Que dis-je, lire... plutôt déclamer...

Il éclata de rire.

— Est-ce tout ce que vous avez à me dire ?

Geneviève tendit une tasse de café au fondé de pouvoir. Il la prit et but d'un trait. C'était signe, tant de hâte, de quelque impatience.

— Ces dernières heures, et une partie de cette nuit, du reste, il a travaillé dans son cabinet, ajouta Geneviève.

— Il a travaillé. Mais à quoi ?

— J'ai cru comprendre, peut-être n'est-ce qu'une fausse impression...

— Je vous en prie, Geneviève, vous avez très bien vu ce qu'il y avait à voir.

Elle alla se réfugier dans le recoin de la cuisine. Il marcha vers elle, jusqu'à la toucher, ne voulant rien perdre de ses chuchotements, de ses mimiques, de ses hésitations.

— Son testament, peut-être, lâcha-t-elle. Et cela semblait bien l'amuser.

— Oh mon Dieu, s'écria Georges, je crains le pire ! Un testament, lui qui avait promis de n'en rien faire, estimant sans doute que nos partages seraient aussi clairs que l'eau de roche.

La gouvernante avait envie de fuir le regard scrutateur de Georges, insistant, pressant. Cela lui avait beaucoup coûté de raconter cela. Mais le fils Bazin s'étonnait déjà :

— Vous auriez pu aller voir ce qu'il faisait, très précisément, et plus encore, lire ce qu'il avait écrit au moment même où il se serait assoupi.

Geneviève porta les mains à son visage comme pour le dissimuler à Georges. L'annonce d'un testament possible l'excitait plus que jamais.

— Comment aurais-je pu être aussi indiscrète ? Alors qu'il s'était enfermé à clé dans sa chambre.

— Comment cela ? Il dispose d'une clé... Mais personne n'a songé à l'en priver ? Qu'adviendrait-il en cas de malaise, d'attaque subite ? Nous devons empêcher cela.

— Maître Bazin est encore assez lucide pour la conserver.

— Je vais y remédier, tout de même. Ce sont les caprices d'un vieil homme sénile.

L'homme laissa retomber sa colère, peu à peu, estimant enfin que celle-ci n'avait pas lieu de s'exprimer devant une domestique. Il s'isola donc dans le boudoir jaune avec Isabelle. Tandis qu'elle dévorait les petits pains grillés de Geneviève accompagnés de thé, le fondé de pouvoir cachait à peine son aigreur.

— J'ai prévu de rentrer à Limoges dans les vingt-quatre heures. Il suffit que je m'éloigne du commandement pour que des imbéciles collectionnent les erreurs. Ensuite, cela me demande des semaines pour les assainir.

— Monsieur l'Homme Indispensable, murmura Isabelle à l'oreille de son mari. Comment faisait-on avant que tu ne diriges cette banque ? Si j'ai bien compris, il faudrait que ton père se décide enfin à mourir dans les heures qui viennent...

Isabelle contemplait le parc, la lumière qui dorait les tilleuls, la promenade des merles et des grives sur le gazon. Elle acheva de vider la théière dans sa tasse, résista à la tentation de beurrer un nouveau petit pain, car elle n'avait pas encore goûté à la confiture de cerises.

Prenant prétexte que son père était endormi, ou supposé tel, Georges repoussait l'instant de paraître devant lui pour l'embrasser, lui dire quelques mots apaisants, bref, se comporter en digne descendant des Bazin. A la vérité, il redoutait ce moment, préférant le partager avec sa sœur Calixte. Mais Calixte retardait aussi sur l'heure convenue, neuf heures pétantes.

— Tu crois qu'elle va venir aujourd'hui ? disait Isabelle.

— Pourquoi ne viendrait-elle pas ? Nous avons nos affaires à régler. Et sa présence est nécessaire.

Isabelle se replongea dans la lecture de *Marie-Claire*. Lecture, c'était vite dit ; elle feuilletait plutôt les pages, en promenant sur elles un regard rapide. Il n'était que les photos des mannequins sur lesquelles elle s'attardait, les robes du soir Givenchy, les tailleurs en tweed Balmain ou Dior. Elle avait un faible pour le style Jacques Griffe. Décontracté et amincissant la silhouette, ainsi se définissait-il. Elle montra quelques spécimens à son mari, qui détourna les yeux.

— Ça ne sert à rien de regarder tout le temps sa montre, fit-elle avec agacement.

Georges chercha un fauteuil et s'y abandonna, tous membres relâchés. Je me sens mou comme du caoutchouc, pensa-t-il. La gouvernante avait ouvert un pan de la verrière, l'air chaud entrait à gros bouillons avec ses odeurs de terre essorée.

— Ça pue la campagne, fit-il.

— Heureux de te l'entendre dire, ajouta Isabelle. La vie à Limoges n'est pas folichonne, mais au moins on a l'impression de vivre dans une ville.

— Je n'aime pas non plus Limoges, insista le fondé de pouvoir. Heureusement qu'il y a les porcelainiers. Ce sont de vieilles familles qui vivent hors du temps. Ce côté suranné tranche avec le fond de l'air.

— Le fond de l'air ?

— N'as-tu pas remarqué, ma belle, comment tout ça est populo ?

Geneviève vint chercher le plateau du petit déjeuner.

— Faut-il que j'en prépare un pour madame Portenois ?

— Je ne sais pas, dit Georges. Peut-être aura-t-elle pris sa collation en chemin.

— Elle sera accompagnée de monsieur Portenois ?

Le fondé de pouvoir montra quelques signes d'impatience.

— Bien entendu. Chez les Portenois, on ne sort pas en rangs dispersés.

Le mot fit rire Isabelle. Elle laissa tomber à ses pieds la revue d'un geste las.

— Tu n'aimes guère le beau-frère, à ce que je vois. Décidément, ça ne changera jamais.

— Et toi ? Tu l'apprécies, Octave ? demanda Georges.

— Il m'est indifférent, répondit-elle avec une moue de dédain.

Entre la morgue coutumière d'Isabelle Bazin et l'arrogance naturelle de son mari, il n'était pas place pour une feuille de cigarette, tant les deux esprits se complétaient et, pour reprendre les mots mêmes de Lazare, s'étaient généreusement trouvés.

— Père n'a jamais admis que ma sœur épouse ce maçon chanceux.

— Ah, voilà. Le mot est lâché, railla Isabelle. Qu'il ait monté une affaire de travaux publics, tu ne l'as jamais digéré, mon pauvre Georges.

— Ça ne sait que parler d'argent. Je plains Calixte, elle qui était ouverte à toutes les beautés de l'esprit. Comment a-t-elle pu faire sa vie avec ce zèbre ?

On avait profité de l'éloignement de la gouvernante pour verser un peu de fiel ; toute chose blessante concernant les Bazin ne se devait propager qu'en famille, loin des oreilles étrangères. Lorsque Geneviève approcha de nouveau de la verrière, les mots s'étouffèrent d'eux-mêmes.

— Je crois que la voiture de monsieur Portenois vient d'arriver, dit-elle.

Elle repartit aussitôt. L'annonce excita les Bazin. Georges rajusta sa cravate et Isabelle épousseta sa robe pour en chasser les dernières miettes de pain. Puis ils passèrent dans le salon, presque côte à côte. Ballet réglé selon l'usage.

De la fenêtre du salon, on avait vue sur le jardin d'entrée, l'allée et les massifs de rosiers. La Mercedes 220 couleur lie-de-vin était venue se garer près de l'escalier. De quoi irriter le fondé de pouvoir. L'homme était un forcené de l'ordre parfait. Et la présence de la berline allemande des Portenois au pied des marches de l'hôtel Pradeloup sonnait comme un acte de conquête. Pour qui se prend-il, ce benêt, pour le futur propriétaire de la maison ? Néanmoins, il fit bonne figure à sa sœur. On s'embrassa, se complimenta, s'épancha à son aise. Un pas en arrière, Isabelle se tenait sur sa réserve. Calixte Portenois n'était pas la douce fille Bazin, intelligente et douée, qu'on se plaisait à brosser dans les conversations familiales. Vindicative à ses heures, autoritaire, portant le verbe haut, elle se complaisait dans le psychodrame des familles. Chez elle, rien ne pouvait se concevoir sans embûches et toute chose minuscule prenait des formes monstrueuses par un art diffus de couper les cheveux en quatre, de faire monter les mayonnaises, de pousser à l'exacerbation.

Calixte portait un chapeau de paille décoré de cerises, une robe d'été rouge vif avec des boutons dorés. Assez courte, au-dessus du genou. Elle aimait à s'habiller court pour montrer ses jambes harmonieusement galbées. Sa peau hâlée faisait sensation. Georges en fit la réflexion. Cela la flatta au passage.

— Nous avons pris nos premiers bains de soleil à Hendaye, dit-elle. Je préfère l'Atlantique à la Méditerranée. La marée est violente et sauvage. Ça convient à mon tempérament, n'est-ce pas, Octave ?

Le mari était petit et râblé dans son costume d'été jaune paille. Il possédait le visage carré des sanguins, débordant d'énergie. Il avait juste serré la main des Bazin, vigoureusement. Les effusions n'étaient pas son genre, pas même les embrassades. Du reste, il s'était toujours considéré comme un étranger dans la famille, une pièce rapportée d'un autre monde. Le sien, sa culture et sa manière d'être, se rapportait plutôt au peuple des ouvriers, dont il était sorti par des affaires florissantes. Son entreprise s'était fortifiée dans la rénovation des gentilhommières, des châteaux, des demeures bourgeoises. Et sa réussite l'avait libéré de tout complexe.

— Depuis que nous avons acheté cette voiture allemande qui bouffe les kilomètres sans s'en rendre compte, on ne tient plus en place. Bientôt l'Espagne, l'Italie, la Grèce... Et Venise, mon cher Georges, êtes-vous allé à Venise ? Je ne vous le conseille pas, c'est un cloaque de luxe, une mare putride. Tout y semble pourrir à petit feu, vous voyez ce que je veux dire. Et la piazza San Marco, avec ses nuages de pigeons, c'est à vous dégoûter de la promenade. Heureusement que de temps en temps la marée haute submerge tout ça et nettoie les fientes !

Calixte s'amusait des réactions que les propos de son mari suscitaient. Elle aimait sa liberté de ton, ses grosses bêtises, son franc-parler, sa manière de juger toutes les modes à contre-courant. Comme lorsqu'il venait à évoquer Picasso – c'était son sujet favori sur l'art –, un barbouilleur selon lui, mais un génie du marketing.

— Avec l'héritage du vieux Lazare, on va pouvoir s'en payer, du bon temps, poursuivit-il. Parce que nous ne comptons pas le placer à la Caisse d'Epargne. On n'a qu'une vie, autant en profiter. Dépenser, dépenser... Et jouir de la vie, n'est-ce pas ? Les States, le Canada... J'ai toujours rêvé me payer une traversée de l'Atlantique en paquebot. Avec une chouette tempête pour corser le tout.

Octave se baladait dans le salon, les mains fourrées dans les poches de son pantalon, et le nez en l'air pour évaluer les richesses de l'hôtel Pradeloup. Il s'y connaissait en anciennes demeures. Il était un expert en la matière. Combien en avait-il acheté, de ces bonnes vieilles ruines, pour presque rien, ensuite rénovées et revendues pour des sommes colossales ?

Georges fit signe à Calixte de le suivre dans la verrière. Elle s'y résigna en faisant claquer ses hauts talons sur le parquet.

— Fais-le taire, ton con de mari, sinon, moi, je vais lui claquer la porte au nez.

Calixte fixa son frère droit dans les yeux.

— C'est peut-être un con, mais il te vaut bien, petit banquier de pacotille.

Le fondé de pouvoir soupira profondément.

— D'accord ! Petite sœur, on va passer un deal. Tu lui dis d'aller faire un tour avec sa belle auto pendant que nous irons voir notre père.

La jeune femme fronça les sourcils.

— Pourquoi ? Tu n'as pas encore vu papa ?

— Non, avoua-t-il. Je ne l'ai pas vu. J'ai attendu que tu arrives.

— Voyez-moi ça, le grand décideur du Crédit national qui a peur de parler tout seul à son cher papa... C'est pathétique, mon Georges. Tu es resté tel qu'en notre enfance, lorsque tu m'envoyais en première ligne affronter la colère paternelle, prendre les gifles à ta place. Salaud ! Lâche !

L'homme éclata de rire. Il prit sa sœur par la main et s'approcha pour l'embrasser sur le front. Elle se laissa faire. Puis, front contre front, ainsi qu'ils avaient l'habitude, autrefois, de se dire toutes les vérités, Calixte ajouta à voix basse :

— Octave est une énigme pour toi. Tu ne comprends pas pourquoi je l'ai épousé. Mais c'est un homme, lui, sans complication. Un sauvage, dans son genre, un homme des bois. Mais il me baise et me fait jouir. Tu comprends ça ? Toi, tu ne peux pas en dire autant avec ta pintade. Alors, tu prends des maîtresses, en douce. Et tu voudrais nous donner des leçons. Je voudrais bien les connaître, tes maîtresses. Ça doit être de bonnes petites salopes, bien peu distinguées, mais qui tringlent le jour et la nuit, à la demande, comme des putes...

Calixte le repoussa alors avec force.

— Tu dis n'importe quoi, Calixte. Tu es à moitié folle. Tu devrais te faire soigner.

— Je ne suis pas hypocrite, moi, j'assume mes névroses. Je sais ce qu'il me faut pour être heureuse au moins une heure par jour. Tout le monde ne peut pas en dire autant.

La jeune femme alla sur le seuil du parc, jusqu'à toucher les boutons de roses. Elle en cueillit une à moitié éclose, une jaune, et la glissa dans sa boutonnière.

— Papa aussi a eu des maîtresses. C'est une tradition de famille. As-tu entendu parler d'Anne Saunier ?

— Non.

— A la maladie de maman, il avait pris une lingère pour s'occuper des affaires de repassage.

— Ah oui, je vois.

Georges se prit la tête dans les mains, horrifié.

— Tu veux parler de cette petite idiote qui ne savait rien faire de ses dix doigts ? Combien de fois ai-je conseillé à père de s'en défaire ?

Calixte éclata de rire.

— Il ne risquait pas de la chasser. Et qu'elle fût nulle dans l'art du repassage était le dernier de ses soucis. Tu me comprends, n'est-ce pas ?

— Tu veux dire qu'il couchait avec cette fille qui avait trente ans de moins que lui ? Mais c'est une honte !

— Pourquoi ? releva Calixte. Tes maîtresses, tu les choisis dans les maisons de retraite ?

— Epargne-moi cette comparaison, tu veux bien ?

— Papa lui donnait de l'argent, bien sûr. Des louis d'or. Mais aussi des bijoux. Il lui achetait des robes, des tailleurs, des chaussures, des chapeaux, des gants... C'était tout à fait charmant. Et pour éviter le scandale, car ça jasait de plus en plus dans le voisinage, papa l'installa à Brive, rue Carnot, dans un beau petit studio. Il allait la voir, incognito, toutes les fins de semaine. C'était la belle vie : théâtre, cinéma, concert, restaurant... Puis, un jour, elle a trouvé mieux que papa, et elle a pris la poudre d'escampette. Sans un mot, sans rien. Père était si malheureux qu'il faillit se donner la mort. Mais, heureusement, la raison a repris le dessus. C'est la force des Bazin. Ils sont comme les chats, animaux espiègles, insoumis, indépendants, mais qui retombent toujours sur leurs pattes.

— Comment sais-tu tout ça ?

— Geneviève.

— Et tu ne m'as rien dit...

— Non, dit Calixte. Parce que je savais papa heureux. C'est une générosité que je possède et que tu n'as pas. J'ai tous les défauts et une seule qualité : l'amour paternel.

Georges se caressait le front en marchant de droite à gauche. Il était au bord des larmes. Que sa sœur fût au parfum de cette histoire scandaleuse depuis des années et qu'elle ne lui en eût rien dit le blessait profondément. Il se sentait frustré et meurtri. Moi, l'aîné, pensait-il, on m'a tenu en dehors de la vérité, jugeant sans doute que je n'aurais pas été capable de comprendre les fantasmes dégoûtants d'un vieil homme.

— Je disais tout à l'heure à Isabelle que je ne savais rien de notre père, dit Georges d'une voix cassée, parce qu'il ne m'a jamais gratifié de la moindre confidence. Ce n'est pas comme toi... Bien sûr, tu étais sa préférée. Et je comprends que tu lui aies réservé toute ta vie cet amour paternel.

— Au moins, ajouta Calixte, il t'a fichu la paix. Moi, il m'a surveillée comme le lait sur le feu, m'obligeant aux études longues, parce qu'il s'était mis en tête de me faire passer une agrégation.

— Quelle chance. Tu as eu toutes les chances. Sa confiance, sa sollicitude, ses encouragements... Mais ce n'était pas accordé en pure perte. Tu avais des dispositions. Et tu les as gâchées avec cet idiot dans sa voiture allemande !

Calixte éclata de rire.

— Mon pauvre Georges, tu as eu ta chance, aussi. Tu es fondé de pouvoir d'une banque. Tu gagnes dix mille francs par mois. Tu as épousé une jolie femme qui t'a donné deux fils...

— Pardon, se rebiffa Georges, j'ai obtenu ça à la force du poignet. Père voulait faire de moi un notaire. Comme lui. Il m'a pris sous son aile. Je détestais ça. Heureusement qu'en ce temps-là grand-père a compris que je n'avais pas la vocation.

La jeune femme prit son frère par le revers de la veste et le tira à elle avec force.

— Tu as la mémoire courte, Georges. Ta situation, tu la dois à papa. C'est lui qui a fait des pieds et des mains pour te faire entrer au Crédit national. Il a joué de ses relations. En particulier celles de Jérôme Chabriard.

Sans lui, tu serais encore au guichet, mon pauvre Georges, à compter les coupures.

Le fondé de pouvoir n'aimait guère qu'on évoque ces faits. Il avait fini par se persuader lui-même que son ascension rapide au sein de l'établissement bancaire était due à sa seule valeur, à ses seules qualités de gestionnaire. Même au pire moment de leurs rapports, Lazare Bazin n'avait jamais eu la cruauté de rappeler à son fils qu'il n'en était rien. Vieille éducation où l'on s'empresse de ne jamais blesser durablement ses proches, quels que soient leurs défauts.

— Au lieu de nous disputer, suggéra Georges, nous ferions mieux d'être vigilants sur notre héritage...

— Pourquoi ? Les biens seront partagés en deux parties égales. Si tu veux disposer de l'hôtel Pradeloup, moi je me contenterai de la villa de Biarritz. Quant aux appartements de Paris, nous les estimerons de manière à constituer deux parts équitables. Le reste, les terres, la métairie de Petit-Bois, la maison de Saint-Savère, les titres, nous les vendrons. Ça tombe bien, j'ai besoin d'argent pour voyager. Octave n'a pas parlé à la légère.

Georges s'était avancé jusqu'à la verrière, le nez collé aux vitres.

— Tu es gourmande, ma chère, la villa de Biarritz vaut bien plus que Pradeloup.

— Peut-être, admit-elle. En ce cas, nous ferons appel à des experts.

Calixte s'était assise dans un des fauteuils qui occupaient l'espace de la petite pièce en rotonde. Les jambes croisées pour se donner une contenance, elle observait avec amusement son frère, grand escogriffe à ses yeux empêtré dans ses petits calculs de comptable. Moi, pensait-elle, je suis une littéraire. Les computations ce n'est pas mon fort, je laisse ça aux professionnels.

— Lorsque père a acquis la villa de l'Atalaye, c'était après la guerre. Il l'a achetée pour une bouchée de pain à des gens pressés de vendre. Depuis, elle a triplé de valeur. Quant à Pradeloup, je crains qu'il n'assortisse cet héritage de quelques conditions difficiles à honorer.

— Gardons-nous des sentiments. Une fois papa disparu, nous ferons ce que bon nous semble ou plutôt ce que la raison nous dicte.

Georges se retourna vers sa sœur, vivement.

— Je crains qu'il n'ait rédigé un testament olographe.

— Comment cela ?

— Un testament, tu sais bien ce qu'est un testament ?

— Ce n'est pas Dieu possible, s'éleva-t-elle. Geneviève ne m'a jamais parlé de ça !

Se rapprochant de sa sœur, il vint lui parler à l'oreille.

— C'est nouveau. Depuis hier, seulement. Qu'est-ce donc qui aurait pu le faire changer d'avis ? Je m'interroge. Et nous devrions rester sur nos gardes.

Calixte alla aussitôt voir son mari. Il avait levé le capot de sa Mercedes et vérifiait les niveaux. C'était sa manière de passer le temps, ausculter la mécanique. Il s'ennuyait déjà à Pradeloup. D'autant qu'aux dernières nouvelles le vieux n'avait pas l'air de se décider à partir pour de bon. Elle lui parla du testament. Cela n'eut pas l'air de le perturber.

— Ça se casse comme de rien, dit-il. Parle à ton frère. C'est son métier, non ? Les banquiers, c'est des flibustiers dans l'âme.

La jeune femme haussa les épaules.

— Mon pauvre Octave, tu es bien gentil, mais tu n'y connais rien. Papa est notaire. Il maîtrise ces procédures.

— Papa ne sera bientôt plus rien, fit-il en essuyant sa jauge d'huile avec un chiffon. Aux héritiers de faire la loi, oui ou non...

Elle repartit dans le salon au pas de charge, alpagua son frère au passage.

— Suis-moi, Georges, nous allons voir papa. Ainsi, nous en aurons le cœur net.

6

Novembre 1943

Le notaire avait décidé de fermer son étude tous les après-midi. « A quoi bon, il n'y a plus d'affaires en vue », avait-il donné pour toute explication à Adrienne. Celle-ci ne répondit pas, mais Lazare devina combien elle était préoccupée. Le ravitaillement coûtait de plus en plus cher au marché noir. Certes, Clary s'en acquittait à merveille. Il avait la main chez tous les paysans du voisinage ; à la ferme de Baudrie le beurre et le lait, chez les Formier les œufs, la viande et les légumes. Sans Clary et sa débrouillardise, les Bazin eussent crevé de faim. Et cela enrageait Lazare de se sentir ainsi à la merci d'un petit jardinier, d'autant plus qu'il devait lui graisser la patte à chaque occasion. « Y a du risque, maître. Savez-vous qu'on fusille un bonhomme pour moins que ça... Et, foutre, ma peau vaut bien la vôtre, non ? » Chaque fois, il lui fallait aligner les billets de mille francs en sus.

Adrienne pataugeait, jour et nuit, dans l'angoisse. Elle se réveillait en sursaut, secouait son mari.

— Comment allons-nous faire, Lazare ?

Il maugréait dans son demi-sommeil. Mais elle insistait pour qu'il fût totalement éveillé, elle le secouait encore et encore. Et s'il résistait, elle se mettait à aller et venir autour du lit, allumant les lumières. Elle répétait toujours la même phrase : « Qu'allons-nous devenir, mon Dieu ? » Elle se mettait à genoux devant la table de nuit, où trônait une sainte vierge. Elle débitait des prières, des suppliques, pour que la guerre cesse, que les jours anciens s'en reviennent... Sans doute était-ce cc qui exaspérait le plus le notaire, ces bondieuseries. Il se jetait hors du lit.

— Allez vous recoucher, Adrienne. Et dormez. Ainsi vous ne penserez plus à rien.

Mais elle résistait, dans les tremblements de tout son être.

— J'ai peur, Lazare. Cette nuit m'effraie. Je ne vois pas poindre la moindre lueur d'espoir dans ce tunnel.

Lazare se prenait la tête dans les mains, maugréant contre lui-même d'avoir épousé une femme qu'il n'aimait pas.

— Il existe des gens plus malheureux que nous, disait-il pour la centième fois.

— Mais vous ne travaillez plus. Les affaires périclitent. L'argent va nous manquer, un jour ou l'autre. Qu'en pensez-vous ?

— Nous disposons de quoi vivre raisonnablement, bien que se nourrir et se vêtir deviennent un luxe.

— Peut-être faudrait-il nous défaire de notre personnel ?

Cette nuit-là, de novembre, Lazare Bazin enfila une robe de chambre. Au-dehors, il gelait à pierre fendre. Il alluma la cheminée et tous deux vinrent se presser contre le foyer triste. Un peu de chaleur redonna du courage à Adrienne. Elle sécha ses larmes et suspendit une cafetière au-dessus de la flamme.

— Je ne dormirai plus, maintenant.

Lazare ausculta sa montre de gousset.

— Trois heures, c'est un peu tôt, balbutia-t-il.

— Clary nous coûte les yeux de la tête...

— Jamais je ne renverrai le jardinier. Grâce à lui, nous mangeons à notre faim.

— Vous pourriez battre la campagne tout aussi bien que lui et nous rapporter de la viande, du lait et des œufs. Du reste, n'est-ce pas ce que vous faites toutes les après-midi ? Passé deux heures, je ne vous vois plus. A quoi donc occupez-vous votre temps ?

Lazare étendit ses jambes sur le bord de la cheminée. Le vent froid soufflant par bourrasques ramenait la fumée dans la chambre.

— Peut-être faudrait-il la faire ramoner ? Vous ne vous chargez plus de rien dans cette maison. Vous rendez-vous compte, Lazare, combien vous êtes devenu secret, solitaire, taciturne... Me le diriez-vous, enfin, si nous venions à manquer d'argent ?

— Bien entendu.

— Nous pourrions vendre la maison de Saint-Savère. Elle ne nous sert à rien. Je n'ose imaginer dans quel état elle se trouve, depuis le temps que nous y sommes allés. Ce ne serait pas un luxe d'y entreprendre un peu de rangement et de ménage.

Bazin se mit à arpenter la chambre, en proie à une vive agitation. Il doutait qu'elle eût exprimé ce souhait sans raison. Soupçonnerait-elle quelque chose ? Qui lui aurait mis la puce à l'oreille ? Il s'écria :

— Vendre ! Vendre ! Mais, ma pauvre Adrienne, vous n'y connaissez rien. Ce n'est pas le moment de se dessaisir. Qu'en tirerions-nous, de cette masure ? Une bouchée de pain. Alors que nous ne manquons pas d'argent. Nos affaires sont saines, irréprochables. Et la guerre peut bien durer dix ans encore, nous la supporterons, vous dis-je.

Devant la rudesse des mots, Adrienne se remit à sangloter dans le silence de la nuit. Mais il n'eut aucun geste, aucune attention, pour la consoler. Il se complaisait dans l'indifférence. Son cœur était devenu sec ou du moins s'était-il endurci à la longue. Cette rigidité avec Adrienne, avec les enfants, s'était imposée peu à peu comme une réponse à sa double vie. Tout ce qu'il avait d'humain en lui, il le réservait à Clarisse. Pour elle, il eût tout sacrifié, sa famille, qui lui pesait, mais aussi ses affaires. Il ne rêvait plus que de fuite. Chaque seconde passée à Pradeloup l'ennuyait, le mortifiait. Il avait hâte de monter sur sa bicyclette et de la rejoindre. Il comptait les heures, les minutes. Et c'était le cœur léger qu'il pédalait en rêvant à ce que deviendrait son existence avec elle, loin de Galiane-sur-Sévère, de l'hôtel Pradeloup et des lamentations de son épouse. Il se disait : J'ai bien mérité un peu de bonheur... Qui pourrait me le reprocher ? Ma conscience, certes. Mais nous vivons un temps où toutes choses sont provisoires. Rien n'est assuré, ni la liberté ni la vie... Sa mésaventure avec les gendarmes et le chef de la Légion l'avait marqué profondément. Il avait mesuré, soudain, son insignifiance dans l'ordre quotidien. Que vaut un petit notaire en face des barbares et des carnassiers qui occupent le pouvoir ? Le chef Pensennier avait crié « Halte ! » et il ne s'était pas retourné, attendant les balles qui eussent pu le traverser. Pourquoi n'avait-il pas tiré ? Cela tenait au hasard. Sa mort n'eût guère changé le sort du monde. Ce mot terrible, « Halte ! », n'en finirait jamais de raisonner dans sa tête.

Rasséréné, le notaire revint près de la cheminée pour y ajouter deux rondins de bois. Les flammes se mirent à crépiter. Adrienne chercha la main de son mari pour se rassurer. Elle la tint un instant, molle et froide, la serra quand même. Mais elle se détacha aussitôt.

— M'aimez-vous un peu ?

Lazare soupira en la regardant, longtemps.

— Je ne suis plus tout à fait à moi. Pardonnez mes distances, dit-il d'une voix blanche.

Adrienne l'assura aussitôt de son pardon. Il l'accueillit en hochant la tête. Se pourrait-il qu'il y ait deux sortes d'hommes en moi ? Ainsi qu'un esprit, parfois, qui se partage en deux, ignorant ce que l'un est devenu et à quoi l'autre aspire, l'amant de Clarisse contre le mari d'Adrienne... Cette pensée le fit sourire. Cette pensée l'horrifiait tout autant qu'elle le ravissait. Je vis donc un destin exceptionnel, se dit-il.

Plus tard, ils finirent par s'assoupir dans les bras l'un de l'autre. Et le jour, qui les sortit du lit malgré le froid, ramena en eux un brin de sérénité.

— Nous disposons de quoi vivre, répéta Lazare.

Il donna un chiffre fantaisiste sur la fortune des Bazin. Au reste, il ne pouvait que lui mentir, car elle était bien au-delà de ce qu'Adrienne croyait. C'eût été trahir la confiance de Chabriard et de Laumet sur les ventes de cognac et de bordeaux aux Allemands. Avec les convois pour Berlin et Munich, il avait réalisé près de dix millions de bénéfices. Ces fonds dormaient à l'abri sur le compte d'une banque suisse. Il faudrait attendre, assurément, la fin des hostilités pour les rapatrier. Pour l'heure, la raison exigeait de ne rien faire qui pût attirer l'attention des autorités vichyssoises.

— Me cacherais-tu quelque chose ? s'inquiéta Adrienne.

Il la regarda dans les yeux, sans sourciller.

— Je suis propre et net, asséna-t-il.

— Tu ne travailles plus. Un homme qui ne travaille plus a des problèmes d'argent, tôt ou tard.

— J'en ai assez gagné avant-guerre.

— Tu pourrais me le jurer ?

Lazare se fâcha tout rouge. Et elle perdit pied, découvrant alors que l'homme avec qui elle avait passé un quart de sa vie restait une énigme.

Malgré le vent froid balayant les collines de Galiane-sur-Sévère, Lazare monta sur son vélo à deux heures pétantes. Adrienne tenta de le retenir :

— Vous allez prendre la mort, mon pauvre ami.

— J'ai besoin de sortir, justifia-t-il. J'étouffe dans cette maison, à ne rien faire.

Adrienne ne parvenait pas à comprendre l'énergie que Lazare dépensait à courir sur les routes à bicyclette. La foi rend aveugle et la sienne était totale pour son mari. Ainsi avait-elle été élevée, dans la certitude de l'amour.

Depuis les restrictions d'essence, le notaire laissait sa voiture au garage. Pourtant, il avait stocké cent litres dans sa cave. Cela le rassurait de savoir qu'il pourrait ainsi voyager, fuir peut-être... Il roulait par les chemins de traverse, toujours les mêmes, jusqu'à Saint-Savère. En une heure, il parcourait les dix kilomètres qui le séparaient de Clarisse.

Au passage, Bazin s'arrêtait dans le hameau de Vialatte, chez Clary, pour prendre des provisions. Je nourris deux familles, se disait-il. Un jour l'une, un jour l'autre... Lazare se sentait enfin de quelque utilité dans la vie. Sans moi, que deviendraient mes chers enfants ?

Les prières d'Adrienne ne suffiraient pas à les nourrir, ni la neurasthénie de Clarisse.

— Voici ton ange gardien, ma chérie ! s'écria Lazare.

Ce disant, il déballa sur la table de la cuisine des pommes de terre, des poireaux et des carottes, ainsi qu'un lapin écorché.

Clotilde se jeta dans ses jambes. Il la prit dans les bras et la leva sous l'abat-jour diffusant une pâle lumière jaune.

— Elle est toute chaude, la pauvrette, dit-il. Regarde ! Le nez qui coule. Ce n'est pas dangereux, ça ?

Clarisse fumait une cigarette sur le coin de la table. Elle semblait abattue, sans force, le regard triste et le teint gris.

— Un rhume, un petit rhume. Je lui donne du sirop. C'est bon pour sa toux. Et toi ? Tu n'as pas eu froid ?

— Oh si, dit-il en ôtant ses moufles.

Il souffla sur ses doigts. Clarisse se leva pour prendre les mains endolories de Lazare entre les siennes. Elle les embrassait, tendrement, par petits baisers répétés.

— Je voudrais les mettre là, où tu caches toute ta chaleur, petite égoïste.

Elle se défendit, mais il parvint à les glisser entre ses cuisses. Ils restèrent de longues minutes immobiles dans un silence armé. Le vent soufflait au-dehors, agitant les branches décharnées des marronniers. Au travers des vitres, on distinguait leurs ombres pesantes. Lorsque la bise s'acharnait, il y avait des volutes de poussière qui venaient battre la porte et les fenêtres. Cela sifflait, gémissait, sans désemparer.

— Je hais cet hiver comme la peste, dit Lazare.

Clotilde s'accrochait au veston de son père.

— Mon tonton, tu me fais faire la balançoire, s'il te plaît ?

Bazin prit la petite fille par les aisselles et la souleva haut, avant de la laisser retomber vers lui. Puis il recommença trois fois, quatre fois. Clotilde riait aux larmes. C'était devenu un rituel, le jeu de la balançoire dans les bras de son « tonton », comme elle disait. On s'était en effet entendu pour qu'elle ne sût pas qui était son vrai père. Officiellement, Clotilde n'en avait pas de connu. Clarisse lui avait expliqué que son papa était parti à la guerre, et qu'il reviendrait un jour avec des cadeaux.

— A Noël, tu lui achèteras une poupée et un berceau de petite fille, n'est-ce pas ?

— Bien sûr, dit Lazare. Et des chocolats, des oranges, des dattes...

— Ne lui promets pas ce que tu ne pourras lui donner, prévint Clarisse.

— Mais je tiendrai ma promesse.

— Alors tu seras le papa Noël, n'est-ce pas ? Sans barbe blanche ni manteau rouge.

— Je serai l'ange gardien de mes deux petites femmes, ajouta Lazare.

Le jardinier avait glissé dans le panier, en prime, une bouteille d'eau-de-vie. Lazare fit sauter la cire qui protégeait le bouchon. Celui-ci était suffisamment sec et brûlé par l'alcool pour se laisser arracher sans difficulté.

— Sacré Clary, murmura Lazare. Il aura voulu faire plaisir à son maître. Mais n'exagérons rien, tout de même, se reprit-il. Avec toutes les pièces que je lui donne...

Clarisse amena une casserole d'eau sur la cuisinière. Avec son crochet, elle retira les cercles de fonte et logea quelques pièces de bois dans le foyer.

— Un grog ? proposa-t-elle.

Lazare fit non de la tête. Puis, il prit la bouteille et but à même le goulot une sérieuse rasade.

— Je n'ai plus que ce tord-boyaux à me mettre, déplora-t-il en grimaçant. Putain de guerre. Moi qui prise tellement le cognac... j'en suis privé.

Et il se mit à rire en songeant aux convois d'Angoulême.

— Ta réserve de Pradeloup est épuisée ? C'est curieux, nota Clarisse. Un homme prévoyant comme toi.

— Il n'y a plus que les Boches qui boivent du cognac, ma chère. Nous autres, les petits Français collabos, nous sommes au régime sec.

Elle versa dans son verre fumant une goulée de gnôle et deux sucres.

— Quelle ironie, tout de même ! soupira Lazare.

Clarisse le regarda, intriguée. Elle ne comprenait pas toujours le sens de ces petites phrases susurrées entre ses lèvres.

— De quoi parles-tu ?

— De l'ironie, dit-il. Et du double jeu par lequel elle triomphe.

— Je ne saisis pas.

Lazare alla tisonner le feu de la cheminée. Il aimait à jouer avec le feu, enflammer un brandon au contact des braises. Clarisse le rejoignit, assise à même le tapis. C'était là qu'elle aimait lire, près du feu, dans la douce chaleur irradiante. Elle vint se lover contre son amant. Les corps possèdent une intelligence instinctive dans l'amour, ils s'assemblent comme des pièces de puzzle, songea-t-elle.

— On ne peut pas endosser toute sa vie un uniforme sans adhérer tôt ou tard aux idées de cet uniforme, dit Lazare.

Clarisse posa un doigt sur les lèvres de son amant pour qu'il se tût.

— Tu n'es pas comme eux, toi.

— Mais je leur ressemble. Et je crains qu'un jour je ne puisse me défaire de cette peau. Voilà l'ironie du double jeu. Qui croit échapper à son destin s'y noie par malentendu.

Elle baissa la tête. Son ange gardien avait le spleen des soirées mornes. Elle ne savait comment le rassurer, puisqu'elle se sentait démunie elle-même devant l'immensité de son angoisse. Je n'existe que par lui. Il est ma liberté, ma raison, ma délivrance, pensait-elle en effleurant son visage. Et s'il venait à me faire défaut, que deviendrais-je ?

— Crois-tu que la guerre finira un jour ? demanda-t-elle d'une voix chagrinée.

— Je le crois.

Elle se glissa dans ses bras, la tête appuyée contre sa poitrine. La main de l'homme s'était posée sur son ventre, chaude et apaisante.

— Tu étais si confiant l'été dernier. Et puis les Allemands ont envahi la zone sud. Désormais, Pétain n'est plus qu'une marionnette entre leurs mains. Et tous ces miliciens fous qui écument la campagne. Ces gens ont la haine au corps. Ils torturent et tuent, au hasard, quiconque leur résiste. J'ai peur, Lazare. La nuit surtout. Le moindre bruit me terrorise. Le battement d'un volet, le craquement d'une poutre. Je me réfugie sous le lit avec Clotilde. Je me jure qu'ils ne nous prendront pas. Où est-il, mon ange gardien, à ce moment ? J'ai tant besoin de lui. Et je suis seule, sans défense, comme un oiseau blessé à la merci d'un chat. A quoi me sert-il de t'aimer, si tu ne peux pas me sauver, Lazare ?

Clarisse se retourna vivement pour que leurs bouches fussent collées l'une à l'autre. Quand elle voulut reprendre sa respiration, il la retint, mais son visage glissa au creux de son épaule. Alors, l'homme la reprit dans ses bras. Les larmes coulaient sur ses joues. Il serrait les dents, pourtant, pour ne pas montrer son désarroi. Il désirait que sa force ne souffrît d'aucune faiblesse.

— Après la guerre, nous partirons faire un long voyage, promit Lazare, tous les trois. En Italie, en Grèce, là où notre civilisation est née. Nous serons heureux de la voir enfin renaître, elle qui aura failli mourir de la barbarie. Et dans ce naufrage toutes nos espérances.

— Crois-tu que nous puissions encore la sauver ?

— Il ne faut pas en douter.

Clarisse tendit la bouteille d'eau-de-vie à son amant. Ils burent ensemble en silence en se repassant la bouteille. La gnôle était rude et âpre comme le long hiver qui battait à leur porte.

— Je voudrais entrer dans une longue ivresse, dit-elle, et me réveiller libre auprès de toi. Nous sortirions alors sur le pas de notre porte. Ce serait l'été. Nous n'aurions plus qu'à monter dans une voiture et disparaître. Loin, très loin.

— Ce serait merveilleux, ajouta Lazare.

— Les gens danseraient dans les rues. Il y aurait des drapeaux aux fenêtres et des cortèges d'hommes et de filles mélangés. Toute la ville ferait l'amour. Alors nous passerions parmi eux, légers comme des papillons.

Lazare fixait la pâle lumière de l'abat-jour et l'ombre alentour avec ses formes imprécises. Il aimait cette nuit persistante qui s'insinuait peu à peu. Ici, nous ne risquons rien, se dit-il. Personne ne saura nous trouver. Le bonheur se cache pour résister à toute l'adversité du monde. C'est une vieille habitude des amants. Ainsi conjurent-ils la menace du dehors.

Elle écoutait sa respiration accélérée, ses gémissements, le froissement du tissu sur sa peau. Elle poussa un petit cri. Et il soupira de plaisir. C'était ainsi, désormais, qu'ils s'aimaient, dans un imperceptible jeu des corps abandonnés.

Depuis que les bridgeurs du cercle de la rue des Pénitents s'occupaient de commerce avec les Allemands, ils avaient perdu le goût des cartes et des petites conversations futiles. L'appartement était même devenu le siège de la fameuse association d'intérêts. Dans une des petites pièces faisant office de débarras, Chabriard avait remis en service un vieux coffre-fort Decayeux encastré dans le mur pour y protéger comptabilité et liste des clients. A la vérité, l'association occulte formée par le notaire, le banquier et le comptable ne courait pas grand péril, depuis qu'Emile Lubert avait juré à ses compagnons de ne jamais leur porter le moindre préjudice. Pourtant, après la création de la Milice, Lubert était monté en grade. Il était devenu l'un des responsables du secteur avec Jules Pensennier. Cette nomination avait été bien accueillie par Jérôme Chabriard : « Désormais, nous aurons un protecteur », dit-il. Mais le directeur du Crédit national avait compris que cette « protection » méritait récompense, aussi les associés décidèrent-ils d'un commun accord de le récompenser sur chacun des convois. La Milice de Joseph Darnand n'était pas si généreuse pour un petit chef de secteur comme lui. C'est pourquoi nombre de ses membres s'adonnaient au pillage, au racket, au chantage.

Ce soir de novembre, alors que les événements portaient au pessimisme – le recul des troupes allemandes sur le front russe –, une vive discussion se déroula dans le cercle des bridgeurs. On avait bu plus que de raison du whisky anglais et de la gnôle française.

Emile Lubert se trouvait au centre de la conversation, car lui, bien sûr, ne croyait pas à l'effondrement prochain du IIIe Reich. A la vérité, il enrageait que le maréchal Pétain fût interdit d'onde sur l'ordre des occupants, c'était dire le peu de cas que les nazis faisaient de Vichy. Et quand il voulut faire la morale au trio de profiteurs qui se trouvait devant lui, ainsi qu'il se plaisait à le nommer avec d'autant plus de violence et de haine qu'il ne pouvait rien contre lui, Laumet répliqua :

— Ce n'est guère plus élégant de voler et d'assassiner que de faire du marché noir avec les Allemands. Tu ne pourras plus nous faire la leçon. Tu es un salaud comme les autres.

— A la différence que nous ne nous drapons pas dans la vertu sénile du Maréchal, insista Chabriard. Nous assumons notre rôle de profiteurs sans chercher à le masquer par de prétendus idéaux sur la régénération de la France. Nous nous fichons de la Révolution nationale. Nous disons merde au vieux con de Vichy.

— La Résistance finira par l'emporter, ajouta Bazin, et ses commissaires du peuple installeront des tribunaux révolutionnaires pour juger tous les salauds. Je gage, mon pauvre Lubert, que nous serons à ce moment-là, côte à côte, sur le banc des accusés. Moi, je n'aurai guère d'argument à faire valoir pour ma défense, sinon l'appât du gain, le lucre pour tout idéal. Ça ne fera guère une plaidoirie crédible. Mais toi, mon cher Lubert, tu pourras toujours dire que tu as cru à tes idées. Même avec des excuses, des pardons, des reniements, ce ne sera guère plaidable non plus. On t'objectera tous les crimes gratuits de la Milice, les otages fusillés çà et là, les femmes violées dans les masures, les enfants jetés vifs dans les puits, les familles décimées dans les villages, sans compter les tortures...

Dans son uniforme bleu foncé de la Milice, portant fier le béret frappé de l'insigne gamma, la petite moustache taillée à la Darnand, Emile Lubert arpentait la pièce d'un pas ferme, faisant claquer ses talons sur le parquet. Avec sa manière hautaine de toiser ses voisins, pour lesquels il éprouvait le plus grand dédain, l'homme se croyait dans une salle d'interrogatoire.

— Il y a deux sortes de mauvais Français, expliqua-t-il, les mains passées dans son ceinturon noir, les actifs et les passifs. Les actifs, ce sont tous les terroristes derrière de Gaulle. Ceux-là, nous les traitons comme ils le méritent. Les autres, les passifs, ce sont les profiteurs comme vous, ceux-là mêmes qui minent l'Etat français de l'intérieur avec leur sale trafic. Nous ne pouvons rien contre eux, parce que les Allemands les soutiennent. Il suffirait que je vous fasse arrêter, que je vous livre à la police allemande, pour que vous soyez libérés dans l'heure.

Chabriard tira à lui une chaise sur laquelle il s'assit à califourchon, face au milicien.

— Pas de ça avec nous, Lubert. Tu en croques, toi aussi. Crois-tu que nous te graissons par bonté chrétienne ?

Laumet éclata de rire.

— Peut-être serons-nous condamnés aux galères, mais nous aurons bien rigolé.

Le notaire fumait un long cigare, placide et calme. Les mots excessifs et les phrases outrancières, ce n'était décidément pas son genre. L'éducation, sans doute.

— Même si notre argent sent la merde, le mauvais Français, je ne sache pas que tu craches dessus ?

Le milicien prit un air offusqué qui ravissait, de toute évidence, son contradicteur. Chabriard aimait à tourner le couteau dans la plaie, haïssant la Milice, les supplétifs de la police allemande, sans pour autant se démarquer du régime de Vichy, quoi qu'il prétendît. Il pouvait tout aussi bien dire qu'il se moquait éperdument de la Révolution nationale, de Laval et de Pétain, et cultiver ses réseaux dont les ramifications touchaient de près l'hôtel du Parc. Il n'aimait pas le côté fort en gueule du régime, sa morale de pacotille, ses trublions fanatiques, seul le copinage affairiste l'intéressait. Sur ce point, il se trouvait en complet accord avec le notaire de Pradeloup. « Profitons des désordres de la guerre pour nous enrichir, se disaient-ils. Après, nous verrons bien... » Quant à Félice Laumet, c'était un dandy, amateur de jolies femmes, de belles voitures, dépensier et flambeur à ses heures, l'argent lui brûlait les doigts. Il n'entendait rien à la politique et la moindre discussion sur le sujet le faisait fuir. Néanmoins il avait compris que l'argent accorde toutes les libertés. Comme il n'en gagnait jamais assez, la tentation était grande pour lui de s'en procurer par tous les moyens. Par deux fois, le comptable fut chassé par ses patrons pour avoir mis la main dans la caisse. Ce lui était aisé de trafiquer quelques bilans. Il était passé maître dans l'art de la double comptabilité, c'est pourquoi Chabriard et Bazin avaient jugé opportun de mettre son talent au service de l'association occulte.

Pour détendre l'atmosphère, Laumet incita Lubert à prendre un verre de whisky, mais c'était trop anglais pour lui. Alors, il lui servit une vieille gnôle française.

— Sera-ce assez collabo pour toi ? Navré, mon vieux, mais nous n'avons pas de schnaps.

Chabriard éprouvait de l'écœurement devant autant d'enfantillages.

— Nous qui t'avons connu si différent, déplora-t-il en empoignant les épaules du milicien. As-tu réfléchi à ce qu'ils ont fait de toi ?

Bazin proposa qu'on mette un terme à cette conversation qui ne menait nulle part. Tout au plus témoignait-elle d'un désarroi sentimental.

Chabriard alla au coffre. Il manipula avec dextérité son code affiché par trois combinaisons de vingt crans. Puis il écarta la porte avec précaution. Sur la dernière étagère, il puisa dans la réserve des liquidités trois liasses de billets de banque.

— Voilà ton dû, dit Chabriard en se retournant vers le milicien.

— Ça vous amuse tellement, d'acheter votre protection ?

Laumet et Bazin se regardèrent, incrédules.

— En plus, il va nous engueuler, dit Chabriard. T'es un drôle de type, tout de même.

Lubert glissa l'argent dans les poches de sa vareuse. Il claqua des talons, geste ridicule et enfantin d'un petit soldat.

— Tu as encore sur le cœur l'histoire de la petite putain de Bordeaux.

— Ce que vous pouvez être cons, se défendit Lubert. J'ai toutes les filles que je veux. Et même celles qui résistent...

Laumet regardait son verre ambré par le whisky.

— On ne te demande rien, Emile. C'était histoire de causer.

Il y eut un court silence.

— Bien que je persiste à penser que le meilleur de l'amour physique s'obtient par consentement mutuel, ajouta le comptable.

Bazin ralluma son cigare et tira nerveusement plusieurs bouffées à la suite.

— Vous planquez votre pognon en Suisse, n'est-ce pas ?

— On le planque là où il ne risque pas de s'envoler, répondit le notaire.

— Ce n'est pas ton affaire, Emile, dit Chabriard.

Le banquier alla ouvrir la porte de l'appartement et fit signe à Lubert de déguerpir. Ce dernier regarda tour à tour ses compagnons et les salua à la manière des fascistes.

— Je voudrais dire quelques mots en privé à Bazin... dit le milicien.

— Moi ? fit Lazare surpris.

Il écrasa son cigare dans une coupelle et sortit derrière le milicien. Chabriard referma la porte d'un geste appuyé. Dans l'escalier, la lumière était si pâle qu'on distinguait à peine les visages.

— Pensennier a découvert ta cachette. Tu ferais bien de prendre des dispositions.

Lazare regarda le milicien avec incrédulité.

— Quelle cachette ?

— Tu as une maîtresse, mon gars.

Le notaire ne répondit pas. De ce côté de son existence, il était la naïveté même.

— Tu la caches dans ta maison de Saint-Savère.

— En quoi cela regarde-t-il Pensennier ? Est-ce que je me mêle de ses histoires, moi ?

Par un rictus, Lubert montra son impatience.

— Elle s'appelle Clarisse Zeiss. Elle est née à Paris et a passé son enfance au Pletzl, comme on dit en yiddish, rue des Ecouffes. Autrement dit, elle est juive, ta maîtresse. Tu comprends ce que ça signifie ? Qu'on ne va pas tarder à s'occuper d'elle... Tu as entendu parler de la loi du 3 octobre 40 ? L'exclusion des Juifs ?

Lazare agrippa le milicien au col.

— Vous n'y touchez pas. Compris. Sinon...

— Sinon quoi ?

Le notaire se souvint de sa première entrevue avec Pensennier dans le bourg de Tournette. C'était une époque calme, au regard de ce qu'elle était devenue. Depuis que la Wehrmacht avait envahi la zone sud, tout était sous contrôle nazi. Et la Milice s'était naturellement rangée sous la bannière des occupants. Quant aux lois antijuives, elles étaient appliquées avec plus de dureté qu'au début de la guerre, avec ses fonctionnaires acharnés à dresser des listes, à ordonner des rafles, à garnir des convois. Femmes, enfants, vieillards, dorénavant nul n'échappait à la règle.

Lubert le repoussa brutalement, en époussetant sa tunique. Il n'avait pas envie de tremper dans la moindre combine pour sauver cette femme, fût-elle la maîtresse de Bazin. Néanmoins, il avait tenu à l'avertir, juste l'avertir, et rien de plus. Dès lors, il ne s'estimait plus redevable.

Le notaire quitta l'appartement de la rue des Pénitents comme un somnambule, sans même prendre congé de ses deux complices. Il monta sur sa bicyclette et se mit à pédaler, pédaler, jusqu'à perdre le souffle. Il s'arrêta près de la fontaine, but machinalement un peu d'eau et s'aspergea le visage. Puis, au moment de repartir, Lazare comprit enfin la stupidité de sa réaction. A quoi lui servirait-il de rouler ainsi comme un dératé vers Saint-Savère ? Afin de prévenir Clarisse, bien sûr... Mais, une fois prévenue, que ferait-elle ? Partir avec Clotilde sur les routes incertaines ? C'est à moi de les cacher, pensa-t-il. A moi de les transporter à Brive, comme après l'orage d'août 42... A l'hôtel Cotton, par exemple... Bonne idée. Mais pour cela, il me faut ma voiture. Faire le plein d'essence, la démarrer, ouvrir le garage...

Adrienne sera alertée, forcément. Et quelle explication lui donnerai-je ? Que je vais cacher à Brive ma maîtresse et ma fille adultérine parce qu'elles sont juives et que la Milice veut les arrêter ?... Tout serait perdu. Ma double vie découverte, mes mensonges mis au jour, mon hypocrisie...

Le notaire demeura de longues minutes dans la plus grande des indécisions. Que vaudrait ma tranquillité d'époux irréprochable si, par malheur, Clarisse et Clotilde venaient à tomber entre les mains des barbares ? Vivre avec cette lâcheté sur la conscience... Lazare sentit les larmes l'envahir. Il ne supportait pas d'être pris au piège, de ne pas trouver de solution pour garantir à la fois la sécurité des Zeiss et la quiétude de sa famille. Que ces deux bonnes causes fussent opposées le déchirait intérieurement ; il ne parvenait pas à choisir. Dans sa vie ordinaire de notaire et d'homme, il réglait habituellement ses conflits en choisissant le moindre des inconvénients. Présentement, il lui paraissait que l'un et l'autre étaient d'égale importance, parce qu'il les jugeait en fonction de sa propre contingence. Qu'il eût le courage de s'abstraire du jeu et la solution était manifeste : sauver Clarisse et Clotilde en priorité.

Le notaire remonta sur sa bicyclette, sans forcer sur les pédales. Il avait tout le temps, maintenant que sa décision était prise de ne rien tenter avant le lendemain. Lubert aura voulu te faire peur, histoire de se venger de ses humiliations, se disait-il pour se rassurer. Nous disposerons de tout le temps nécessaire avant que la Milice s'en mêle.

Toute la nuit, rentré chez lui, il demeura ainsi dans l'état d'un demi-sommeil, à ruminer ses craintes et à leur opposer ses certitudes.

Au petit matin, il descendit dans sa cuisine. Adrienne avait préparé le petit déjeuner en tempêtant contre le beurre rance et le lait aigre. C'était un des innombrables inconvénients de l'Occupation. Chaque fois, Lazare répondait par la même litanie, en invoquant ceux qui n'ont ni beurre ni lait.

— Chez Clary, on fait du café avec des glands ou de l'avoine grillés, dit-il. Et je ne l'ai jamais entendu se plaindre. Qu'ont-ils de plus que nous, ces gens ?

— Voici que vous vous adonnez à la rhétorique sociale, maintenant ? C'est nouveau.

— Et vos prières, ma chère Adrienne, ont-elles changé la moindre des conditions ? Et votre Dieu, qu'attend-il pour mettre un peu d'ordre dans ces malheurs ? Plus vous le sollicitez et plus il se fait sourd.

— Dieu est juge de nos actes, de nos courages et de nos bontés, répliqua-t-elle d'un ton pincé. Si le malheur de la guerre nous frappe, c'est à l'homme mauvais qu'il faut l'imputer.

— Votre Dieu doit être bien déçu par sa créature, en laquelle il avait fondé tant d'espérance. Mais ne l'a-t-il pas lui-même dotée du pouvoir de faire le mal ?

Adrienne se retrancha dans un silence méditatif. Elle eût pu répondre que le bien et le mal étaient dans l'ordre de l'humanité, mais elle jugeait déjà qu'il ne servirait à rien de jouter avec un incroyant. Elle l'aimait ainsi, son Lazare, taillé d'une seule pièce dans un rude bois. Il ne se laissait pas aisément ébrécher et encore moins polir.

L'homme but une tasse de café, debout devant la fenêtre. C'était une journée grise et froide comme l'enfer. Car il fallait être bien niais pour croire que le feu y consumait les âmes noires, plutôt une glacière, songea-t-il. Mais l'idée des températures célestes ne fit que l'effleurer ; il ne croyait ni à l'un ni à l'autre. Notre mort sera reposante, voilà tout. En un mot, heureuse, pensa-t-il.

— Je souhaite disparaître avant vous, dit Lazare. S'il existe, votre Dieu, je descendrai vous le dire.

Elle éclata de rire.

— Vous vous trompez. Je partirai avant vous.

— Qu'en savez-vous ?

— Une intuition.

Lazare jeta dans l'évier son fond de tasse de café.

— Je dois me rendre à Brive. Je vais me préparer au plus vite. Ne m'attendez pas pour le repas de midi. Nous reprendrons cette excellente conversation, n'ayez crainte.

Adrienne ne posa pas de question. Elle sentit à son air sombre qu'il n'était pas abordable. En général, elle faisait le gros dos pour s'éviter des répliques cinglantes.

Dans le milieu de la matinée, le notaire retrouva Clarisse au coin de sa cheminée. Elle se redressa tout juste pour l'accueillir, quand il dit d'une voix cassée par l'émotion :

— Ils ont découvert que tu es juive. Il faut partir au plus vite.

Elle fixa Lazare sans voix. Il la sentait molle, sans ressource, minée par l'asthénie. L'homme la prit dans ses bras et se mit à pleurer avec elle. Elle murmurait doucement que tout était perdu, que les chiens finiraient par la prendre là où elle se cacherait. Elle les connaissait mieux que quiconque.

— Ils ne lâchent jamais la piste lorsqu'ils l'ont trouvée. Ces salauds ont un flair incroyable. Et tout est mis à leur disposition pour la traque, les gendarmes, la police, les indicateurs. Sur dix Français, il y a toujours deux ou trois dénonciateurs. Par haine naturelle de l'autre, poursuivit-elle d'une voix épuisée, mais aussi par bêtise. Souvent par bêtise.

Elle cita dix de ses proches qui avaient été arrêtés, déportés.

— C'est comme un rouleau compresseur, acheva-t-elle avant d'entrer dans un grand silence prostré.

Lazare monta dans la chambre où jouait Clotilde. Il lui chercha un manteau dans l'armoire et le lui enfila.

— Qu'est-ce que tu fais, tonton ? Tu ne crois pas qu'il fait un peu trop froid pour aller se promener ?

— Mais non, il ne fait pas si froid.

— Maman va venir avec nous ?

— Oui, dit Lazare en l'embrassant sur ses grosses joues, nous allons partir ensemble et aller vivre dans un bel hôtel.

— Combien de temps ?

— Je ne sais pas.

— Pour toujours ?

— Je ne sais pas, Clotilde.

En les voyant descendre l'escalier, Clarisse se mit à hurler et la petite fille se fourra dans les jambes de Lazare.

— Crois-tu que ce soit le moment ? Un peu de courage, que diable. C'est une question de vie ou de mort.

Elle hurla encore plus fort. Ces cris de gorge avaient le pouvoir d'anéantir le notaire. Il savait Clarisse malade des nerfs depuis l'été 42. C'est à cause de la guerre, s'était-il dit à ce moment-là, pour ne pas voir la réalité en face. Clarisse voulait vivre avec lui, partir avec lui, au loin, dans un pays que la guerre n'avait pas contaminé.

Elle avait dit : « L'Amérique... Je rêve de l'Amérique... Là-bas, on ne chasse pas les Juifs. » Mais Lazare avait choisi de ne rien entendre pour préserver sa famille. Or, à ses yeux, il n'avait qu'une seule famille : Adrienne, le petit Georges et Calixte. Celle des Zeiss n'était qu'une ombre de famille, cachée, coupable, honteuse. Il n'y avait rien au juste qu'il eût voulu partager avec elle, comme une fuite, un exil protecteur, une liberté volée. La situation présente était à sa mesure : une maîtresse à portée de main pour son bon plaisir et une fille accidentelle qu'il chérissait.

— Partons au loin, répéta-t-elle en se tenant la tête. A Brive, on nous trouvera. Tu le sais bien.

— Je veillerai sur vous, promit Lazare en la serrant dans ses bras. J'obtiendrai de faux papiers.

— Des faux papiers, soupira Clarisse. Enfin, des faux papiers...

Elle haussa les épaules, le contemplant la tête penchée de côté, avec de la pitié dans le regard. Elle ne savait pas qui était le plus à blâmer, elle ou lui ; elle, parce qu'elle avait eu la légèreté un jour de se donner à lui, sans autre exigence que de vivre dans son voisinage et de partager de courts moments de bonheur, ou lui, parce qu'il était lâche, irrésolu, velléitaire... Clarisse passa le plat de la main sur le visage lisse de son amant.

— Mon pauvre Lazare, tu vas nous perdre toutes les deux. Et tu finiras par nous oublier. Tu te diras parfois que tu as vécu quelques années heureuses avec une jeune femme, que tu n'as pas su garder près de toi. Je ne crois pas que tu seras très malheureux, au fond. La guerre aura été responsable de tout. C'est facile à expliquer, facile à admettre. Après tout, tu n'y es pour rien.

— Partons. Partons vite, répondit-il.

7

21 juin 1963

— Toi, d'abord, insista Georges.

Calixte le prit par la main comme autrefois, lorsqu'il leur fallait essuyer les foudres paternelles.

— Décidément, tu ne changeras pas. Un fondé de pouvoir qui a encore peur de son père... Est-ce possible ? Comme quoi nos histoires d'enfance n'en finissent jamais...

Le banquier ne répondit pas. Pour devenir adulte, un fils doit finir par tuer son père, d'une manière symbolique s'entend, songea Georges. Le mien disparaîtra avant que je me résolve à l'exécuter...

Calixte poussa la porte d'un geste résolu. Puis elle s'arrêta à mi-chemin, interdite, comme si elle avait besoin d'un geste d'invite pour avancer jusqu'au pied du lit. Le père se redressa sur son séant, tendit une main pour lui faire signe d'avancer.

Georges était toujours dans l'entrebâillement de la porte capitonnée, hésitant, indécis. Maintenant, il se reprochait de n'être pas entré avec Calixte. Il se disait : Désormais, père m'ignorera. C'est sa manière de voir les choses. Son mépris est plus fort que la raison, même au seuil de la mort.

Calixte contourna le lit et se pencha pour embrasser le malade. L'odeur des vieux lui soulevait le cœur. Et elle ne s'abandonna pas aux effusions pour cette raison. Elle ne voulait pas lui montrer son aversion.

— Tu as encore du savon dans les oreilles, dit-elle.

— C'est Geneviève qui me fait la barbe. Tous les trois jours. C'est bien suffisant. Tu sais comment sont les domestiques, ma petite fille, si peu attentifs. Mais la nôtre, dans le fond, a beaucoup de patience avec moi. Nous formons une sorte de vieux couple...

Calixte fronça les sourcils.

— C'est plutôt dégoûtant ce que tu me dis ?

Lazare l'observa gravement.

— J'ai bien le droit à un peu de toilette. Comme je ne suis pas parfumé naturellement, il faut bien faire quelque chose, non ?

Le notaire avait senti le dégoût physique qu'il avait suscité chez sa fille. Celui-ci ne l'étonnait guère. Cette détestation instinctive était née, chez elle, il y avait bien longtemps de cela, après l'histoire d'Anne Saunier. Bien sûr, chacun peut faire ce qu'il veut dans la famille Bazin, pensa Lazare, sauf moi. Ma petite fille peut prendre tous les amants qu'elle désire, pas moi. Et le grand imbécile, dans l'encoignure de la porte, l'effondré de pouvoir, se dit-il, lui aussi, ça peut sauter toutes les gourgandines sans rendre de comptes... Mais moi, jamais. Je devrais être un saint, par hasard, un saint incroyant, mais un saint quand même...

— J'ai bien le temps de me décomposer. Tu ne crois pas ? ricana Lazare.

Calixte plaqua les mains sur son visage pour cacher son effroi.

— Comment peux-tu dire ça ?

— Une plaisanterie, rassura le père. Si l'on ne peut pas plaisanter de sa mort, alors la vie n'a plus de sens. C'est dans l'ordre, naître, vivre et mourir. N'est-ce pas, Calixte ? C'est bien ainsi que les choses se déroulent ? Ne soyons pas hypocrites.

— Je n'ai pas envie d'entendre ça de toi, mon petit papa.

Elle se retourna vers son frère et lui fit signe d'approcher. Il se porta vers son père et l'embrassa sur le front.

— Ah, Georges ! dit Lazare. Je suis heureux de te voir, enfin. Tu as beaucoup négligé ton vieux père, ces temps derniers.

— J'ai tellement de travail. Et rien ne marche lorsque je ne suis pas là.

Le vieil homme se mit à hocher la tête.

— Tu as raison, les affaires avant tout.

Georges se recula en fourrant les mains au fond de ses poches, faisant tinter les pièces de monnaie qu'elles contenaient.

— Isabelle est venue avec moi. Veux-tu la voir ?

Bazin fit la moue.

— C'est à elle de décider, mon cher Georges. Peut-être plus tard ?

Calixte voulut aussi annoncer la présence de son mari, mais elle comprit qu'elle obtiendrait la même réponse évasive. Le frère et la sœur s'assirent au chevet de leur père, l'un près de l'autre. Calixte tripotait en silence la fiole des gouttes pour le cœur. Machinalement, elle entrouvrit le tiroir de la table de nuit et son regard tomba sur un paquet de coton hydrophile et un flacon d'éther. Elle le repoussa de la main discrètement.

— Je te trouve bonne mine, dit Georges.

— Oui, reconnut Lazare, j'ai un très bon médecin. Il me soigne comme si j'étais immortel. Il a foi en moi. Enfin... Ce n'est peut-être pas le mot juste, mais du moins me considère-t-il comme un être humain et non comme un moribond. Cela est rassurant. Pour le reste, je m'en remets évidemment aux bons soins du hasard.

— Je suis fière de toi, papa, dit Calixte.

Le vieil homme tendit sa main et prit celle de sa fille.

— En attendant l'issue fatale, conseilla Lazare, vous pourriez vous installer dans les chambres de l'aile droite et profiter du parc, du soleil qui papillote dans les roseraies.

— Nous ne savons pas encore, dit Georges.

Le vieil homme le regarda avec insistance. Il était admiratif devant son nœud papillon à petits pois blancs sur fond bleu. Le costume était de bonne coupe, un tergal bleu nuit moiré.

— Je resterai si tu me le demandes, promit Calixte. Tout le temps qu'il faudra.

Leurs mains se détachèrent, doucement.

— Je ne voudrais pas être une charge pour vous, dit Lazare. Je ne le fus jamais, ce n'est pas maintenant que je vais commencer. Ma gouvernante est épatante dans son nouveau rôle. Elle me servira jusqu'au bout, comme un roi.

— Mais tu es un roi, reprit Georges.

— Un roi qui se meurt, plaisanta le notaire.

— Je ne crois pas que tu en sois là, minauda Georges.

Lazare tourna la tête sur le côté, vers la porte de son cabinet de travail.

— Veux-tu que nous te laissions, papa ? demanda Calixte.

— Peut-être ne te sens-tu pas aussi bien que tu voudrais nous le montrer, soupçonna Georges.

Le vieil homme parut somnoler un court instant. Calixte se leva pour voir si son père s'était endormi. Et elle ne vit qu'un visage tout sourire. Elle se rassit, dubitative.

— Pourquoi souris-tu ? Je ne comprends pas, marmonna-t-elle. C'est une étrange comédie.

Le vieil homme redressa la tête, fixant la rosace du plafond.

— J'ai une histoire drôle à vous raconter... commença-t-il.

— Une histoire drôle, reprit Georges en regardant sa sœur.

— Tout à l'heure, Geneviève est entrée dans ma chambre sans frapper, contrairement à son habitude, sous l'emprise d'une émotion violente. Elle semblait transportée de joie. Elle vint près de moi, se pencha sur mon lit et me lâcha quelques mots de latin. Vous ne devineriez pas ?

— Non, dit Calixte.

— *Habemus papam*...

Il éclata de rire.

— Cela veut dire : « Nous avons un nouveau pape », expliqua Calixte à son frère. C'est la formule consacrée.

Georges baissa la tête.

— Le nouveau pape s'appelle Paul VI, ajouta Bazin. Geneviève a vu ça sur l'écran de télévision. Maintenant, on vit les grands événements de notre société en direct, comme si nous y étions. Ce sont des images souvent incompréhensibles qui s'invitent chez nous, sans qu'on s'y attende le moins du monde. Une intrusion autoritaire, dirais-je même. Alors, les conversations s'interrompent, les visages se ferment, les esprits sont coagulés sur la lanterne magique. Nous ne sommes plus maîtres chez nous de nos discussions. Heureusement que ma vie s'achève, car je ne voudrais point vivre les années futures soumis au diktat de la télévision.

— Où faut-il rire ? questionna Georges.

— Si vous aviez vu l'expression sur le visage de cette pauvre Geneviève venant m'annoncer la consécration de son nouveau pape, vous auriez ri aussi.

— Au fond, père, tu t'en fiches qu'il y ait un nouveau pape.

— Complètement.

— Tu as toujours été un mécréant. Du reste, tu as vécu comme un mécréant. C'est ce qui vous opposait, avec maman, la religion. Tu l'as méprisée pour ça.

— Je n'ai rien contre les catholiques lorsqu'ils montrent le bon exemple, se défendit Lazare. Mais ce sont des hypocrites, comme les autres. Bien peu obéissent aux commandements de leur dieu. Néanmoins, je suis de bonne composition. Le curé Merlier et son abbesse Victorine viendront me donner les derniers sacrements. Du reste, ça ne me fera ni chaud ni froid. Mais vous noterez au passage que je fais preuve de conciliation.

Georges éclata de rire, puis, quittant sa chaise, se mit à arpenter la chambre d'un pas nerveux.

— Tu es aussi hypocrite qu'eux, parce que tu ne crois en rien et que tu feras semblant de croire.

— Ça suffit, Georges, s'opposa Calixte. Papa fera comme bon lui semble. Nous n'avons rien à dire. C'est son choix. Nous le respecterons.

Georges se rassit de nouveau, la tête dans les mains.

— J'ai envie de te poser une question, père ? Si tu ne veux pas répondre...

— Oui, coupa Lazare, je ferai comme bon me semble. Mais je devine que nous en venons enfin à l'essentiel, dans la mesure où les questions de religion n'ont jamais été le fort de notre famille.

— As-tu rédigé un testament olographe ?

Calixte détourna le regard, embarrassée. Elle eût souhaité que la question fût posée à un moment plus approprié. Mais elle connaissait son frère suffisamment pour comprendre que cette affaire lui brûlait les lèvres, qu'il avait hâte de savoir la vérité.

Le visage du vieux Bazin se durcit, soudain. Il cachait ainsi le sentiment violent qui s'était fait jour en lui. Et pour peu qu'on lui eût pris la main, à ce moment, on eût vu qu'elle était serrée au point que ses ongles entraient dans sa chair même.

— Oui, dit-il. Oui, j'ai rédigé un testament cette nuit même. Un testament écrit en bonne et due forme par un homme sain de corps et d'esprit. Un testament, repartit-il, qui sera ouvert en présence de maître Antoine Duquenoy, notaire à Brive, après ma disparition.

Georges poussa un soupir en regardant sa sœur. Celle-ci, visage blême, fixait le tapis.

— Tu nous avais dit que tu ne ferais pas de testament. N'est-ce pas, père ?

— J'ai changé d'avis.

— Qu'est-ce donc qui t'a fait varier ?

— Une longue et douloureuse réflexion, soutint Lazare. En approchant de l'issue fatale, on ne voit plus les choses de la même façon. On révise ses jugements.

— Et qu'y a-t-il donc dans ce testament ?

— Voudriez-vous que j'appelle maître Duquenoy pour que nous l'ouvrions sur-le-champ ? Cela serait singulier. Une belle comédie, digne des Bazin et des Bazinus.

— Oh ça, je ne crois pas, s'écria Georges. Tu préféreras que nous le découvrions en ton absence. Bien sûr. C'est plus aisé. Des volontés posthumes...

Calixte fit signe à son frère de se taire. Il ne comprenait pas qu'elle exigeât cela de lui, désormais que le fer était engagé. Après tout, ne l'avait-elle pas souhaitée, cette conversation abrupte et pour tout dire pénible ? Le rapport père-fille, pensa-t-il, quelle affaire !

— Comme tu voudras, père, dit-il d'une voix lasse.

Il rompit tout net.

Cinq minutes plus tard, Calixte et Georges se retrouvèrent dans la verrière. Ils en chassèrent Geneviève qui jouait la curieuse, puis la rappelèrent pour un repas froid : un blanc de poulet, quelques cornichons et une poignée de cerises. C'était tout.

— Maintenant, nous savons, dit le frère.

— Nous ne savons rien, reprit la sœur.

— Comment ça, « nous ne savons rien » ?

— Il y a un testament et nous ignorons ce qu'il contient.

Georges remplit les verres, un pauillac 55. Ils trinquèrent à leur enfance.

— Il était temps de le boire, jugea le fondé de pouvoir. Passé dix ans, le bordeaux perd son arôme.

— Père en possède trois cents bouteilles, dit Calixte. Toutes millésimées, 45, 53 et 55.

— Les meilleures années pour le bordeaux rouge. Et bien d'autres choses encore, comme le cognac fine champagne 1942. Une centaine de caisses, ajouta Georges. Il y a des trésors dans la cave de Pradeloup dont tu n'as pas idée.

— Je vois que tu tiens une comptabilité serrée, nota Calixte. Ne crains rien, mon pauvre Georges. Je ne prendrai rien sans t'en aviser. Tu feras deux parts égales, voilà tout, comme lorsque nous nous partagions les billes dans notre chère enfance.

— Tu m'accuses à tort, petite sœur.

Elle éclata de rire en tirant une chaise hors de la verrière pour se dorer au soleil.

— Moi, je reste à l'ombre, si tu n'y vois pas d'inconvénient. La chaleur me donne la migraine.

— Nous n'avons rien à craindre du testament, repartit Calixte. Nous sommes les deux seuls héritiers de la succession Bazin. Et si notre père veut nous opposer par un partage inégal, c'est à nous de le corriger, intelligemment. Nous n'aurions rien à gagner dans une querelle d'experts et d'avocats. Ces gens adorent tirer parti de la discorde, comme tu le sais.

Georges sortit dans le parc pour se rapprocher de sa sœur, il craignait que leurs propos ne fussent entendus de Geneviève. Auparavant, il alla chercher un chapeau de paille dans l'alcôve.

— Les meilleurs vins et les plus somptueux cognacs nous viennent de l'Occupation, lorsque notre père fit du trafic avec l'Allemagne, dit Georges à mi-voix. Il a amassé une petite fortune à ce moment-là. De l'argent placé en Suisse, avec lequel il a acquis entre autres la villa de Biarritz.

Calixte retroussa sa robe sur le haut de ses cuisses pour prendre le soleil, sans timidité aucune, avec un naturel désarmant. Le frère l'observa, l'œil critique.

— Tu pourrais faire un peu attention devant Geneviève, suggéra-t-il.

— Tu as toujours été prude, Georges.

— Et toi, légère, répliqua-t-il.

Elle ferma les yeux sur un sourire vague. Elle s'aimait ainsi, dans la provocation, à contraindre la fausse vertu à s'abaisser.

— J'ai eu beaucoup d'amants, reconnut-elle. Des hommes, du reste, qui m'ont pourri la vie. Mais c'était cette espèce que je convoitais, instable et frivole, pour mes plaisirs.

— Tu veux dire : portés sur le sexe. Putassiers et pervers...

— Je t'en prie, Georges. Ce n'est pas une conversation acceptable entre un frère et une sœur.

Il se mit à tourner autour d'elle comme un gros bourdon enivré par les fragrances d'un massif de fleurs orgiaque.

— Notre père fut un collabo, repartit-il. Le savais-tu ? Jérôme Chabriard s'est souvent vanté de ses exploits devant les petits jeunes qu'il a formés à la banque après la guerre. Père fut un des organisateurs dans ce honteux trafic. Entre fin 42 et début 44, il y eut des convois pour Berlin et Munich tous les mois... Par trains entiers, ils fournissaient les dignitaires nazis en vins, en alcools forts, en champagne, mais aussi en objets d'art volés ou pillés... Tu ne savais pas cela, ma chère petite sœur, de quoi notre père était capable ? Cela t'étonne, aujourd'hui. Je n'en ai jamais parlé, ni à maman ni à toi. Par lâcheté sans doute. Pour protéger aussi l'honneur de notre famille.

La jeune femme avait écouté les révélations de son frère sans qu'un seul trait de son visage change. Figée, immobile, pétrifiée, Calixte ne voulait rien montrer de son désarroi. Certes, elle en voulait à son père de tous ses secrets enfouis, mais encore plus à Georges, qui semblait se délecter de ces escroqueries. D'un geste, elle ôta vivement ses lunettes de soleil et haussa la tête pour lui jeter au visage :

— Ça ne t'empêchera pas de convoiter la villa de l'Atalaye ! Tu ne trouveras pas honteux d'aller y passer tes vacances ? Tu ne trouveras pas honteux de jouir des biens acquis par la collaboration avec les nazis ? Mon pauvre Georges, voici un héritage qui devrait noircir ta conscience. A ta place, je le refuserais avec la plus vive énergie.

L'homme fut désarçonné par la vivacité de sa réplique. Il s'attendait à une tout autre réaction que cette attaque en règle, des larmoiements, des plaintes, des lamentations, comme dans toute bonne famille bourgeoise qui se respecte.

— Et toi ? Cela te laisse l'esprit en paix ?

— Je ne dis rien. Je ne critique pas notre père à tout bout de champ. Il a commis de vilaines choses dans sa vie, certes, mais est-ce à nous de le juger ?

— Je ne veux pas hériter les yeux fermés.

— Tellement ouverts, en réalité, que tu voudrais connaître ce que contient ce testament. Moi, je m'en fiche. Octave est riche et la vie que je mène me suffit. Elle me procure toutes les satisfactions.

Georges comprit alors les liens intenses que sa sœur entretenait avec le père. Maintenant que la fin approchait, que la mort allait mettre un terme à tant d'années d'amour filial, ils se resserraient d'autant plus, rendant Calixte incapable de la moindre critique.

— Tu as toujours aimé père. Et il t'a conservé une large place dans son cœur. Moi non, répéta-t-il. Peut-être ai-je un cœur trop petit ? Peut-être n'ai-je jamais su prendre la place à laquelle j'avais droit...

Georges se chercha alors de bonnes raisons de justifier ce destin de mal-aimé pour son profit personnel, puisque sa sœur ne l'écoutait déjà plus, insensible qu'elle était à son désarroi, sèche à son désespoir. J'étais l'aîné, pensa-t-il, celui qui portait l'espoir des Bazin. Et je déçus toutes les ambitions paternelles. Qu'aurait-il fallu que je devienne pour conquérir ce cœur et inspirer un peu d'amour : notaire, avocat, juge... ?

L'arrivée de Geneviève interrompit leur tête-à-tête. La gouvernante récupéra les couverts et repartit aussitôt, sans un mot. Elle avait à faire du côté du salon, où les visiteurs affluaient déjà. Outre l'abbesse et ses sœurs, il y avait aussi quelques vieux clients de maître Bazin, endeuillés déjà, empreints de commisération.

En la voyant se retirer promptement, Georges fut soulagé. Il craignait les questions comme la peste. Il n'avait pas envie de jouer la comédie devant Geneviève, exprimer de faux sentiments. Non, certes non, il n'était pas malheureux de voir son père sur son lit d'agonie. Il n'avait pas envie de prier ni de geindre, encore moins d'offrir un visage éploré.

— Je crois que je vais faire une petite sieste, dit-il. En attendant la suite... Isabelle et moi, nous prendrons la chambre bleue, comme par le passé. Nous y avons nos habitudes.

Calixte approuva d'un mouvement de la tête. Cela ne lui faisait ni chaud ni froid de revenir dans l'autre chambre, celle de style anglais, avec ses affreuses tapisseries écossaises, bien qu'elle n'eût conservé du lieu que l'impression d'une vaine attente à vouloir grandir trop vite.

— Moi aussi, conclut-elle, je vais me reposer un peu. Mais sur une chaise longue, en plein soleil. Heureusement que j'ai prévu un maillot de bain dans mes bagages...

Dans le salon Pradeloup, les dames du Sacré-Cœur avaient repris leur veille. Depuis l'arrivée des enfants Bazin, elles se parlaient à voix basse pour ne pas se faire remarquer. Néanmoins, de temps à autre, l'abbesse ne pouvait s'empêcher de hausser le ton. Mais les autres la rappelaient vite à ses devoirs par des mimiques ou des feulements de chatte.

Georges vint les saluer en début d'après-midi, juste avant de monter dans sa chambre. Pour la circonstance, il joua le rôle éphémère du maître de cérémonie en disant, d'une voix éteinte :

— Maître Bazin est dans un état stationnaire. Mais rien ne nous autorise à fonder quelque espoir... Hélas ! ajouta-t-il pour donner un peu de consistance à son pronostic.

Une fois le fondé de pouvoir disparu dans l'escalier, les dames se rapprochèrent du guéridon où Geneviève avait l'habitude de servir, à quatre heures, une petite collation. Elles se tenaient si proches les unes des autres que de simples chuchotements suffisaient à leur conversation.

— Avez-vous vu l'air de monsieur Georges ? On ne saurait être plus détendu et reposé, susurra Louise Laroque.

Germaine Jaffrée confirma l'impression, mais compléta son propos d'un jugement terrible :

— Pensez donc, il attend sa mort avec une certaine impatience.

— Oh, c'est affreux que vous pensiez cela, ma chère Germaine, s'éleva Francette Jacquemin. On ne peut se laisser prendre ainsi par les apparences. L'expression du chagrin peut revêtir mille formes. Parfois, nous croyons que les larmes abondantes sont le signe d'une peine douloureuse alors qu'elle ne dure qu'un déjeuner de soleil. Et quelquefois, peu démonstrative et secrète, la douleur mine de l'intérieur pendant de longues années, sans rien laisser paraître.

— Cela est plein de sagesse, défendit Victorine Boisson en touchant la main de Francette.

L'abbesse avait fait ces dernières heures un long examen de conscience. Elle s'était trouvée arrogante et injuste avec Lazare Bazin, trop critique à l'égard de la famille. Parfois même médisante. Cela lui pesait sur le cœur de s'être laissé emporter dans l'impertinence. A la vérité, le curé Merlier était pour beaucoup dans sa soudaine conversion à la bonté. Le prêtre l'avait tancée, selon son habitude, lorsqu'il avait découvert toutes les bêtises débitées sur le pauvre notaire. « Un tel homme mérite notre respect. Préoccupez-vous plutôt, ma bonne Victorine, de lui venir en aide, de soulager ses peines, préparez-le à entrer dans le royaume du ciel… Voici des actes positifs que tout bon chrétien doit entreprendre pour son prochain. »

Victorine servit donc à ses sœurs d'âme ces conseils, si bien qu'à la seconde le silence, entre elles, roula en propos convenus. Louise sentit que sa journée serait gâchée, car elle avait préparé toutes sortes de médisances sur les Bazin. Un Georges indifférent, une Calixte volage et superficielle, et un mourant peu aimé par ses enfants, il y avait de quoi dénigrer, cancaner, persifler à son aise. Pour comble de l'ennui, Victorine exigea de longues prières que les dames se mirent à débiter à la suite, sans frein.

Alors que le laborieux exercice se traînait en longueur, il fut soudain interrompu par des éclats de voix provenant du couloir. Les dames dressèrent la tête, outragées, seule l'abbesse, emportée par son élan, poursuivit son murmure lancinant. En prière, rien ne pouvait la distraire. Et il fallut que Francette lui prît son bréviaire des mains pour qu'elle se rendît compte enfin du désordre régnant dans le salon.

— Tiens, s'écriait un gros bonhomme chapeauté d'un feutre noir, voilà la bonne du curé. Ça sent pas bon pour notre pauvre ami, tout ça !

Il serra les mains à la suite, et se risqua même à embrasser Francette, rouge de surprise et de honte.

— Tu es là aussi, ma petite. C'est pas trop tard, au moins ? Quand j'ai su que Lazare était au plus mal, vous pensez bien, j'ai accouru. Pour moi, Lazare, c'est un sacré bonhomme. Un juste, un vrai citoyen. Il nous manquera. Sacrément même. Pas vrai, les gars ?

Gaëtan Lesur se tourna vers ses amis, Paul Jobert et Victurnien Blanchet, deux paysans en habit du dimanche. Ces derniers répondirent par un hochement de tête. Les dames du Sacré-Cœur avaient le pouvoir de les intimider. Quant à Lesur, il n'était rien au monde qui pouvait l'impressionner. Pour preuve, il revint d'un pas assuré vers Victorine, pour lui dire d'un air goguenard :

— C'est peut-être pas ce qu'il lui faut, ces bondieuseries, non ? Moi, y m'semble bien que ça m'foutrait la trouille. Une fois mort, pas de problème. C'est une affaire qui ne nous concerne plus, le paradis, l'enfer, le purgatoire... Du reste, insista-t-il, notre Lazare était plutôt indifférent à toutes ces choses. Je l'ai jamais vu une seule fois à la messe. Faut dire, mes pauvres dames, que c'est pas étonnant, vu que j'y mets moi-même jamais les pieds. Mais ça s'sent, un homme qu'a la croyance dans le sang. M'est avis que not' notaire n'adorait qu'un seul dieu, l'argent. Et fichtre, il avait bien raison !

L'abbesse toisa son interlocuteur d'un œil sévère.

— C'est bien vous le marchand de vaches de Galiane ?

— En effet, fit-il en retirant son chapeau de feutre. J'suis ce qu'on appelle un maquignon. J'achète, j'engraisse et je revends. Et là, mes voisins, ce sont tous des éleveurs. N'est-ce pas, les gars ?

Les types se mirent à grommeler. Victorine passa sous leurs regards avec un petit hochement de tête. Elle les toisait, les jugeait, avec arrogance. C'était plus fort qu'elle. L'abbesse avait une vision du monde plutôt rétrécie. D'un côté les fins esprits, croyants et pétris de spiritualité, de l'autre les hommes des bois, rustres et irréligieux. Il suffisait juste de les sauver d'eux-mêmes, de leur crasse incroyance, pour bâtir une société chrétienne.

— Le veau, la vache, le cochon, repartit Lesur, c'est notre vocation. J'ai choisi les meilleurs producteurs dans le genre. Ça ne paraît pas, mesdames, mais faire un bon veau de lait, ça demande du travail. On ne vit pas que de prières et d'eau bénite, rigola-t-il.

La gouvernante ne savait plus à quel saint se vouer. Elle avait tenté d'interdire la porte d'entrée à Lesur, mais ce dernier n'était pas de nature à s'en laisser conter. Il était au mieux avec le notaire, et cela lui suffisait comme laissez-passer. Ce n'était pas une simple employée de maison qui le ferait virer de bord.

Geneviève eut beau insister, Gaëtan trouva naturellement le chemin du bureau, suivi de ses acolytes. Quand ils furent dans la place, Geneviève les invita à s'installer et à attendre.

— Décidément, vous ne respectez rien, reprocha-t-elle.

Pour Lesur, une officine de notaire n'était rien de plus qu'un lieu public ouvert à tout le monde, comme un bureau postal, une gare ou une régie des tabacs.

— Et Sigismond ? réclama Lesur. Il est pas là, Sigismond...

— Depuis la maladie de maître Bazin, expliqua Geneviève, les bureaux sont transférés dans l'aile gauche de Pradeloup. C'était pourtant pas bien difficile de suivre les flèches.

Gaëtan Lesur parut réfléchir en triturant son chapeau. Ce n'était pas le clerc qu'il voulait voir, mais Lazare en chair et en os, bien que l'adjoint eût son mot à dire, aussi. Depuis le temps qu'il était dans la maison, il en savait autant que son patron.

Lesur grimaçait à force d'attendre. Son poids excessif le faisait souffrir. Il ne pouvait rester plus de dix minutes debout sans éprouver des fourmillements dans les jambes. Il s'épongea le front, le visage, le cou, puis se laissa couler voluptueusement dans un fauteuil confortable. Ses acolytes se tenaient derrière lui, debout.

— Vous savez ce que nous lui dirons, n'est-ce pas, les gars ?

Les types acquiescèrent d'un grognement.

— S'agit pas de le prendre à rebrousse-poil, l'animal. Je le connais, Lazare, depuis la Résistance. On en a fait, des coups pendables, ensemble. C'est un type réglo. Avec lui, faut jouer cartes sur table. Une crème de notaire. Voyez ce que je veux dire.

— Nous, on a les bras, et lui les terres, résuma Paul Jobert, qui avait bien appris sa leçon. C'est comme qui dirait une association d'intérêts. Sans lui, nous ne pouvons rien faire, mais sans nous, foutre, il peut rien non plus. La vie est bien faite.

— T'es un sage, Paul, flatta Lesur. Mais faut bien faire attention. Prochainement, le plus tard possible bien sûr, il partira...

Là, il se signa ; il avait parfois des habitudes singulières de religiosité ou de superstition, des gestes mécaniques, ne pas passer sous une échelle, tirer des coups de fusil sur tous les chats noirs, et faire le signe de la croix en parlant de la mort d'un proche.

— Et alors, adieu nos arrangements, poursuivit-il. Vous m'avez compris, les gars ? Il y a le feu dans la demeure. Les enfants Bazin, les héritiers quoi, c'est rien, rien du tout. Des jean-foutre. Si bien que... Faut prévoir le coup qui se prépare...

Si la visite de ses enfants l'avait contrarié, surtout l'attitude de Georges, le défilé dans son étude des petites gens de Galiane semblait être pour lui une bouffée d'air pur. Eux, au moins, ils redoutent ma disparition, se dit-il.

Désormais, Lazare savait que le notaire de Brive ne tarderait à venir le voir. Il avait reçu de lui un coup de téléphone, le matin très tôt, pour convenir d'un plan. Jamais une seule corde à son arc, pensait Lazare. Quand on sait où le chemin nous conduit, qu'importe le détour, la traverse ou le raccourci. Tout est un, au final.

— Vous n'allez pas vous lever pour ces corniauds ? jura Geneviève. Des paysans ignares, insolents, sans gêne...

Le mot fit rire le notaire.

— Ce fut toute ma clientèle, ma vie durant, dit Lazare. Plus de gens simples que de grands génies.

Elle lui tendit sa robe de chambre et son bonnet. Le bonnet, il le laissa sur le traversin. Assez de ridicule. Puis il s'inquiéta de ses cannes, qui avaient roulé sous le lit. L'employée l'aida à se lever. A vrai dire, Bazin y mit plus d'embarras qu'il n'en éprouvait. Il y avait une part de *commedia* dans son jeu. On l'aura compris. Comédien, tu l'as été dans ta jeunesse, après tout, songea Lazare en priant Geneviève de le laisser seul. Avant-guerre, il avait joué sur les tréteaux gaillards le rôle de Sganarelle. Puis il avait excellé dans le Léandre des *Fourberies de Scapin*.

Un temps Lazare avait même envisagé de poursuivre cette voie, mais le vieux Bazinus y avait mis le holà. « Choisis, mon garçon : vivre dans la sécurité matérielle ou tirer le diable par la queue ? » Décision trop difficile pour un jeune homme de bonne famille. Il faut avoir le dos au mur pour risquer sa chance. L'aisance prépare bien mal au combat ; elle amollit les caractères, distrait les ambitions.

Une courte halte dans sa salle de bains le rassura. L'aile de la mort ne l'avait pas encore effleuré au point d'imprimer ses stigmates. Pourtant, il ajouta un rien de poudre rose sur son visage, peigna ses cheveux ébouriffés et les lustra d'un coup de gomina. C'était tout. Un effort louable, néanmoins, pour ses chers paysans de Corrèze ; il n'eût point usé d'une telle coquetterie pour ses enfants, encore moins pour le curé, son abbesse et ses sœurs d'âme. Pour eux, surtout il fallait qu'il ressemblât à un agonisant.

Le notaire poussa de la pointe de sa canne la porte capitonnée de son bureau. Lesur se leva aussitôt respectueusement, tendit une main.

— Quelle comédie nous joues-tu, holà ? s'écria le maquignon.

— Je m'en vais à petit feu. Mais je n'ai pas dit quand...

— Sacré Bazinus !

Les deux autres paysans tendirent aussi leurs mains.

— L'association des taiseux, ici, quel honneur ! dit Lazare.

— On a eu peur de te trouver au fond du lit, la langue pendante, confia Lesur.

Bazin éclata de rire.

— Nous nous inquiétons pour la santé du pauvre Lazare Bazin... Je vois.

— On s'inquiète pour notre avenir, dit l'un des paysans, Paul Jobert.

— Voui, bon Dieu, voui, confirma Blanchet.

Le notaire s'enfonça dans son fauteuil Voltaire en vieux cuir. Un trône à ma mesure, pensa-t-il, d'où j'ai traité les affaires du comté de Galiane, comme un forcené.

— Tu ne nous en voudras pas d'avoir confondu urgence et précipitation.

Bazin hoqueta de rire.

— Vieux filou. Tu crains pour ton négoce.

— Quand on doit choisir entre Dieu et ses saints, n'est-ce pas ?

— Dieu, de préférence, s'amusa Lazare. Car mes saints ont des mines de Judas, fichtre.

— On se comprend, ajouta Lesur avec un clin d'œil.

Les taiseux refusèrent un siège honorable, à la droite et à la gauche du chef.

— Vous êtes de braves gens. Vous aimez la terre et vous ne rechignez pas au cul des vaches. Tant qu'il y aura assez de types courageux pour la faire marcher, cette agriculture, la France restera la France, dit le notaire la mine enjouée.

La suée le gagnait déjà.

— On voudrait que tu nous soignes d'un petit bail rural pour assurer l'avenir, maître, insista le maquignon.

Lazare hocha la tête.

— Ah, bon Dieu, je mesure tout ce qui repose sur ma tête, ces mille petits arrangements que ma disparition risque de rendre caducs. Décidément, je ne devrais jamais mourir. Un homme comme moi est trop précieux. J'ai déjà sorti Chaussaguet de la mouise. Et vous, quel sort je vous réserve, mes amis ? En douteriez-vous ?

— Rien qu'un petit bail de fermage, bien ficelé, insista le maquignon.

— Pour distribuer mes biens équitablement, j'ai déjà rédigé un testament, mais c'est un tigre en papier comme dirait Mao Tsé-toung. Mes enfants en feront des cocottes, si vous voyez ce que je veux dire, mes braves. Une fois le vieux parti dans la Ténèbre, on arrangera ça aux petits oignons.

— La loi, putain. C'est pas fait pour les chiens, se rebella Lesur.

— Nous voulons un bail pour exploiter les pacages de Saint-Savère, dit Blanchet. Tout le restant de nos jours... Sans qu'on vienne nous chercher des noises...

— Mon collègue Blanchet a raison, assena Lesur. Que tes enfants se mettent en tête de vendre et on nous fichera dehors, armes et bagages. Tu le sais bien, sans ces prés, je suis fichu. Tous nos troupeaux s'y engraissent. Jusqu'à maintenant, notre accord était verbal. Une confiance réciproque. Avec la jeune génération, y a que le papier timbré qui vaille. Les huissiers, les avocats, les juges... C'est jamais bon pour le paysan, ces affaires-là.

Bazin observait les mimiques des taiseux. Ils ne savaient pas dire les mots justes, alors Lesur était leur porte-parole. Blanchet et Jobert avaient croisé les bras.

— On était tous avec toi, dans le maquis, ajouta le maquignon.

Le notaire fixait le cuir de son bureau. Il réfléchissait à la question. La ferme de Saint-Savère, au lieu-dit Fontepie, représentait trente hectares de prairie grasse. Pour l'heure, elle faisait le bonheur de l'association Lesur, moyennant une ridicule rétribution. Mais après moi, se dit-il, Georges vendra les terres hautes pour faire dix ou quinze lots à construire. Et le reste partira au plus offrant.

— T'souviens quand je t'ai arrangé le coup avec ce salaud de Lubert ?

Lazare fronça les sourcils.

— Sur cette affaire, on avait dit : silence et bouche cousue.

— Entre nous, c'est pas inutile de reparler du bon vieux temps. Ça met de l'huile dans les rouages. L'amitié, mon vieux Lazare, ça se perd, ça s'oublie...

— Tu n'as rien à craindre, Gaëtan. Je suis un homme d'honneur.

— Alors ne nous oublie pas. Quatre petites signatures sur un bail, ça fera la rue Michel.

Lazare comprit alors que Fontepie ne se pourrait détacher de l'association Lesur. Ce serait encore un acte de bonté. Un des derniers, sans doute, en souvenir du maquis.

— Ah, Lubert, soupira Bazin, Emile Lubert, expert en assurances, un fantôme qui vient souvent me hanter, ces temps-ci...

Le maquignon s'épongeait de nouveau le front, les joues, les bajoues. Il suait à grosses gouttes. Ça puait l'éther, le camphre...

— Arrête, Lazare, tu vas me faire pleurer.

Le type regardait ses grosses mains ouvertes devant lui, il les contemplait avec attention, sans se départir.

— Ce soir-là, dans la prison de Brive, elles ont fait des merveilles, s'pas, notaire ?

Bazin détourna les yeux de ses visiteurs. Les taiseux rigolaient comme des barbares. Ce n'était pas la peine d'en rajouter dans le souvenir. Hideux, oui, ça l'avait été, jusqu'au bout. Pourtant, il n'avait rien souhaité d'autre que cette fin hideuse. En souvenir de sa pauvre Clarisse.

— Pourquoi rient-ils comme ça, tes paysans, Gaëtan ?

— Ils étaient avec nous. T'souviens pas ? Dans le couloir. Ils gardaient l'entrée. Un pistolet-mitrailleur à l'épaule. Tu as dit...

— Je t'en prie, Gaëtan, tu peux oublier ça, une bonne fois pour toutes. Je te laisserai Fontepie, à toi et à tes deux camarades. Vous continuerez à engraisser votre bétail sur mes terres tandis que moi, infortuné homme, je nourrirai les vers.

— Nous veillerons à ce que tu aies un bel enterrement, ajouta Lesur, avec le drapeau des anciens FFI, le drap tricolore sur le catafalque, le...

— Arrête ton cinéma, Lesur. Tu ne m'impressionnes pas. J'ai fait le tour de mes angoisses. Même si ce salaud vient encore me voir dans mes cauchemars.

— Tu as voulu assister au châtiment jusqu'à la fin. Pour ça, notaire, faut avoir les tripes bien accrochées.

— Même qu'il a dégueulé son aise, dit l'un des taiseux.

— Tu te souviens de ça, toi ? dit Lazare.

— Voui, voui, confirma Blanchet.

Alors, Lesur éclata d'un fou rire, communicatif comme de juste. Et l'hilarité gagna tous les protagonistes. Geneviève fut intriguée par le vacarme. Elle entrouvrit la porte du bureau, histoire de jeter un œil. Cela faisait des mois qu'on n'avait pas ri, dans l'hôtel Pradeloup. A cause des dames du Sacré-Cœur. Larmes, prières et tutti quanti. Un peu avec le toubib, mais trop intellectuel pour se gondoler de la sorte... Lectures et commentaires de textes classiques : Epicure, Lucrèce, Lucien de Samosate...

L'horreur de la vie nous prépare à l'insignifiance de la mort, se dit le notaire en regardant tour à tour ses visiteurs. Mais il se tut, une fois encore. Il détestait étaler ses goûts en matière philosophique, surtout devant des béotiens. Qu'importe. A chacun son épitaphe, dans son coin de solitude. La mienne sera : « Restez couvert ! », formule idéale pour figurer l'insignifiance d'avoir été et de n'être plus, pensa Lazare.

Sur le coup de cinq heures, la tisanière fut de sortie, avec la belle porcelaine Récamier. Les dames allèrent prendre placc autour du guéridon, tirant les fauteuils sur le tapis. La grande Louise était adroite dans ces opérations. Il ne s'agirait tout de même pas que les pieds des sièges fassent des dégâts dans la laine ! Aussi les porta-t-elle, un à un.

— Tu es une vraie bête, ma chère, s'écria Victorine. On croirait que tu as fait ça toute ta vie, balader ces fauteuils crapauds comme une plume...

L'abbesse lui tâta les biceps et constata que la veuve Laroque était forte comme un homme.

— Je l'ai soulevé à mon aise, mon François, pendant sa maladie. Je montais sur le lit et hop, pendant ce temps l'infirmière soignait ses escarres.

Geneviève posa le plateau et commença le service.

— Où sont les héritiers ? s'inquiéta Francette.

La gouvernante ne répondit pas, comme à son habitude. Les dames savaient qu'il fallait la prier, parfois la flatter. Cependant, elle aimait faire des mystères. Il ne lui restait plus que ça pour se rendre intéressante. Encore quelques heures, quelques jours, et son sort serait scellé. A deux ou trois petites allusions de monsieur Georges, elle avait compris qu'on lui signifierait son congé une fois le patriarche mis en terre.

— Allons, Geneviève, un bon geste, insista Germaine.

Elle hésita encore, puis fit signe aux dames de se rapprocher d'elle pour qu'elle pût leur parler à l'oreille.

C'était ridicule, puisque les enfants Bazin n'étaient plus dans la place.

— Brive, chez le notaire, souffla-t-elle, énigmatique.

— Quel notaire ? demanda Germaine.

— Je crois que maître Bazin a fait un testament. Et ça inquiète tout le monde. Ils pensent que le document est déposé chez Antoine Duquenoy. Moi, je sais où il se trouve.

— Où donc ? demanda Victorine.

— Dans le bureau de Lazare. Tout simplement.

Les dames du Sacré-Cœur pouffèrent de rire.

— C'est drôle, tout à fait drôle, dit Germaine en rajustant sa robe en tissu vichy.

Elle était la plus coquette des trois. L'encolure de sa robe était suffisamment évasée pour montrer la fermeté de ses seins et, pincée à la taille, assez provocante pour souligner la rondeur de ses fesses. Ses voisines pensaient toutes la même chose, que Germaine Jaffrée n'avait pas encore renoncé aux hommes. La grande Laroque se disait : Ça ne lui passera donc jamais, de courir après le loup... Moi, j'en ai fait mon deuil. Pour une minute de tralala, que de soucis !

Mais la nouvelle laissait Victorine songeuse : S'il y a un testament, c'est que l'affaire est plus compliquée qu'il n'y paraît. Le vieux notaire a plus d'un tour dans son sac. Mon Dieu, qu'est-ce que ça cache ? Une malice. Un secret.

Soudain, la sonnette d'entrée retentit. Deux coups brefs, nerveux. La gouvernante essuya ses mains sur son tablier blanc et courut dans le couloir.

— Déjà de retour ? s'écria Francette.

— Je ne crois pas, répondit Germaine.

Le cercle des dames patronnesses se resserra dans une sorte d'unanime silence. On avait conscience que cette veillée interminable, jour après jour, finirait par agacer les héritiers. Dans les familles, le linge sale se lave en cachette.

Apparut alors une jeune femme blonde, dans une robe trapèze jaune coupée au-dessus du genou. Elle portait des lunettes de soleil hublots qu'elle ôta en entrant dans le salon. Elle promena un sourire sur les visages intrigués qui s'offraient à elle. La gouvernante la conduisit vers l'antichambre.

— Qui dois-je annoncer à maître Bazin ?

— Clotilde, dit-elle d'une petite voix.

— Clotilde comment ? insista Geneviève.

La jeune femme, vingt-trois, vingt-quatre ans, tout au plus, détourna la tête. Elle admirait les grappes de lumière qui filtraient dans le voilage de la fenêtre haute, animé par l'air chaud de l'extérieur. Elle n'avait pas envie de répondre.

— Clotilde, répéta-t-elle. Ça suffira.

La gouvernante se montra désagréable, bougonne, en priant la visiteuse de se tenir à l'écart des dames patronnesses. Pourtant, elle était l'objet de toutes les attentions. Ça chuchotait ferme de ce côté-ci du salon. Ça susurrait, marmonnait…

— Bien sûr, vous avez trouvé, petites perspicaces, dit Germaine.

— Si jeune. Une maîtresse si jeune, vous croyez ? s'inquiéta Francette. Ma parole, il les prend au berceau. Le vieux cochon.

Victorine fusillait du regard la petite Clotilde dans son coin, qui attendait qu'on veuille bien lui ouvrir la porte de la chambre.

— Il était vert, le vieux Lazare. Maintenant, ça lui fera plus grand-chose, un tendron comme ça, jugea Louise.

— En crachant jaune, poursuivit Germaine, un homme a tout ce qu'il désire.

— Quand même, quel spectacle ! rit Louise.

— On lui connaissait Anne Saunier. Mais celle-ci ? Mystère, dit Francette.

— Anne Saunier, marmonna Louise. C'est du réchauffé. Une histoire ancienne. Ça fait bien longtemps que le notaire l'a perdue de vue. Elle s'est sauvée comme un courant d'air. Ces filles ne sont pas à ça près. Un homme chasse l'autre...

La jeune femme ne supportait guère l'attention qu'on lui vouait. Aussi, les mains sagement croisées, elle attendait qu'on la délivre enfin des mégères. Ça se voyait comme le nez dans la figure que ces bonnes dames bien pensantes médisaient tout leur saoul. Pauvre papa ! pensait-elle.

Geneviève faisait durer le plaisir. Elle tardait à annoncer la visiteuse. Elle se sentait maîtresse de la situation ; puisque son temps était compté, à quoi bon se gêner. La passation de pouvoir s'était déjà opérée dans sa tête. Maître Bazin rendu à ses derniers articles, elle se voyait déjà au service des héritiers. Et à coup sûr, on désapprouverait avec la plus vive énergie cette visite scandaleuse. Voici qu'il reçoit maintenant sa maîtresse chez lui, dans sa chambre, se disait-elle. Mais je me ferai taper sur les doigts, à coup sûr. Monsieur Georges, un homme si comme il faut, il me donnera raison.

— Maître Bazin n'est pas en état de vous recevoir, dit-elle après être passée en coup de vent par les cuisines.

— Comment cela ? Est-il si malade qu'il ne puisse me voir ? insista Clotilde.

— Je ne sais pas si ce serait bien convenable, minauda l'autre.

— Maître Bazin attend ma venue. Il serait fort désagréablement surpris qu'on me refuse sa porte. Je pourrais lui téléphoner, peut-être ?

Clotilde chercha un combiné autour d'elle et en aperçut un dans le couloir.

— Mais ce serait d'un grand ridicule. Vous ne trouvez pas ?

La gouvernante baissait la tête. Clotilde l'observait d'un air las. Une gardienne de prison, pensa-t-elle. Pire encore, une harpie outrepassant ses droits.

— Peut-être pourriez-vous lui transmettre ma carte de visite ? Et vous reviendrez me donner la réponse...

La jeune fille semblait s'amuser de son désarroi. Elle l'avait poussée dans ses derniers retranchements, avait épuisé ses ressources de gouvernante butée. Finalement, Geneviève prit la carte et lut le nom : *Zeiss*. Clotilde remit ses lunettes pour cacher son regard. Et d'un pas alerte, elle se mit à faire les cent pas dans le salon, ignorant les dames du Sacré-Cœur, puisqu'elles s'étaient montrées si insolentes, si mal élevées à son endroit.

Geneviève revint aussitôt, défigurée par la colère de Lazare.

— Je vous prie de me suivre.

La gouvernante écarta la porte et se retira aussitôt d'un pas nerveux, martelant du talon le parquet du salon. Elle alla se réfugier dans la cuisine, en larmes. Jamais encore maître Bazin ne lui avait parlé sur ce ton.

Clotilde trouva son père assis dans un fauteuil près de la fenêtre.

— Mon bel amour de petite fille, fit-il en reniflant d'émotion.

Et il se haussa pour la prendre dans ses bras.

— J'ai cru que tu ne viendrais jamais me voir. Toi que j'ai tant aimée, ma jolie. Toi, mon petit cœur. Toi, ma dernière goutte de vie joyeuse. Viens donc dans mon bureau. Aide-moi donc...

Clotilde pleurait doucement aussi. Mais sans pudeur. Les larmes descendaient sur ses joues pâles.

— Je ne veux pas tu meures, papa. Je n'ai plus que toi. Tu le sais. Que deviendrai-je ? Y as-tu pensé ? Oh non, c'est trop injuste.

Ils s'assirent côte à côte dans le bureau, se tenant l'un contre l'autre, main dans la main.

— Je ne vais pas mourir encore, ma petite fille. Ne crains rien. Oh, certes, c'est vrai, j'ai le cœur malade. J'ai traversé des épreuves terribles, ces jours derniers. Cependant je sens que la sève reprend force en moi. Mais que ça me serve de leçon, tout de même. Une sacrée alerte. Aussi, j'ai décidé de régler mes affaires. J'ai rédigé un testament. Celui-ci ne tiendra pas longtemps, je le présume. Georges et Calixte sont des carnassiers. Ils attendent la curée. C'est une évidence qui m'est douloureuse à vivre. Mais la vérité nous grandit. Alors je joue une folie. Tu le sais, ma chère petite, jadis je fus comédien. Cela me distrait. « La plus grande sagesse est de paraître fou », comme dirait Caton[1]. Ton petit papa est un sage. Il veut faire de toi une digne héritière des Bazin.

Clotilde écoutait son père, la tête posée contre son épaule.

— Tu es mon doux papa. Si souvent absent. J'ai conservé toutes tes lettres. Je les chéris, je les embrasse.

— J'ai veillé ma vie durant à ce que tu ne manques de rien. Je le devais à ta mère, que j'ai tant aimée. Nous avons vécu un grand amour. Dans une vie, ça compte, un grand amour, répéta Lazare.

— Si bref, pleura Clotilde. J'ai mis des années à admettre son absence. Je me disais qu'elle reviendrait un jour me chercher auprès de Roberte.

1. Dionysius Caton, *Distiques*, livre II.

— Ah, Roberte, fit le notaire en croisant ses mains. Elle a joué le rôle si difficile de la mère protectrice. Mais elle n'a pu te donner ce qu'elle n'avait pas.

— Je lui dois tout, défendit Clotilde.

Le notaire posa son front contre celui de sa fille.

— Nous faisions comme cela, ta mère et moi, et nous parlions ainsi de notre amour caché.

— Pourquoi tu n'as jamais dit la vérité à Adrienne ?

Lazare se mit à hocher la tête.

— Je n'ai pas voulu qu'elle soit malheureuse, elle aussi. C'était assez dans notre vie, tout ce gâchis.

— Tu as été plus sage que fou, mon pauvre papa. Car les sages ne sont jamais heureux, tandis que les fous triomphent de tout, l'hypocrisie, le mensonge...

Le notaire éclata de rire en allant s'asseoir derrière son bureau. Il prit dans la poche de son pyjama la petite clé du tiroir, qu'il ouvrit pour en extirper le testament.

— Je crains, ma petite fille, que tu ne te méprennes sur mon compte. Tu idéalises le père que je n'ai su être. Peu à la hauteur de ce côté-ci de ma vie. Quant au reste, je fus mauvais pour les faibles, exécrable en affaires, tyrannique avec les imbéciles... Mais depuis peu, je m'arrange un peu, je répare mes erreurs, je restaure ma morale. Ça me fait un bien fou.

— Qu'est-ce donc que cette lettre que tu caresses, mon pauvre papa ?

— Mes volontés. Mes dernières volontés, reprit-il.

— Je t'en prie, papa. Tu ne vas pas mourir encore. Tu me l'as promis.

— J'ai décidé de te léguer mes titres, mes actions dans diverses sociétés. Ceux-ci te garantiront de quoi vivre sans difficulté.

La jeune fille baissa la tête. Décidément, elle n'aimait pas cette cérémonie. Mais elle en avait connu tellement d'autres, tout aussi lugubres, comme le jour où il vint la trouver à Bordeaux pour lui annoncer que sa mère était morte. Sans autre explication. Il se sauva aussitôt au milieu des cris et des pleurs, laissant à Roberte Muller le soin de consoler ce long et interminable chagrin.

— Enfin, repartit Lazare, je te lègue la villa de l'Atalaye, comme je te l'avais promis, en août 53. Tu t'en souviens, Clotilde ?

— Oui, dit-elle. Tu m'avais dit alors que ce serait ma future maison, face à la mer, avec son grand parc peuplé de pins parasols. Nous y avons passé des vacances formidables. Mes seules grandes vacances avec toi.

L'émotion avait brisé sa voix. Et Lazare aussi se forçait à ne pas pleurer.

— Mais je ne crois pas que Georges et Calixte accepteront ta décision.

Lazare frappa du poing le cuir de son bureau.

— Tu es ma fille. J'ai fait ce qu'il fallait, crois-en mon expérience, pour que tu ne sois pas lésée. Tu auras l'Atalaye. Je l'ai achetée pour toi, juste au lendemain de la guerre. Ne me demande pas la provenance de cet argent qui m'a permis de l'acquérir. C'est une vilaine histoire. Mais au bout, je ne regrette rien. C'est tout ce que la vie m'a appris : un mauvais bien peut devenir un trésor. Le sage a vaincu le fou, à la longue.

Le notaire de Pradeloup se frotta les mains, heureux de voir enfin ses efforts récompensés.

— Et dire que j'aurais pu mourir sans connaître ce bonheur...

Dans le tiroir du placard voisin, il dénicha une fiole de cognac et deux verres. Clotilde voulut refuser mais son père insista.

— Tu apprendras un jour, sans doute, ce que tu dois à ce cognac Chatelayon fine champagne. Alors, nous allons trinquer à l'Atalaye.

— A l'Atalaye, dit-elle, et à ses beaux pins parasols suspendus aux rochers qui dominent la mer.

— Peut-être irai-je t'y rejoindre un jour, qui sait ? Si le destin me prête vie.

Ils trinquèrent deux fois, trois fois, dix fois. Lazare expliqua cc qu'était le Chatelayon, de vingt ans d'âge, décrivit les douces collines de Charente, les profondes caves où il dormait parmi les dieux, et l'esprit qui rôdait sous les voûtes épaisses, la part des anges...

Le soleil rasant de la fin du jour donnait à plein sur les vitres du cabinet, une lumière dorée épandue sur les cuirs des fauteuils et du bureau, sur l'acajou de la bibliothèque, sur la tapisserie grise et sur le grand tableau figurant Alexandre Bazinus et ses fières bacchantes gauloises. C'était le premier des notaires, le premier d'une lignée de notaires à Galiane-sur-Sévère.

— Je voudrais que tu me dises enfin comment maman est morte.

Lazare se prit la tête dans les mains. Il fixait la lettre blanche tachée par le rouge écarlate du cachet de cire. Il pensait que ses dernières volontés, sommairement résumées en douze paragraphes, manquaient d'âme. Qu'il lui eût fallu la chair vive de sa vie, le sang vermeil de la tragédie, l'eau pâle de ses larmes sur le papier. Trop de précipitation, se dit-il. Trop professionnel. Trop résumé.

Clotilde reposa sa question, doucement, pour ne point l'effrayer. Elle se sentait forte, désormais, pour accueillir la vérité. A vrai dire, elle s'étonnait elle-même de sa force. Elle était venue à Pradeloup pour l'entendre enfin, cette histoire. Que sa vie en fût bouleversée, déchirée, piétinée, ne l'impressionnait plus. Elle avait envie dorénavant de marcher dans la vie la tête haute, d'aller fleurir une tombe peut-être, et de contempler les photos du passé sans remords. Petite fille, jadis, Clotilde s'était imaginé que sa chère maman était morte par sa faute. Ce que l'on cache n'est-il pas la part honteuse du destin ?

— Je ne me sens pas le courage d'en parler, dit Lazare.

— Je t'en prie, papa, j'ai besoin de savoir.

Il se resservit un cognac et y trempa un de ses derniers cigares, un Monte Cristo numéro 3, un rescapé de la razzia engagée par Geneviève sur ordre du médecin. Il l'alluma précautionneusement. La saveur âcre du tabac lui rappela la fameuse soirée au cercle des bridgeurs, rue des Pénitents. Le couloir sombre où Lubert lui avait annoncé la terrible nouvelle lui revint en mémoire, avec les petits portraits d'acteurs de cinéma – Marlene Dietrich, Jean Gabin, Michèle Morgan, Charlie Chaplin – ornant les murs. C'était une idée de Chabriard, qui était un fou du septième art. Il ne jurait que par *La Grande Illusion*, *Quai des brumes*, *Les Temps modernes*.

— C'était un matin de novembre 1943. J'étais passé à la villa de Saint-Savère pour vous embarquer dans ma voiture et vous cacher à Brive à l'hôtel Cotton, où je n'avais que des amis sûrs. Toi et ta mère, vous étiez recherchées par un certain Pensennier, chef de la Milice dans le secteur…

— Qu'avions-nous fait pour être recherchées ?

Lazare, les yeux brouillés par les larmes, fixait obstinément la fenêtre entrouverte sur le parc. Une odeur d'herbe coupée flottait dans l'air. Il renifla par deux fois et recouvra la force de parler.

— Vous étiez juives. A ce moment-là, comme tu le sais, on arrêtait tous les Juifs pour les déporter dans des camps. Des Français dénonçaient d'autres Français, sans vergogne. Et vous l'avez été, hélas, toutes les deux, par des salauds. J'ai fait sortir ta mère de la maison avec quelques bagages. Elle s'est installée à l'avant de la voiture. Moi, je suis revenu dans l'appartement pour te chercher. Avant de ressortir, j'ai vu arriver la Milice dans une Traction avant noire. Des types en sont sortis, en armes. Alors, j'ai décidé de te cacher dans la cave de la villa. Tu ne comprenais pas. Tu pleurais. Tu disais que tu avais peur du noir. J'ai fini par te convaincre de ne pas bouger, de rester immobile, sans voix. Et je suis sorti, enfin. L'un des miliciens m'a mis en joue avec son arme. J'ai crié pour qu'on relâche ta mère. Mais ils n'ont rien voulu entendre. Elle m'a juste fait un petit signe d'adieu avec ses doigts à travers la vitre de la voiture. J'ai couru vers elle, mais l'un des salopards a tiré au-dessus de ma tête. J'ai pensé à ce moment-là que je devais continuer à vivre pour toi. Plus tard, je t'ai emmenée à Brive, chez Roberte, qui a bien voulu te prendre en charge.

— Que s'est-il passé, ensuite ? Tu n'as pas essayé de faire libérer maman ?

— Elle a fait partie du convoi de novembre 43 pour Drancy. Puis vers Auschwitz, dans un camp d'extermination. Je n'ai jamais plus entendu parler d'elle. C'était ainsi à l'époque.

— Elle est morte là-bas, dit Clotilde. Là-bas où j'aurais dû mourir, moi aussi, avec elle.

— Oui, ajouta Lazare. Pour moi, la vie a perdu tout son sens. Je n'avais plus qu'une idée, me venger, venger sa mort. Et faire tout ce que je pouvais pour t'éloigner de cette tragédie.

Clotilde vint prendre son père dans ses bras, tandis qu'il pleurait, doucement, la tête posée sur le bureau. Enfin, le silence reconquit ses domaines.

8

Novembre 1943

Il n'est que l'amitié d'enfance qui possède encore quelque innocence dans ce monde voué à la brutalité et à la haine, songea Lazare en roulant vers Brive. Au volant de sa Viva, il prit des routes secondaires afin d'éviter la D 38, où l'on dressait fréquemment des barrages de contrôle. Ainsi amorça-t-il quelques détours d'importance. Assise à côté de lui, sur le siège avant, Clotilde réclamait sa mère en pleurnichant. Le père ne répondait pas. Il n'avait plus la force d'articuler un seul mot. Il lui semblait que les larmes allaient le submerger à tout instant.

— Où allons-nous, tonton ?

— Chez Roberte Muller, dit-il. Une amie à moi. Elle te gardera quelque temps. Le temps que je trouve une solution, ajouta-t-il en se parlant à lui-même.

D'abord sauver Clotilde, ensuite retrouver Clarisse, pensait-il. Roberte était précisément cette amie d'enfance sur laquelle il comptait, désormais, le plus au monde. Il énuméra dans sa tête les personnes qui eussent pu l'aider, au cas où il en aurait oublié une. Cet examen était douloureux pour lui, si douloureux qu'il ne put s'empêcher de geindre devant sa petite fille. Rien à attendre de ma famille, songeait-il, et guère non plus du côté de mes relations, Chabriard ou Laumet... Il chercha encore. Parmi les gens qui avaient côtoyé ou approché, de près ou de loin, la maison Pradeloup, il n'en trouva pas un seul qui fût digne de confiance. Finalement, nous ne sommes rien, nous autres les Bazin, malgré les services que notre maison a rendus dans le voisinage. Des générations de petits clercs formés à notre école, désormais pétris d'ingratitude ; tout autant que les employées de maison qui eurent à nous servir... Il n'en est aucune qui lèverait le petit doigt pour me secourir. A croire que l'histoire de la maison Pradeloup n'a laissé derrière elle que de l'aigreur, de la haine ou de l'indifférence.

A l'entrée de Brive, par l'avenue Rivet, la Vivaquatre se heurta à un barrage de miliciens et de gendarmes. On fit descendre Lazare pour le fouiller. Par chance, on se désintéressa de la petite fille assise dans la voiture. Lazare eut quelques mots polis à l'adresse des types en civil. Peut-être s'agissait-il de la police allemande, de celle que l'on appelait la Gestapo ? Les agents allemands se montrèrent courtois, croyant sans doute avoir affaire à un collaborateur zélé.

Une fois reparti vers le boulevard de ceinture, le notaire éprouva du dégoût pour lui-même. Lazare se souvint que, jadis, il lisait avec complaisance la prose de messieurs de Brinon ou Brasillach dans *Je suis partout*, s'extasiant devant les propagandistes de l'Allemagne nazie. Il ressentit de la détestation pour ce qu'il avait été. Parce que touché de près, pensa-t-il... Et si cela n'avait pas été le cas, aurais-je pris conscience, quand même, de la barbarie qui nous frappe ? Il se mit à douter de lui-même, de son honnêteté fondamentale, de sa lucidité. S'il faut être atteint dans sa chair et dans son âme pour acquérir un peu de hauteur de vue, alors à quoi sert-il de posséder un cerveau, de lire les philosophes et de fréquenter les théâtres ? Peut-être, tout compte fait, en ai-je fait un peu trop avec les gens de la police allemande ? On ne me demandait rien, sinon de demeurer sagement dans mon coin. Pourquoi me suis-je porté en avant, avec mes amabilités de pacotille ?

En stoppant sa voiture rue Gambetta, Lazare comprit enfin les raisons de sa complaisance envers l'occupant. La peur, murmura-t-il. J'ai peur. Je ne me sens pas la force de lutter. Je préfère donc courber l'échine, admettre l'évidence qu'on ne peut rien tenter contre l'occupant sans mettre sa vie en péril. Il n'y a pas de petites résistances. Chaque geste d'insoumission, aussi minime soit-il, exige un courage auquel je ne puis me résoudre.

Le notaire n'eut guère à insister pour que Roberte acceptât de prendre la petite Clotilde sous son toit.

— Tu me sauves, dit Lazare en lui embrassant les mains de reconnaissance.

— Non, rectifia Roberte, je la sauve, elle. Toi, je ne sais pas si je le ferais.

— Tu veux dire que tu ne me sauverais pas aussi ?

— Est-ce que tu le mérites, Bazin ? Un sale petit-bourgeois comme toi, méprisant et hautain…

Le notaire éclata de rire. Il eût voulu lui rappeler quelques services rendus, mais jugea que la protection de Clotilde était sans doute d'une autre importance, qu'elle réclamait plus de grandeur d'âme, de générosité, qu'il n'en posséderait jamais lui-même.

— Lorsque j'aurai retrouvé ta mère, alors je reviendrai te chercher, promit Lazare.

La petite fille se jeta instinctivement dans les jupes de Roberte, comme si elle avait déjà choisi son camp. Lazare fut ému par sa réaction, et Roberte lui fit signe de sortir. Elle le rejoignit dans le couloir. Elle lui dit, d'une voix douce et calme :

— Tu ne la retrouveras pas, ta Clarisse. Les Juifs ne reviennent jamais. Et personne ne s'en étonne... Dans quel pays vivons-nous, Lazario ? Tant de lâcheté, d'indifférence, de haine...

— Je suis tout ça, moi, admit le notaire. Je ressemble à ces Français ordinaires. Il aura fallu que Clarisse soit arrêtée par la Milice pour que je m'interroge...

— Et alors, murmura Roberte, ce n'est pas pour autant que tu changeras. Je te connais, mon petit Lazario, depuis notre enfance, tu te trouveras de bonnes raisons pour oublier l'histoire de Clarisse et de ta petite fille qui t'appelle « Tonton ». N'est-ce pas étonnant, tout de même, qu'elle ne sache pas encore que tu es son père ?

Bazin voulut alors revenir dans la cuisine où Clotilde jouait, mais Roberte lui refusa sa porte.

— Pas maintenant. Il est trop tard, dit-elle.

Lorsqu'il quitta Roberte Muller, Lazare éprouva du soulagement. L'enfant à son bras, c'était un handicap majeur pour lui. Sans doute la recherchait-on aussi ? En voyant arriver, dans le premier regroupement des Juifs, la mère seule, Jules Pensennier avait dû pousser les hauts cris et exiger de ses sbires qu'ils repartent en chasse. De son côté, Lazare se sentait en sécurité. Il était un bon petit Français modèle, obéissant, traficoteur, sans autre ambition que de survivre aux horreurs du temps. Il descendit à l'hôtel Cotton, où il connaissait tout le monde : le patron, les serveurs, les femmes de chambre... On l'appelait « monsieur Lazare », car dans ces endroits de passage on ne retenait guère les noms des clients. Pourquoi aurait-on retenu plus particulièrement celui de Bazin ? S'il pouvait faire illusion à Galiane-sur-Sévère, il n'était déjà plus rien à Brive – Brive, qui n'était pourtant pas le centre du monde : une petite ville de province axée sur le bien-vivre.

A mots couverts, le notaire voulut exprimer sa détresse au comptoir, mais on ne l'écoutait guère. Néanmoins, son spleen éveilla la curiosité d'une petite cliente qui faisait, sans doute, commerce de ses charmes. Elle se glissa furtivement auprès de lui et se mit à lui parler comme on l'eût fait à un enfant, avec des cajoleries puériles. Lazare la repoussa après lui avoir offert un cherry brandy. A la vérité, il commençait à souffrir, bien plus qu'il ne l'aurait soupçonné, lui, le cynique, l'indifférent, l'égoïste. Un chagrin d'amour s'insinuait en lui, peu à peu, goutte à goutte, à mesure qu'il prenait conscience de la disparition de Clarisse. Très vite, Lazare se reprocha sa passivité. Tu ne peux pas accepter qu'on te la prenne ainsi, se disait-il, sans rien tenter pour la retrouver. Il faut aller frapper aux portes et intriguer pour qu'on la libère...

Partagé entre le besoin d'agir et le découragement, Bazin se laissait engluer dans sa peur. La peur d'Adrienne et du scandale. La peur de mettre en péril l'organisation du cercle des bridgeurs. La peur, la simple peur, ordinaire et banale, d'être arrêté aussi et emporté dans le flux général.

Puis il rentra chez lui à l'hôtel Pradeloup, s'enferma dans son cabinet. Sigismond lui apporta des dossiers à instruire. Une belle pile d'affaires restées en suspens. Il travailla ainsi jusqu'au soir, sans se lever une seule fois de son siège. Cette activité fébrile lui fut d'un grand réconfort. Pendant ce temps, il oubliait Clarisse, son visage derrière la vitre de la voiture des miliciens, son petit geste d'adieu qui paraissait vouloir dire : « Il n'arrive que ce qui devait arriver, mon pauvre fou… »

A la nuit tombée, Adrienne l'appela par le parlophone intérieur pour lui demander à quelle heure il comptait se mettre à table. Lazare répondit qu'il n'avait pas faim et qu'il se rendrait directement au cercle, comme tous les soirs. Sa femme dit seulement, d'une voix pincée : « Vous passerez embrasser les enfants, tout de même » et elle raccrocha sèchement, comme chaque fois qu'elle se sentait abandonnée par son mari.

Madame Bazin avait tellement désiré un homme attentionné, proche d'elle, consolant et rassurant, qu'elle se découvrait, parfois, par ces jours sombres de guerre et de restriction, sans protection aucune. Elle ne savait rien sur l'état des finances de la maison Pradeloup, rien sur les affaires que son mari traitait avec de petits chuchotements. Il suffisait qu'un visiteur vînt au salon pour que Lazare l'emmenât aussitôt dans son bureau. Et bien qu'elle tentât souvent d'amorcer une conversation avec ces étrangers de passage, le notaire coupait court, comme si la pauvre Adrienne était décidément promise à ne rien entendre sur toutes ces choses singulières. Bien sûr, elle ne pouvait se rendre compte du danger que représentaient les trafics du triumvirat de la rue des Pénitents. La survie du négoce était suspendue, forcément, à une règle absolue, que le moins de monde possible fût dans la confidence. Si bien qu'Adrienne croyait que son mari se rendait tous les soirs au cercle pour une minable partie de bridge.

Ce soir-là, Lazare Bazin partit au cercle sans embrasser ses enfants, à l'encontre des recommandations d'Adrienne. Il les savait heureux, protégés dans leur cocon douillet, tel n'était pas le cas de Clotilde, bien qu'entre de bonnes mains. Cela le déchirait que sa petite mère lui eût été enlevée pour la seule raison qu'elle était juive. Pourtant, j'ai hurlé avec les loups, moi aussi, se disait-il en pressant l'allure pour se rendre rue des Pénitents, ignorant que cette haine imbécile finirait par me toucher. Qui sortira indemne de cette guerre ?

Lazare arriva le premier dans l'appartement. C'était une vieille habitude déjà, le premier arrivé préparait le café. Il s'y colla avec les moyens du bord ; les grains étant mal torréfiés, il repassa l'eau dans le filtre de la cafetière. De cette façon Lazare entendait en renforcer l'arôme.

Chabriard poussa la porte de la cuisine, attiré par l'odeur du café.

— Toi qui es toujours en retard... Tu m'étonnes, Lazare... Ou alors il y a de l'eau dans le gaz quelque part.

Bazin contemplait les saucissons suspendus au-dessus de la table blanche. L'ampoule électrique diffusait une lumière instable, tantôt forte, tantôt réduite. Les vitres de la cuisine étaient passées au bleu de méthylène pour la défense passive. C'était un peu ridicule, cette manie à Galiane-sur-Sévère d'épouser les directives des grandes villes, puisque jamais on ne verrait le moindre avion survoler la localité. Mais cela flattait les miliciens de constater combien la population était obéissante, même à des ordres absurdes.

— Clarisse a été arrêtée ce matin, dit Lazare d'une voix blanche.

Jérôme Chabriard se prit la tête dans les mains.

— Oh, mon pauvre vieux ! C'est une sale affaire.

— J'ai pu éviter que la petite Clotilde le soit aussi.

— C'est un point, dit Chabriard en relevant la tête.

— Maintenant, je ne sais plus quoi faire...

Félice arriva à son tour, en chantonnant.

— On a raflé Clarisse, prévint Jérôme pour stopper l'air enjoué de Laumet.

— Merde alors ! s'écria Félice.

Puis il se mit à réfléchir, en allumant une cigarette.

— Notre camarade de la Milice ne pourrait pas faire quelque chose pour toi ?

— Lubert m'a prévenu, hier, mais je n'ai pas cru bon dc m'affoler, reconnut Lazare.

Chabriard et Laumet se regardèrent, attristés. Ils connaissaient Bazin et ses principes arriérés de morale à quatre sous.

— A cause de ta femme, tu as attendu. Tu as voulu ménager la chèvre et le chou, critiqua Laumet.

Bazin se mit à pleurer dans le creux de sa main. Il se sentait lâche et honteux. Ses amis se retirèrent de la cuisine en silence pour le laisser seul, face à lui-même.

— Qu'est-ce qu'on peut faire ? demanda Félice à voix basse.

— Rien, répondit Chabriard.

Le banquier avait fait le tour de la question en n'omettant aucune hypothèse, avant de se rendre à l'évidence. C'était ce qui le caractérisait le plus dans la vie, l'esprit de décision.

— Quand même... insista Félice. Tu ne crois pas que...

— Que nous devrions faire jouer nos relations ?... Peut-être, mais cela ruinerait notre négoce, mon petit. Les nazis ne rigolent pas avec la question.

— Tu veux dire... la question juive ?

— Bien sûr.

Les deux hommes occupaient la table ronde recouverte d'un tapis vert. C'était là qu'ils jouaient aux cartes, qu'ils misaient parfois, qu'ils échafaudaient leurs projets.

Le siège de Lazare restait vide. Ils l'entendaient pleurnicher dans la cuisine, à travers la porte pourtant fermée.

— Inconsolable, dit Chabriard.

— Je ne savais pas qu'il aimait cette femme à ce point, ajouta Félice.

Le banquier, les coudes posés sur le tapis, avait joint ses mains sous la lumière jaune de l'abat-jour.

— Au début ce n'est qu'une histoire de fesses ordinaire. Et puis on se prend au jeu, poursuivit-il. L'amour, la passion... Clarisse était devenue une partie de sa vie. Peut-être même la grosse moitié de son existence, précisa le banquier.

Ils s'observèrent en hochant la tête.

— Moi, je ne m'accroche pas, dit Félice. Jamais. Quand ça devient sérieux, je lâche tout.

Le banquier lui fit un sourire qui signifiait que c'était là une manière d'agir pleine de sagesse.

— Et toi, Jérôme, comment fais-tu ?

Chabriard promena un regard distrait sur le décor de l'appartement. Pour la première fois, il le trouvait insolite, comme une scène de théâtre où l'on devise autour des passions humaines devant un public attendri.

— Je ne fais rien, répondit-il à Félice. Les femmes ne m'intéressent pas. Ce sont des créatures avec lesquelles on se garde bien d'entreprendre le moindre commerce.

— Je t'ai connu plus d'une maîtresse, mon ami... N'est-ce pas ?

— Et alors ? A la première seconde, je pose mes conditions. Ce que ce pauvre Lazare n'a pas su faire. Notaire et amant, ce sont deux métiers différents.

Félice éclata de rire. Jérôme Chabriard représentait à ses yeux l'homme accompli, chez qui le goût de l'argent et du pouvoir a submergé toutes les autres passions humaines.

Bazin finit par émerger de la cuisine. Il avait pleuré tout son saoul. Il s'était purgé l'âme, comme disait le banquier, amateur de formules douteuses. Il vint s'asseoir à la place vide. La lumière baignait leur silence d'une sorte de patine cuivrée.

— Je vous prie de m'excuser. C'est plus fort que moi, dit Lazare, qui s'en voulait d'avoir larmoyé devant ses amis.

Jérôme Chabriard jugea alors qu'on avait assez perdu de temps avec cette affaire, aussi douloureuse et terrible fût-elle. Aussitôt, il évoqua l'acheminement du dernier convoi. Selon la routine, le banquier apporta des éléments précis afin que chacun pût en vérifier les calculs.

— Comme d'habitude, les sommes seront versées sur nos comptes de Zurich en reichsmarks. Puis convertis en francs suisses. C'est la garantie absolue. Nos courtiers allemands ont fini par comprendre que nous n'avions aucune confiance dans l'avenir du Grand Reich...

Ce soir-là, Bazin quitta ses amis du cercle rapidement. Il avait espéré que Chabriard ferait jouer ses relations pour sortir Clarisse de sa geôle. Au contraire, le banquier était resté indifférent, préoccupé par le trafic, rangé à l'énumération des chiffres et satisfait de voir les comptes suisses s'arrondir. Peut-être Chabriard, tout compte fait, est-il un peu antisémite, songeait Lazare en enfourchant sa bicyclette, peut-être le sort de ma pauvre Clarisse l'indiffère-t-il tout autant que celui de tous ces malheureux que l'on déporte journellement. Le notaire en vint à faire son propre examen de conscience. Lui aussi avait été antisémite avant de connaître Clarisse, lui aussi avait répété dans les bistrots, dans les réunions, dans la rue, à qui voulait l'entendre, que les Israélites étaient responsables de la défaite et de la guerre, des agents de propagande, des profiteurs, des fossoyeurs de l'économie, et bien d'autres stupidités encore.

Les larmes aux yeux, il entra chez lui par la porte arrière de l'hôtel Pradeloup. Adrienne, au salon, tout contre un guéridon supportant un chandelier, était plongée dans l'un des volumes des *Mémoires* de Saint-Simon. C'était une collection reliée pleine peau de chez Delloye, datée de 1840, acquise par son père lors d'une liquidation. Adrienne jugeait que cette lecture tombait à pic :

— Où peut-on trouver en soi tant de persévérance pour l'accomplir, cette longue fréquentation littéraire, sinon en période de guerre ?

— Profitez de l'aubaine, ma chère Adrienne, lui répondit, tout de go, son mari, car celle-ci n'est pas près de se terminer.

Lazare se pencha pour embrasser sa femme et se retira aussitôt. Mais, avant de quitter le salon, il dit, simplement :

— Demain, je me rends à Bordeaux pour voir mon frère. J'ai un petit service à lui demander. N'essayez pas d'en savoir plus, je ne vous dirai rien. Sachez, néanmoins, qu'il s'agit d'une affaire de peu d'importance.

Sur ces derniers mots, sa voix retomba comme un soupir. Il ne supportait plus de mentir, jour et nuit, depuis toutes ces années, si bien que sa voix souvent l'abandonnait sur une étrange impression, comme si les mots ne parvenaient plus à endosser le moindre sens.

Avant la levée du jour, Sigismond conduisit son patron à la gare de Brive pour l'express de Bordeaux de sept heures cinquante. Le notaire emportait peu de bagages, juste une serviette de cuir noir dans laquelle il avait rangé de quoi écrire et lire pour passer le temps, ce qui indiquait que son séjour en Gironde serait bref.

Sur le quai de la gare de Brive, des miliciens et des hommes en civil de la police allemande avaient formé un cordon de contrôle. Depuis que Darnand avait obtenu des Allemands que ses hommes puissent porter une arme, les opérations se faisaient plus musclées qu'au temps du SOL[1]. On fouillait les sacs, les valises, les poches de veste et de manteau, on contrôlait les cartes d'identité ou les ausweis. Lazare ouvrit sa sacoche pour montrer au milicien ce qu'elle contenait, mais le type n'apprécia guère ce peu de coopération et il en versa le contenu sur le quai. Bloc-notes, stylo à plume et un volume des Belles Lettres. Il tomba aussi du sac une photo de Clarisse. Lazare se pressa pour la ramasser, mais le milicien mit le pied dessus avant de s'en emparer.

— C'est ta femme ? demanda l'homme.

— Oui, mentit le notaire.

— Elle est bien jeune, constata-t-il. Vieux cochon.

Lazare ouvrit son porte-cartes et montra sa carte d'identité. Cette fois, le zèle du notaire sembla convenir au milicien. Mais, au moment où Lazare se baissait pour récupérer son Hésiode, l'homme le poussa d'un coup de pied.

— On n'a pas encore brûlé tous les livres, mais ça viendra.

Bazin demanda enfin l'autorisation de le récupérer. Il tenait à sa *Théogonie* comme à la prunelle de ses yeux. Maintenant qu'il l'avait assez humilié, le milicien laissa

1. Service d'ordre légionnaire.

le notaire à ses occupations. D'autres proies faciles l'attendaient.

Une fois installé dans la voiture de première classe, Lazare se mit à réfléchir sur la disgrâce dont il était l'objet, désormais, partout où il se trouvait. Il énuméra ainsi tous les événements récents de son existence qui démontraient combien le sort s'acharnait sur lui : l'arrestation de Clarisse, la passivité de ses amis du cercle, les tracasseries administratives dont il était fréquemment l'objet, comme à Tournette ou bien, ce jour, à Brive... Il suffit que j'aille quelque part et je suis assuré qu'une bande de gendarmes, de miliciens ou de salopards, dans le genre de Pensennier, me barrera le chemin, m'interrogera, me molestera, alors que tant d'autres autour de moi passent sans encombre, pensait-il. Ai-je une tête à attirer les embarras ?

Le train parvint à Périgueux aux alentours de dix heures du matin et la correspondance pour Bordeaux était à douze heures trente. Que faire de tout ce temps ? se demanda Lazare. Il se rendit dans un estaminet proche de la gare, où on lui servit un mauvais café. Puis il trouva le lieu à sa convenance et en profita pour mettre un peu d'ordre dans ses idées. Sur son bloc, il nota quelques arguments utiles pour l'affaire qui l'occupait. Serait-il assez persuasif pour convaincre son frère, le grand avocat de Bordeaux, d'intercéder en sa faveur ? Après tout, Lazare n'avait jamais rien demandé à maître Geoffroy Bazin, tant les deux frères vivaient chacun de leur côté, sans jamais prendre la moindre nouvelle l'un de l'autre. Pourtant, ils n'étaient pas si différents. Geoffroy et Lazare avaient partagé la même éducation rigoriste voulue par Auguste Bazin, tout en découvrant à l'aube de leurs carrières respectives l'hypocrisie foncière des Bazinus, strictes règles morales dans la famille et déchaînement licencieux dans les affaires. L'éloignement des deux frères Bazin fut consommé au moment où le père dessina la ligne de partage des biens. Sans doute le brillant avocat de Bordeaux fut-il avantagé par Auguste au détriment de Lazare. Le père était justement fier que son aîné eût échappé à l'étude de Pradeloup pour une activité plus brillante encore. Cela méritait-il récompense pour autant ? En comparant la valeur respective des biens, peut-être cette différence n'était-elle pas aussi criante que le cadet voulait bien le dire. Entre Pradeloup et la Gerbert, il n'y avait qu'une belle collection de meubles et de tableaux dont on eût pu tirer de quoi refaire les toitures et rénover la galerie à trois niveaux, qui était une des curiosités de la demeure.

L'express de Bordeaux atteignit la gare Saint-Jean sur les quatre heures de l'après-midi. Sans prendre le temps de s'inquiéter d'une chambre d'hôtel, Lazare se rendit à pied chez son frère en suivant les quais. L'appartement de maître Geoffroy Bazin était situé rue Castillon, à deux pas de la cathédrale Saint-André et du palais de justice. Un vent froid balayait les rues tristes de Bordeaux. Lazare fut surpris par le peu d'activités de la cité, lui qui avait connu le Bordeaux d'avant-guerre, avec ses étals sur les trottoirs, la foule autour des magasins, les cafés bondés de la porte Dijeaux.

Lorsqu'une patrouille allemande aborda la rue Sainte-Catherine avec ses motos ouvrant la marche, Lazare se faufila dans une entrée d'immeuble. Après coup, il réalisa que sa réaction de peur eût pu lui attirer les pires ennuis. Tu as basculé de l'autre côté, se dit-il, puisque tu te comportes comme un terroriste. (Il disait encore « terroriste », par habitude, comme tout le monde.)

Pourtant tu n'as rien à te reprocher... Soudain, il se mit à rire, recroquevillé sur lui-même dans la pénombre d'une cour étroite puant la pisse de chat. Qui n'a rien à se reprocher ? Personne. La guerre a fait de chacun de nous des coupables en puissance. J'ai eu une maîtresse juive et je lui ai fait un enfant. Je m'adonne au marché noir à grande échelle. Je gagne de l'argent, beaucoup d'argent, et pourtant, jamais je n'ai été aussi vulnérable... Qui pourra dire encore que la fortune protège de ces voyous ? Lazare eut du ressentiment à l'encontre de Jérôme Chabriard. Lui, il n'avait encore jamais éprouvé cette peur. Il se sentait à l'aise avec les miliciens, les occupants, comme un poisson dans l'eau. Il se croyait intouchable dans sa banque, entouré de son armée de comptables, de secrétaires, de guichetiers.

L'avocat demeurait dans un bel immeuble de trois étages, au-dessus d'un magasin de mode. Lazare sonna trois coups brefs, puis attendit patiemment. L'attente dura plus qu'il ne l'avait prévu, et cela l'importunait en vérité de faire le pied de grue sur le trottoir de la rue Castillon. Pourtant, Lazare avait annoncé sa visite à son frère par téléphone, indiqué l'heure approximative de son arrivée. Il alluma un cigare pour se donner une contenance. Il sonna de nouveau. Cette insistance eut pour effet d'animer le voisinage. Une secrétaire vint lui ouvrir la porte. Et il n'eut pas à décliner son nom et le motif de sa visite pour qu'on l'invitât à monter. Cette constatation parut le rassurer.

Les bureaux de l'avocat étaient situés au premier étage. La plaque de cuivre sur la porte était explicite, assez grande et prétentieuse pour qu'on ne la manquât pas : *Geoffroy-Emile Bazin, avocat, docteur en droit des facultés de Bordeaux.* La jeune femme l'amena directement dans le cabinet de l'avocat.

— Alors, vieux frère, comment te portes-tu ? s'écria Geoffroy en prenant Lazare dans ses bras.

L'avocat était d'une corpulence supérieure à celle de son frère. Il le dominait d'une courte tête. Mais, sur le visage, on retrouvait quelques traits communs, un front bombé, des maxillaires ossus, des lèvres gourmandes.

— Je regrette de venir t'ennuyer chez toi, dans ta ville, au milieu de tes affaires, alors que nous ne nous fréquentons pour ainsi dire pas, en temps normal, dit Lazare.

Les deux frères allèrent s'asseoir près de la bibliothèque. Il y avait une table basse en acajou et quatre fauteuils à bascule. Ils prirent place l'un en face de l'autre, tandis que la petite secrétaire s'activait autour d'eux à enlever quelques revues pour faire place nette.

— Tu boiras quelque chose, mon vieux frère ? proposa Geoffroy. Il nous faut bien arroser ça. Pour une fois que tu viens me voir à Bordeaux...

La secrétaire apporta quelques alcools. L'avocat se fit servir un scotch. C'était sa boisson préférée, en toute occasion. Lazare refusa en posant le plat de la main sur le verre en cristal.

— Pourquoi ne viens-tu jamais à Pradeloup ?

Geoffroy croisa les jambes. Il portait un costume bleu-gris avec des rayures discrètes, un nœud papillon gris sur une chemise blanche. Son petit gilet de la même étoffe que le costume à veste croisée était à peine déboutonné pour se donner quelque aisance à la taille.

— Je ne m'y plais pas, comme tu le sais, vieux frère. Ce coin perdu de Corrèze a été l'enfer de mon enfance. J'ai commencé à exister le jour où je l'ai quitté. C'est ainsi. Tu as choisi l'étude sur les brisées de notre père. Et moi, il me fallait bien faire autre chose. Nous ne pouvions devenir des notaires tous les deux, comme l'espérait maman. C'eût été ridicule. De plus, je crois que nous ne nous serions pas entendus.

Lazare écoutait son frère attentivement. Il ne pouvait dissimuler son ironie. Mais Geoffroy était trop occupé à parler de lui-même pour en distinguer la moindre trace. Cela faisait des années que l'avocat considérait son frère comme un misérable petit tabellion de province. Mais au moins il lui était reconnaissant sur un point, celui d'avoir soulagé la succession de la charge notariale.

— J'ai une affaire délicate à t'exposer. Et connaissant tes relations actuelles avec Vichy, je crois que tu pourrais me rendre un service.

Le visage de Geoffroy se renfrogna. Il n'aimait pas qu'on lui parlât ainsi. Les mots « relation » et « service » lui écorchaient les oreilles, même provenant d'un frère.

— Oui, Lazare, je ne te sens pas dans ton assiette. Tu as l'air différent. Tu as changé. Peut-être est-ce une bonne chose ?

Les yeux de Lazare papillotaient d'impatience. Il avait hâte d'en venir au fait, sans ambages. Et il lui semblait que son frère voulait l'emmener au loin par de sinueux contours et détours. Cette histoire d'enfance malheureuse et de notaire de petite province, c'était une vieille affaire dont il croyait que Geoffroy avait épuisé l'amertume. Il eût voulu dire à ce moment qu'il le devinait plein d'aigreur, une aigreur d'âme d'autant plus incompréhensible que sa place au barreau bordelais lui apportait toutes les satisfactions. Mais Lazare comprit pour l'heure qu'il ne lui faudrait point piquer pour obtenir des faveurs.

— Je souhaiterais que cette conversation demeure secrète entre nous.

L'avocat hocha la tête. Sa large main palpait le bois lisse de la tablette, y laissant au passage quelques moirures de sueur.

— Aurai-je à plaider quelque chose ? Mon emploi du temps est chargé... avertit Geoffroy.

Lazare se mit à sourire.

— Mais non.

Maître Bazin parut rassuré ; il s'était juré, jadis, de ne jamais mettre son art au service de la cause familiale.

— J'ai pris une maîtresse, il y a quelques années, à laquelle je me suis attaché contre toute raison, confessa le visiteur. Elle s'appelle Clarisse Zeiss. Je lui ai fait un enfant. Une petite fille nommée Clotilde. Elle va sur ses trois ans. Il y a deux jours seulement, Clarisse a été arrêtée par la Milice parce qu'elle est d'origine israélite. Heureusement, j'ai pu préserver le sort de notre fille. Mais...

— Je vois, dit Geoffroy, la mine grave. Tu voudrais que je cherche à savoir ce qu'elle est devenue.

— Oui, bien sûr, fit Lazare. Mais je m'en doute, hélas. On l'a conduite dans un camp, je ne sais où. Il faudrait la retrouver, puis la faire libérer. Quel que soit le coût, je suis disposé à payer le prix.

L'avocat retourna derrière son bureau.

— Te rends-tu compte de ce que tu fais, Lazare ? Prendre une maîtresse, l'entretenir, lui faire un enfant... C'est immoral, tout de même. Je suppose qu'Adrienne ne sait rien ?

— Je ne suis pas venu te voir pour entendre une leçon de morale. Ce que je fais de ma vie ne regarde que moi.

— Oui, mais je suis l'aîné, tout de même.

Lazare se mit à ricaner.

— Vas-tu me débiter ces conneries longtemps ? Il y a plus urgent à faire. Chaque heure compte. J'espère que Clarisse n'a pas quitté la France, sinon nous ne la retrouverons jamais.

— Je le crains, fit Geoffroy en hochant la tête.

Le notaire comprit à cette seconde que son frère n'était pas dans les meilleures dispositions, à faire ainsi passer la question morale avant toute chose.

— Lèveras-tu le petit doigt ou me signifieras-tu mon congé ? C'est la seule réponse que j'attends, mon vieux frère, comme tu dis.

Geoffroy parut embarrassé par l'ultimatum qu'on lui posait.

— Tu connais le commissaire aux questions juives à Bordeaux, le préfet Sabatier, tu as tes entrées à l'Abwehr[1]... insista Lazare. Et à Vichy, tu en connais pas mal, aussi : Baudouin, Alibert, Bouthillier, Pucheu... Je suis sûr que ton carnet d'adresses est farci de ces gens-là. Il suffit que tu prennes ton téléphone. Et dans une heure nous saurons où est Clarisse et quelle autorité il nous faudra convaincre pour la faire libérer...

— Tu es fou, Lazare. Tu déraisonnes. Bien sûr que je connais nombre de ces gens, mais crois-tu réellement qu'ils interviendraient pour moi ? Je suis bien plus leur obligé que l'inverse, forcément. Ces gens ont le pouvoir, tous les pouvoirs. Mais une demande comme la tienne, ils en reçoivent des centaines tous les jours. Ah, surtout une Juive. Une Juive, mon Dieu. Ça les écorcherait de la relâcher, ta petite maîtresse. On les transporte, les Juifs, par pleins wagons, vers l'Allemagne et la Pologne... Pourquoi ferait-on une exception pour ta Clarisse Zeiss ?

— Je vois que tu te défiles, Geoffroy. Quand il s'agit d'aider son vieux frère, on trouve de bonnes raisons pour ne pas le faire.

— Je ne voudrais pas que tu croies...

1. Service de renseignements de la Wehrmacht.

Le notaire de Pradeloup se leva aussitôt. Il avait hâte, désormais, de prendre congé.

— Regarde-moi bien, Geoffroy, tu as fini de me voir. Définitivement. Dorénavant, ce sera comme si tu n'avais jamais existé. Je vais te rayer de ma mémoire.

— Allons, insista l'avocat. Tu ne peux pas me tenir responsable de tes errements. Tu as trahi cette pauvre Adrienne, la mère de tes enfants, et tu voudrais que j'intrigue pour sauver ta maîtresse ! C'est impensable, mon pauvre Lazare. Reprends-toi. Tu es sous le coup de l'émotion. Mais ce chagrin-là finira par s'estomper. Et avec le temps tu me donneras raison.

— Ça suffit, Geoffroy. J'en ai assez entendu. Adieu.

Le notaire atteignit d'un pas rapide le bout du couloir. Son frère le suivit, hésitant. Puis, Lazare se retourna en brandissant son poing.

— Sois maudit !

Et la porte se referma sur lui, sèchement.

9

22 juin 1963

L'abbé Merlier avait choisi le moment le plus propice pour visiter le notaire, c'est-à-dire le milieu de la matinée, suivant en cela les conseils de son abbesse. « Nous le cueillerons en pleine lucidité, avait promis Victorine, afin qu'il entre les yeux ouverts dans la vérité du Seigneur. » Le prêtre n'aimait pas ces grandes déclamations, à ses yeux dépourvues de sens. Il eût voulu répondre à Victorine que seule la repentance, la repentance sincère et authentique, importait, par laquelle on gagne son paradis. Mais notre homme est-il prêt pour une telle action de grâce ? Ou se réfugiera-t-il dans l'orgueil et la supériorité qui sont le propre des libres-penseurs ? se demandait Merlier. Pourtant, notre Lazare a accepté ma démarche. C'est donc qu'il attend quelque chose de moi ?

Victorine avait insisté pour entrer avant le prêtre dans la chambre du notaire, afin de le préparer à l'entrevue. Victorine et Geneviève trouvèrent Lazare alité, mais occupé à lire quelques maximes de La Rochefoucauld. C'était un auteur qu'il avait beaucoup fréquenté durant sa vie, et négligé ces temps derniers. Ces pensées ramassées et concises le distrayaient parce qu'elles le renvoyaient à divers événements de son existence.

Quand il aperçut Victorine se cachant à moitié derrière la gouvernante, il faillit éclater de rire. Mais, *commedia* oblige, il se contint en relevant un peu le drap sur son visage, puis glissa sous lui les *Maximes*. Le notaire appréhendait les questions de sa visiteuse : Comment vous sentez-vous ? Que lisez-vous ? Etes-vous en état de recevoir les derniers sacrements ?

Heureusement, l'abbesse en vint rapidement au fait, sans ambages. Elle avait pris la main du malade, s'était étonnée que les doigts fussent tachés d'encre et qu'il eût, pour un moribond, le rose aux joues. Lazare connaissait Victorine depuis leurs années d'enfance. Portée par une sorte de vocation précoce, elle avait voué son existence à l'église et aux curés successifs qui avaient dirigé la paroisse de Galiane-sur-Sévère, sans jamais se départir et avec une fidélité passionnée. Elle s'était toujours tenue à l'écart des adolescentes de son âge, comme si sa vocation en avait fait une adulte avant l'âge. Pourtant, se souvint Lazare, Victorine était plutôt jolie fille. Et cette grâce revêche qui la caractérisait à cette époque avait inspiré bien des désirs parmi les garçons de son âge. Elle portait les cheveux raides à la Jeanne d'Arc – ou du moins telle qu'on imaginait Jeanne d'Arc dans l'imagerie populaire – et possédait une petite poitrine ferme et haute, un corps élancé. La jeune Victorine était plutôt d'une nature prude et avait passé sa vie à cacher ses attraits sous des couches de tissu gris ou noir. Une fois, pourtant, les garnements de Galiane l'avaient surprise en train de se baigner dans la Sévère. Malgré un maillot de bain en laine dissimulant tristement sa nudité, Lazare avait pu se rendre compte combien la jeune bonne du curé était appétissante. Il en avait gardé un souvenir ému, et en cet instant où elle paraissait devant lui, il pensa : Mon Dieu, quel gâchis !

— Oh, mon pauvre maître Bazin, déplora l'abbesse. Comme je vous plains. Quitter tout ça... si prématurément. Alors que vous aviez tant à faire encore. Mais il est un pouvoir au-dessus de nous, intemporel...

Le notaire se redressa en invitant sa gouvernante à glisser un oreiller dans son dos.

— Sacrée Victorine, soupira Lazare, toujours fidèle à Dieu et à ses bons pasteurs.

Elle inclina la tête, doucement. Le notaire observait attentivement les traits de son visage. Il se mit à sourire.

— Je vais vous décevoir, ma bonne Victorine, mais je n'ai pas le goût religieux en moi. Je ne l'ai jamais eu. Et votre visite, au lieu de me jeter dans l'effroi, m'inspire quelques souvenirs aimables.

— Comment cela, Lazare ?

— Savez-vous que je vous ai vue à moitié nue, jadis, vous baignant dans la Sévère ? J'en ai conservé une image troublante. Cela me revient en ce moment.

L'abbesse poussa un cri en se reculant du lit.

— Mais c'est le diable, cet homme !

Lazare éclata de rire.

— Il y a toujours un diable qui sommeille en l'homme. Un diable qu'un rien réveille, sous les cendres de la vertu accablée.

— Mon Dieu ! s'écria-t-elle. Chassez de vous ces pensées libidineuses ! Sinon, vous irez brûler en enfer !

Lazare fit signe à Victorine de s'approcher du lit. Elle hésita puis, cédant à la curiosité, vint se pencher un peu au-dessus de lui. Elle portait sur elle une odeur d'encens et de fumée de bougie. Un parfum de sacristie, nota-t-il.

— Pourquoi vous êtes-vous interdit tant de bonheur dans votre vie ? Le sacrifice en valait-il la peine ? Vous le découvrirez bientôt. Je crains que tout cela n'ait été immolé en pure perte.

Victorine se recula, le feu aux joues. Décidément, ce serait la seule confession qu'elle obtiendrait de maître Bazin, notaire de Pradeloup.

Elle se souvenait, elle, dans son adolescence, des gestes effrontés des garnements. Ils s'en venaient soulever ses jupes avec un bâton, ou surprendre sa toilette par un fenestron. Cela la renforçait dans l'idée qu'il lui fallait combattre le mal, farouchement, jusque dans les émois du corps, eux aussi esprit de Satan.

L'abbé Merlier s'impatientait dans le salon. Il faisait les cent pas comme un jeune amoureux transi qui guette son rendez-vous. Pourtant, les dames Laroque et Jaffrée le poussaient à franchir la porte, sans ménagement.

— Vous perdrez votre temps, monsieur l'abbé. Cet homme ne craint pas plus l'enfer que les diagnostics de son docteur, dit Germaine.

— Pensez donc. Ce serait lui faire injure que de lui donner l'absolution, surtout lorsqu'on reçoit une jeune maîtresse, dit Louise. Pas plus tard qu'hier en pleine après-midi !

L'abbé ne se souciait guère des ragots. Il les tenait pour quantité négligeable. Souvent, il avait tenté de convaincre Victorine de dissoudre la fameuse confrérie du Sacré-Cœur, qui n'était pour sa cure d'aucune utilité, sinon pour entretenir et colporter des médisances.

Alors, furieux, il se décida enfin. Victorine et Geneviève poussèrent un cri de surprise. Et d'un geste d'autorité, le curé fit signe à ces dames de se retirer. Une fois la porte refermée, le prêtre alla serrer la main à Lazare.

— Je vous en ai délivré ? Soyez au moins reconnaissant.

Le notaire se mit à rire.

— Nous arrivons au point de rupture de deux mondes, mon pauvre Merlier, avança Lazare. Ici dans mes murs, et dans la puanteur de votre sacristie, les dernières grenouilles de bénitier... Tandis que le monde nouveau s'agite, loin de ces vieilleries, avec ses ritournelles. Connaissez-vous le rock'n'roll, le twist, le swing, le blues et ses idoles, Elvis Presley, les Beatles, Bob Dylan ? Non, bien sûr.

— Est-ce la jeune demoiselle qui est venue vous voir, hier après-midi, qui vous tient au courant de ces nouveautés ?

Lazare balaya d'un geste le drap qui le recouvrait et posa ses pieds sur le tapis. Le curé proposa de l'aider, mais le notaire déclina son offre.

— Les nouvelles vont vite dans mon quartier, dit Lazare.

— Oh oui. Et les médisances aussi.

— Vous n'en croyez rien, au moins ?

— Non, maître Bazin. Je sais qui vous êtes. Un honnête homme. Peu croyant, certes. Mais Dieu a les idées larges. Et puis, pourquoi viendrais-je vous promettre le paradis, puisque vous n'y croyez pas ? Néanmoins, je prierai pour vous.

Bazin l'écouta, la tête baissée. Un air de malice s'était installé dans son regard.

— Savez-vous qui était la jeune fille d'hier ?

Le prêtre alla s'asseoir à côté de lui.

— Ma fille Clotilde, que j'ai eue avec Clarisse Zeiss, durant la guerre. Je lui ai enfin révélé dans quelles circonstances sa mère était morte.

Le prêtre écoutait, fixant le parquet de la chambre, les mains jointes. Il y eut un long silence. Bazin aurait voulu que Merlier lui posât quelque question, mais le prêtre était sans voix, ému sans doute de découvrir le secret du notaire de Pradeloup.

— Elle a été arrêtée par la Milice en 1943, sous mes yeux, et déportée à Auschwitz, où elle est morte. Je n'ai plus eu de nouvelles. Ma vie fut un enfer, monsieur, un terrible enfer. Alors, après tout cela, je ne crains plus rien. La mort, vous savez, ce n'est qu'un effacement. Un banal effacement. Je m'y suis préparé avec sérénité.

— Et votre regrettée épouse n'en a rien su ?

— Rien, confirma Lazare. Entre 39 et 43, Clarisse a vécu dans ma maison de Saint-Savère, où la petite Clotilde est venue au monde. Durant ces années de bonheur...

— Et d'adultère, intervint le prêtre.

— ... j'ai préféré qu'Adrienne ne sache rien. J'ai donc vécu dans le mensonge. Puis, après la disparition de Clarisse Zeiss, j'ai dû cacher l'enfant à Brive et à Bordeaux. Je n'ai pas trouvé le courage d'en parler à Adrienne. Peut-être Clotilde serait-elle venue vivre avec nous, à Pradeloup.

— Adrienne était suffisamment chrétienne pour vous pardonner et aimer cette enfant comme la sienne, défendit Merlier.

— J'ai été lâche. C'est mon principal défaut, mon cher curé, lâche et inconséquent, comme ces petits-bourgeois de l'ancien temps qui engrossaient leurs servantes. Et je ne mérite aucune indulgence. Je le sais. Je ne m'aime pas. Je me méprise.

Le prêtre balbutiait une prière entre ses lèvres, doucement.

— Ne priez pas pour moi, s'insurgea le notaire. Je ne veux pas qu'on me pardonne. Laissez-moi avec mes douleurs, mes ressentiments, mes haines et mes désespoirs. Je veux aller jusqu'au bout, ainsi, sans aucune tricherie. J'ai trop triché dans ma vie. Et je sais ce que vaut le pardon d'un prêtre. Réservez vos prières pour Adrienne, qui fut des vôtres, si bonne, si juste, si humaine. Comme a-t-elle pu me supporter toutes ces années ? Elle m'aimait sans doute tandis que je ne l'aimais pas. Car notre mariage fut arrangé par un père imbécile. En l'épousant je fis son malheur et le mien. Heureusement que ce vieux monde va périr, enfin.

Merlier prit la main de Bazin et la serra fortement.

— Je vous plains, dit-il. Je vous plains sincèrement.

En apercevant le curé Merlier par la porte entrebâillée, Serge Léontin faillit repartir.

Si mon cher malade a préféré les derniers sacrements à mes matérialistes médications, alors il n'y a plus rien à faire, croiser les bras et attendre...

Mais il comprit que son malade n'était pas sur la voie de l'absolution lorsqu'il entendit, par inadvertance, ses derniers mots. Du reste, le prêtre était venu sans enfant de chœur et sans encens, en curieux sans doute, afin de constater de visu dans quelle disposition le notaire se trouvait.

Le médecin se décida enfin à franchir le seuil, mais en y mettant un peu de comédie. Feignant la surprise, il s'inclina devant le prêtre.

— Pardonnez mon intrusion, je ne voudrais point gâter ce grand moment de conversion...

Lazare Bazin éclata d'un rire tonitruant. Le curé parut gêné.

— Mais non. Je fais une visite de courtoisie.

— Je pensais que nous en étions aux derniers articles, dit Léontin.

— Cela, docteur, est votre affaire. Je ne puis juger de cette question.

— Renonceriez-vous à croire, mon cher Merlier, repartit le médecin, que notre destin est déjà écrit par la main de Dieu ?

— Qui peut se vanter de connaître ce qui est écrit par le divin ? Ni vous ni moi. Nous ne sommes point des devins. Ce qui advient est écrit, voilà tout.

Au fond de son lit, Lazare s'amusait tout autant que devant la scène d'une comédie. Ses yeux brillaient d'intelligence.

— Je n'aurais jamais cru connaître une agonie aussi distrayante, fit-il en balançant ses mains de droite à gauche, comme s'il en rythmait les répliques.

Le prêtre voulut quitter la scène, mais le médecin le retint.

— En dehors de quelques gouttes de solucamphre, je ne soigne plus guère maître Bazin, reconnut-il. A quoi bon, cet homme s'accroche à la vie. Voyez-le, curé, il n'a pas envie de mourir. Votre paradis ne le tente guère.

Merlier se tenait au pied du lit dans sa soutane noire. Il portait la coiffe ecclésiastique, ample et aux bords relevés, et son visage exprimait une sérénité à toute épreuve.

— Vous n'êtes pas toujours aussi bravache face à la mort, dit le prêtre. Je vous ai connu déconcerté devant la petite Angèle Andrieu, qui fut rappelée à Dieu, l'automne dernier.

Le médecin baissa la tête.

— Vous êtes dur, curé. Sacrée estocade que vous me portez là.

Merlier fixait le médecin sans désemparer.

— Et vous, étiez-vous aussi serein que vous nous le montrâtes ?

Le prêtre ne répondit pas.

— La petite Angèle hurlait de douleur. Savez-vous ce qu'est un cancer des os ? Lorsqu'ils se brisent à chaque mouvement, comme du bois vermoulu... Je ne supportais plus ses cris. Je me disais : Faut-il laisser la main de Dieu accomplir cette horreur ou l'aider un peu ? Et je vous ai posé la question. Vous étiez là, immobile, devant ce drame, psalmodiant vos versets. Et vous ne m'avez pas porté secours, à ce moment. Vous êtes resté muet. Et moi, j'ai dû me débrouiller, tout seul avec ma conscience, pour éteindre les souffrances de la petite Angèle.

— J'ai prié pour vous, dit Merlier.

— Allez, mon ami, je ne vous en veux pas, dit le médecin en touchant la main du prêtre. Mais, de grâce, ne nous jugez pas trop vite ; lorsque nous sommes dans ce désarroi, la solitude est pesante. Et l'homme de l'art, si savant qu'il soit, retourne à l'humilité. Je vous l'assure.

Se sentant de trop à la consultation, le père Merlier quitta la chambre en faisant un signe de croix sur le lit, comme si le pauvre Bazin était déjà allongé dans son cercueil. Le médecin sortit alors son attirail et écouta le cœur de son malade, lui prit la tension, visita les raideurs aortiques du cou.

— Ce n'est pas fameux, dit-il en notant ses observations sur une fiche.

Bazin fit l'effort de descendre du lit. On était samedi, et il voulait se vêtir pour une fois, se délester de ses oripeaux de vieux malade. Aussi avait-il demandé à Geneviève de lui préparer son costume en lin bistre. Avec sa maladresse habituelle, son absence de tact, la gouvernante s'était écriée : « Déjà... » Mais le notaire avait protesté devant autant de bêtise : « A ce moment-là, ce n'est plus moi qui vous sonnerai, bécasse ! »

— Vous ne m'écoutez pas, maître Bazin. Je vous disais : ce n'est pas fameux.

— Geneviève ! appela le notaire. Apportez-moi ma chemise blanche en coton. J'espère que vous ne l'avez pas trop amidonnée... C'est une détestable habitude. Qu'elle se froisse un peu, beaucoup, passionnément, ne peut contrarier ma prestance, si tant est, cher docteur, que j'en possède encore.

Serge Léontin fit semblant de ne pas entendre. Il lisait et relisait ses fiches, suivait jour après jour l'évolution de la maladie telle qu'il en avait noté les symptômes lors de chacune de ses visites. Il eût pu établir une courbe de l'évolution. On avait atteint le seuil critique les 16, 17 et 18 juin, puis les signes alarmants s'étaient stabilisés, peu à peu. On pouvait parler, désormais, d'état stationnaire. Refus de se prononcer, pensa-t-il, voici ce que j'écrirais si j'avais à faire un rapport clinique. On ne se mouille pas, dans la médecine. On s'en rapporte aux faits avérés. Et on se garde bien de tout optimisme, parce que la rémission dans une maladie est souvent le signal d'une crise plus grave encore.

— Recouchez-vous, Bazin, vous me faites peur, à jouer les héros.

— Que craignez-vous ? Je sens ce que je puis faire. Lorsque le cœur se manifeste, je me recouche. Toutes les douleurs me sont désormais connues : angine de poitrine, tachycardie, étouffement... Rien ne m'a été épargné. J'ai même vu les étoiles, un instant.

— Les étoiles ? Que voulez-vous dire ?

— Quelque chose qui précède l'évanouissement ou qui lui succède. Dans cette histoire, le cerveau ne parvient plus à situer le temps. On dirait qu'il s'accommode du glissement progressif. Il vous accompagne jusqu'au bout, sans se rebeller. Puis la machine est repartie. Comme un noyé qui se débat dans une eau glauque et qui finit, enfin, par trouver la surface, par émerger et aspirer l'air. A la différence que les poumons ne vous donnent plus pleine satisfaction. Ils se gonflent à l'économie, et rien ne sert d'en forcer l'accès, sinon ils se referment. Alors, voyez-vous, cher docteur, il vous faut les reconquérir, peu à peu, par petites aspirations mesurées.

Léontin l'écoutait d'un air soucieux.

— Vous avez frôlé la mort à ce point-là ?

— En effet.

Geneviève apporta le costume sur un serviteur muet et étendit la chemise sur le fond du lit.

— Il me faut m'apprêter un peu. Mes enfants sont venus me voir. Ils s'inquiètent. Mais pas comme vous le pensez, cher docteur... Ils s'inquiètent de ne point me voir mort. L'idéal pour eux eût été que je disparaisse jeudi. Ainsi, on aurait fait la cérémonie ce jour. Et tout aurait été pour le mieux. Calixte rentrait ce dimanche à Blois, à moins qu'elle ne décidât son mari à courir vers Saint-Raphaël ou Cassis... tandis que Georges serait retourné à Limoges pour reprendre en main sa fine équipe de conquérants...

Le médecin se racla la gorge, gêné sans doute que son patient parlât de sa fin avec autant d'aisance. Quelle comédie nous jouons-nous ? Aussi facétieux qu'on puisse être, aussi détaché, aussi distant avec sa propre existence, à parler de la mort comme s'il s'agissait d'un banal incident, il y a là un fond passionné tout de même, une manière de se mettre en scène qui pose son personnage.

— Vous voulez dire que vous vous costumez pour recevoir vos enfants ?

— Parfaitement.

Lazare boutonna précautionneusement sa chemise du haut jusqu'au bas. Le médecin voulut l'aider, mais le notaire refusa.

— Je veux bien que vous me nouiez ma cravate. Je n'ai jamais su m'en dépatouiller tout seul.

Serge Léontin s'en saisit et la lui passa au col. Elle était jaune canari, et le docteur s'en amusa.

— Je suis rock'n'roll, fit Lazare avec un clin d'œil, ou swing. Savez-vous ce qu'est le swing ?

Le docteur secoua la tête.

— Vous êtes impayable.

— Une manière de se mouvoir avec détachement. Cette grâce n'appartient qu'à ceux qui ont le rythme jazz dans la peau. Je ne suis pas trop swing, si vous voyez ce que je veux dire. Il m'est arrivé d'écouter Louis Armstrong sur un de ces tourne-disques, genre Teppaz. Je ne comprends pas ce que cette musique signifie. Je suis resté trop Charles Trenet ou Vincent Scotto. Et vous ?

— J'écoute souvent John Coltrane, John Lee Hooker, ou Ray Charles et son fabuleux « Georgia on my mind ».

Serge Léontin se mit à chanter, d'une voix volontairement cassée :

— « *Georgia, Georgia, the whole day through...* » Cela ne vous dit rien ?

— Non, mon cher.

Le docteur termina le nœud avec précaution.

— Vous la serrerez à votre convenance, n'est-ce pas ?

Quand il fallut enfiler le costume, Geneviève accourut. L'opération se fit avec difficulté, les gestes du notaire étant assez ralentis, quoi qu'il en dise.

— Et vous, docteur, s'écria la gouvernante, vous laissez faire ça ? C'est criminel.

Serge se mit à rire en se souvenant, soudain, qu'il avait annoncé à cette pauvre femme l'agonie de son client. C'est ce qui me plaît dans mon job, pensa-t-il, l'incompréhensible résistance des corps.

— Devrais-je m'en réjouir pour vous déplaire que je ne manquerais pas de le faire. Car je ne vous aime pas, Geneviève. Votre manière de servir maître Bazin m'horripile. Comprenez-vous cela ?

Le visage de la gouvernante se crispa, se durcit, se défit, au point que le docteur crut qu'elle allait pleurer.

— Que me reprochez-vous ? Moi qui lui suis dévouée depuis si longtemps...

— Vous le traitez comme un enfant, comme un enfant débile. Croyez-vous que l'âge avancé autorise ces tristes mignardises, ces désobligeantes réflexions, ces moqueries déguisées ?

Bazin se laissa tomber sur le lit pour qu'on lui enfilât les chaussettes.

— Je vous en prie, doc, s'amusa-t-il, je n'y vois aucune méchanceté. Tout au plus l'inanité propre à ma chère Geneviève. Nous formons un vieux couple. Elle aurait tant de choses à me reprocher, comme dans les vieux couples... Et puisqu'elle ne peut les dire, sa petite vengeance se loge dans la tracasserie quotidienne. N'est-ce pas, Geneviève ?

La gouvernante baissait la tête sur les lacets de chaussures de son patron. Le geste nerveux, imprécis, elle ne parvenait pas à les nouer, recommençant trois, quatre fois. Elle avait envie de pleurer, forcément, mais s'y refusait devant ces hommes cruels qui ne lui réservaient aucune pitié. Pour s'abandonner, elle attendrait d'avoir rejoint sa cuisine. Elle ne tarda pas à disparaître, du reste.

— Où sont mes enfants ? demanda alors Bazin.

Elle réapparut dans l'encadrement de la porte, timidement.

— A Brive, maître.

— Que font-ils à Brive ?

— Des emplettes.

— Ce n'est pas la peine qu'ils se mettent en frais pour mon enterrement. Ce sera une simple cérémonie de petite province.

Le docteur chantonnait « Georgia », doucement.

Pourquoi Lazare Bazin, notaire de Pradeloup, s'était-il mis sur son trente et un, ce fameux samedi 22 juin 1963 ? Un caprice ? Un effet propre au ramollissement cérébral qui guette tout homme dans l'âge avancé ? L'ultime sursaut d'orgueil d'un dandy nostalgique ? On pouvait raisonnablement croire que cet assaut de coquetterie était uniquement réservé à Georges et Calixte.

Après le départ du « doc », comme il disait maintenant pour se prêter à peu de frais un langage actuel, le notaire fit venir séance tenante sa gouvernante. Elle avait pleuré son saoul, maudit le médecin et le malade, maudit l'histoire de sa vie qui en avait fait une domestique taillable et corvéable, puis elle s'était consolée en se disant : Moi, j'ai trois ans de moins que Lazare, mais je me porte comme un charme... Comme quoi la fortune et l'intelligence, ça ne garantit pas une longue existence.

— Ah, Geneviève, ma bonne Geneviève, vous allez me dresser une petite table près de mon bureau. Vous la recouvrirez d'une nappe blanche. Je recommande celle qui est brodée au nom des Bazinus et qui date de 1880. C'est mon grand-père Alexandre qui en fit l'acquisition chez un drapier de Lyon. Et de même les assiettes, plates, creuses et à dessert, frappées elles aussi du nom des Bazinus. Un beau blanc de porcelaine de chez Haviland. Vous y ajouterez l'argenterie. Les pièces Restauration. Elles sont exquises pour un vieux bonhomme comme moi qui n'entend rien à Ray Charles et à sa Georgia.

— Je ne comprends pas, maître, tout ce que vous me dites.

— Je vous aime bien telle que vous êtes, ma chère, dit Lazare.

— Le docteur Léontin m'a vexée, savez-vous. Et je ne comprends pas que vous n'ayez pas pris ma défense...

— Le doc est infernal depuis qu'il perd son latin, comme Thomas Diafoirus.

— Etes-vous bien, maître ? Je vous sens bizarre...

— Faites ce que je vous dis, et promptement. Et servez-moi une aile de poulet, trois cornichons, un fagot de haricots verts, un verre de vin clairet. En dessert, une poignée de cerises. A moins que vous n'ayez pris le temps de préparer un clafoutis. Mais je présume que celui-ci est réservé à vos dames patronnesses. Qu'importe. Il s'agit en effet de récompenser leur patience.

D'un petit geste de la main, le notaire renvoya sa domestique et prit un journal du matin où l'on parlait du voyage de John Fitzgerald Kennedy en Europe. Il ne s'attarda point sur cette lecture, son esprit étant trop distrait. Mais son attention fut focalisée sur l'épouse du président américain. Lazare lui trouva beaucoup de charme. Il songea alors à Clarisse et se remémora très exactement les circonstances de leur dernière soirée en tête à tête dans la villa de Saint-Savère. Il faisait froid malgré un feu d'enfer dans la cheminée ; Clary l'avait emplie de bois de frêne bien sec. Ils s'étaient enroulés dans une couverture et la chaleur de leurs corps pressés l'un contre l'autre avait fini par leur rendre la vie douce. « M'emmèneras-tu un jour au bord de la mer ? — Oui, avait répondu Lazare, lorsque la guerre sera finie. — Nous aurons une maison sur la crête d'une falaise battue par les vents ? — Ce serait parfait. — Mais je sais que ce n'est qu'un rêve impossible. — Pourquoi donc ? — Jamais tu ne quitteras ta femme, mon fou. — Je m'en irai avec toi, comme un fuyard, sans donner la moindre explication. »

Geneviève revint pour apprêter la table. Lazare s'était légèrement assoupi dans le creux de son fauteuil, le journal éparpillé à ses pieds. Il ouvrit les yeux et pensa alors qu'il était passé à côté de sa vie. Je l'ai ratée dans les plus grandes largeurs. Et ce qui est joué, mon vieux, ne se rattrape jamais.

Pour ne pas demeurer en reste, affaibli et débilitant, Bazin se leva en prenant appui sur ses deux cannes. Il s'effaça pour laisser la gouvernante et la petite Marie, l'aide-cuisinière, installer le repas. La jeune soubrette servit le vin par le col d'une carafe de décantation. Le clairet était d'un rose pâle. Le notaire l'eût préféré plus consistant, rubis donc, mais la sagesse recommandait de n'en pas abuser. Celui-ci ne lui causerait pas grand mal ; peut-être la gouvernante l'avait-elle coquinement allongé d'eau plate.

La table fut mise ainsi qu'il l'avait souhaitée, avec argenterie, porcelaine, cristal. Il s'assit enfin, se versa un demi-verre, but aussitôt. Monsieur Kennedy espère-t-il faire tomber le mur de Berlin par un simple discours ? se dit-il. Ces Américains sont de grands enfants, rendus naïfs par leur complexe de supériorité. Il ne suffit pas de montrer sa puissance pour réussir sa diplomatie. C'est en effet un étrange poker menteur que l'on joue sur l'échiquier mondial. Il faut toujours sortir les bonnes cartes, à un moment ou à un autre.

D'un geste d'agacement, il chassa une mouche incommodante. Tu veux pondre, toi aussi, sur le cadavre, songea-t-il. Ne sois pas si pressée. Et il contempla le dos de sa main marbré de taches brunes, le grain violacé de la peau, le dessin des veines. La vieillesse nous écorche à mesure que la peau se parchemine, on devient translucide comme un calque, pensa-t-il. Il attaqua son aile de poulet, sans appétit, décrochant juste quelques filets autour des os, négligeant la peau qui l'écœurait bien qu'elle fût grillée sur l'aileron. Puis il passa aux cerises. Comme elles sortaient juste du réfrigérateur, il patienta pour les gober. Et il but encore du clairet, par minuscules gorgées.

Son repas terminé, Bazin fit desservir.

— J'ai à recevoir, dit-il, énigmatique, à Geneviève. Et si mes enfants s'en retournent de Brive entre-temps, vous leur direz que je ne suis pas en état de les accueillir.

La gouvernante tenta de connaître les projets du notaire avec tellement d'insistance que cela en fut risible. Il l'éloigna avec bonhomie. Il y a plus d'espions autour de moi que dans les antichambres du Kremlin, se dit-il en se dirigeant vers son bureau.

Dix minutes plus tard, maître Antoine Duquenoy se fit annoncer. Au moment où il entra dans le cabinet de travail de Pradeloup, Lazare se tenait debout face à la fenêtre. Il observait les allées et venues des petits merles autour des massifs. Et de même avait-il repéré la présence d'un pic épeiche noir et blanc, avec des taches rouges sur la tête et sous la queue, dans le voisinage des vieux chênes où il cherchait sa nourriture sous les écorces.

Lazare se retourna juste pour saluer son visiteur d'une poignée de main énergique.

— Cela me fait plaisir de vous voir en meilleure santé, dit Antoine Duquenoy.

Le notaire de Brive eut un œil scrutateur dans sa direction. Il chercha les traces de la récente crise que son collègue avait traversée et qui eût dû, selon toute logique, le terrasser. Il nota, seulement, que depuis sa dernière visite, le visage de Lazare Bazin s'était amaigri, les traits affaissés ; le regard aussi avait perdu de son éclat avec l'accentuation de cernes gris.

— Je profite, mon cher maître, d'une relative rémission pour régler mes affaires. Je n'en aurai peut-être plus l'occasion.

— Cela me paraît sage, dit le notaire de Brive.

Ils s'assirent face à face. Duquenoy était un homme élégant, aux gestes précieux. Un notaire de ville, pensait Bazin de lui. Les deux hommes avaient eu à traiter diverses affaires compliquées, dans le passé, et s'étaient trouvé des intérêts communs pour le bridge, le golf, les arts. Ils avaient visité ensemble, treize ans plus tôt, quelques musées de renom en Europe, tels que la Pinakothek de Munich, la National Gallery de Londres, le Prado de Madrid ou la Galerie Doria-Pamphilj de Rome... Ce périple artistique avait scellé entre eux une complicité profonde. Présentement, Antoine Duquenoy était peiné que son vieil ami fût ainsi réduit à l'inactivité, cerné par les velléités de ses enfants.

— Voici le chantier, fit Lazare en sortant d'un tiroir le testament qu'il avait rédigé.

Antoine ajusta ses lunettes et lut attentivement les feuillets.

— C'est assez dégrossi, dit-il en les reposant sur le bureau.

Lazare l'observait avec un sourire las au coin des lèvres.

— Sigismond sera votre témoin, annonça-t-il.

Antoine hocha la tête en signe d'acquiescement. Il examina sa montre et nota l'heure à laquelle commençait l'enregistrement.

— Vous êtes assuré de son concours ? insista Duquenoy.

— Ce sera mon successeur. Je compte lui abandonner l'étude.

Lazare regardait la lumière du dehors. Trois jours de beau temps. Ça donnerait envie de marcher dans les allées de mon parc, ou peut-être de m'allonger sous le cèdre. Ce serait courir un risque inutile, pensa-t-il.

— Avez-vous trouvé les *Opere* de Savonarole ? demanda Antoine.

— Non, répondit Lazare. Ce sera un des grands regrets de ma vie.

Ils rirent ensemble.

— Il faudrait aller à San Marco et je n'ai plus le temps, mon pauvre ami. Ni le temps ni la force. Tant il est vrai que pour moi la force c'est le temps. Comprenez-vous ?

— Parfois j'écoute en songeant à vous, Lazare, les madrigaux de Gesualdo dont je vous avais parlé. Ce sont des pièces pétries de douleur et de repentance.

— Pensez-vous, Antoine, que cette musique vocale conviendrait assez bien à mes états d'âme ?

Le visiteur parut réfléchir. Difficile de parler à un homme qui a un pied dans la tombe, ou on lui ment ou on l'afflige... Heureusement, Sigismond frappa à ce moment à la porte du bureau.

— Vous devrez taper le testament à la machine à écrire, recommanda le notaire Duquenoy. Je ne quitterai pas l'hôtel Pradeloup sans la signature de Lazare Bazin.

— Bien entendu, dit Sigismond.

— Disposez-vous d'une machine ?

Bazin désigna le placard du fond. Il contenait une vieille Underwood. Le clerc s'en empara pour la poser sur le bord du bureau. Il glissa une feuille sur le rouleau et frappa quelques lettres afin de vérifier que le ruban encreur était encore opérationnel.

— Je crois que ça va aller, dit Sigismond.

10

Août et septembre 1944

A la ferme du Martoulet, à huit cents mètres de Saint-Savère à vol d'oiseau, les combats s'étaient enchaînés toute la matinée. De l'endroit où Bazin s'était réfugié, dans la villa Clarisse, on entendait distinctement les rafales des armes automatiques. Parfois, il y avait une explosion, puis une autre. Et la sérénade reprenait de plus belle. Vers les dix heures, le combat sembla se calmer un peu. Ce fut alors un silence assourdissant.

Lazare se tenait près de sa cheminée, dans le noir. Chabriard avait demandé à ce qu'on fermât les volets pour faire croire que la demeure était vide.

— C'est fini. On va attendre un peu avant d'aller voir.

— Je ne sais pas si j'aurai le courage, répondit le notaire.

— C'est pourtant notre heure ou jamais, non ?

— Les tueries, les horreurs, le sang, les mouches, l'odeur de charogne... Moi, j'en ai ma claque.

Chabriard voulut entrouvrir la fenêtre, mais le ronflement d'un moteur l'arrêta net.

— Nom de Dieu, ça continue. Y a des voitures de Boches partout, commenta Jérôme. Faut se planquer, mon vieux. Sont bien capables de venir jusqu'ici et de nous aligner. Ça serait bien le comble.

Lazare n'avait pas daigné aller voir. Il se tenait dans l'obscurité, immobile. Il n'y avait que cela qui le rassurait, le noir, comme pendant les orages. On se cache sous la table, on ne veut plus voir, plus entendre. On se fait petit, tout petit, minuscule. Bon Dieu, oui, si l'on avait ce don parfois de devenir invisible...

Chabriard le rejoignit près de la cheminée.

— Ils vont entrer, ces salauds de Boches, marmonnait le banquier. Ils vont nous prendre comme otages. C'est leur manière de faire. Après, ils brûlent les maisons une à une.

— Tu vas te taire, marmonna Lazare. Pourquoi voudrais-tu qu'ils entrent ici ?

A ce moment, il leur sembla que les engins blindés s'étaient arrêtés à l'entrée de Saint-Savère. On entendait des types courir sur la route, des pas lourds, bottés, des expressions en allemand. L'un des soldats s'en vint s'appuyer contre les volets, qui se mirent à battre.

— Cachons-nous à la cave, chuchota Lazare.

Ils ouvrirent la trappe dans le plancher et descendirent l'échelle meunière en se bousculant l'un l'autre. Puis Bazin referma précautionneusement le couvercle. Un peu de lumière filtrait par le soupirail.

— C'est là que tu as caché Clotilde ? demanda Jérôme.

Lazare hocha la tête.

— On ne manquera pas de cognac, plaisanta Chabriard en passant la main sur les casiers.

Mais le notaire ne goûta guère la plaisanterie. Il avait peur. Il pensait : Une grenade incendiaire et nous grillerons comme des rats. Mais pourquoi s'attaqueraient-ils à ma villa ? Ne suis-je pas un bon Français sans histoire ?

— Nous sommes bêtes, susurra-t-il. Bêtes de nous cacher. Après tout, nous n'avons rien fait.

Chabriard ricana doucement.

— Tu crois, Lazare ? Ce n'est pas le moment d'aller nous montrer avec les Allemands.

— Tu ne veux pas aller dans le maquis, tout de même ? s'offusqua Bazin.

— Mieux que ça ! fit Jérôme en hochant la tête.

Plus tard, ils se décidèrent à remonter dans le salon. Chabriard alla zieuter par l'entrebâillement des volets. Il y avait des voitures allemandes dans la rue, et à peine cinq ou six hommes pour monter la garde. En revanche, là-haut, à la ferme Martoulet, ça pilonnait dur, à nouveau. Des tirs de grenades et de mortier indiquaient que les Allemands n'en avaient pas fini avec le maquis.

Le vacarme dura encore une heure sans discontinuer. Puis il y eut enfin un long silence. Pendant ce temps, Chabriard et Bazin lichaient une bouteille de cognac pour se donner du courage.

— Toi, tu sortiras le premier, dit Lazare.

— Tant que les schleus sont dans le village, on ne bouge pas. Bois donc, vieux frère.

— Moi, je te suivrai, Jérôme, partout où tu iras, promit Lazare. Même dans le maquis. Faut bien qu'on fasse un petit brin de guerre, tout de même.

Chabriard riait en sourdine.

— Va falloir se reconvertir ?

— Pourquoi ? Les Amerloques aiment bien le cognac... ironisa Lazare.

— Faudrait voir, faudrait voir, ajouta Chabriard. Mais mon petit doigt me dit que nous avons fini de faire des sous. La paix sera terrible. Les vertueux, les justiciers, les purs vont prendre le pouvoir. Et nous serons châtiés, mon frère, si nous ne prenons pas quelques précautions. Il faut sortir du bois, la tête haute. Nous-mêmes, forcément, nous deviendrons des justiciers et des vertueux. Ce sera le plus difficile, endosser promptement ce nouvel habit. Sinon, nous finirons devant une cour de justice, avec les collabos.

A la nuit, un cortège de femmes monta à la ferme pour récupérer les morts. Les bâtiments brûlaient encore, projetant une étrange lumière sur le carnage. Ils étaient plus de cinquante maquisards à avoir péri sous le feu ennemi. Les malheureux étaient tous alignés sur le tertre, face à la vallée. Les femmes allaient et venaient, en larmes. Elles reconnaissaient les leurs sans haine ni colère. Plus loin, les FFI faisaient une haie d'honneur dans le soir qui allongeait les ombres.

— La colonne est redescendue sur la Dordogne, dit Gaspari. Mais avant, ils ont ramassé leurs morts aussi. Les miliciens se sont déployés en couverture pendant que la Wehrmacht préparait son repli. Sinon, on en aurait abattu quelques-uns.

— Et des miliciens, vous en avez eu ? demanda Putois.

Gaspari resta silencieux. C'était une question à laquelle il n'avait pas envie de répondre. Dans son groupe, il y avait trop d'esprits chagrins, des coupeurs de cheveux en quatre, des tatillons. A la vérité, les maquisards avaient pris trois miliciens. Lesur et Lalemon les avaient emmenés vers le bois de Pertuis. L'affaire avait été rondement menée. Une balle dans la tête pour chacun et une fosse sommaire pour les accueillir, sous quelques pelletées de chaux vive. Les types n'avaient pas eu le temps de protester. C'était la manière de faire de Lalemon : tuer par surprise. « Ça évite les pleurs et les cris, disait-il. Et à quoi bon faire des simagrées puisque ça doit toujours se conclure ainsi ? »

A la ferme, Gaspari commençait à rassembler ses troupes, une cinquantaine d'hommes armés sommairement de pistolets et de mitraillettes. Il n'y avait pas grande discipline, on discutaillait en groupes disséminés alors que le chef FFI eût aimé voir ses hommes en rang, prêts pour le départ.

A ce moment, Chabriard et Bazin s'avancèrent au milieu du charnier en poussant des jurons vengeurs à l'adresse des nazis et des collabos. Ils s'étaient enfin décidés à sortir de leur tanière, malgré la peur qui les tenaillait au ventre. Dans les premières minutes, Gaspari ne prêta guère attention à ces nouveaux arrivants. Mais Marcel Albert et Gaëtan Lesur, tous deux paysans à Saint-Savère, les présentèrent au chef de groupe FFI. Le lieutenant Gaspari écouta les explications des deux hommes, plutôt distraitement. Un notaire et un banquier qui font leur offre de service, ça ne se néglige pas, pensait-il en les dévisageant dans la lueur des feux mal éteints. Ils descendirent sur la route.

— En ce moment, on recrute, expliqua Gaspari. Hier, c'étaient les réfractaires au STO, maintenant les huiles.

Il se mit à rire.

— Vous êtes des huiles, que vous le vouliez ou non.

— Le petit notaire de Galiane n'est pas tout blanc, intervint Gaëtan Lesur, mais y peut rendre service. Quant à son copain, y peut au moins nous donner les clés de sa banque.

Le lieutenant éclata de rire.

— Comme tu nous as donné tes bestiaux, fit-il, avec des bons de réquisition ! Allez, on en demande pas tant. On le sait bien, que nos rangs vont se remplir de combattants de la dernière heure.

Il donna une tape sur le dos de Chabriard.

— Tu sais comment ça fonctionne, une Sten ?

Il l'entraîna vers les bois de Pertuis, qui coiffaient la colline d'une masse sombre dans le soleil couchant. Le groupe des maquisards s'était déjà mis à couvert. Il n'y avait que les chefs qui traînaient à l'arrière. Bazin suivait, les mains dans les poches, pendant que son ami babillait avec les chefs. Il disait que le pays serait libéré avant la fin septembre.

— Le serpent est terrassé, admit Gaspari, mais attention, il mord encore. Nous l'avons vu avec ces crétins de la ferme.

— Que leur est-il arrivé ? demanda Lazare Bazin.

Lesur se laissa couler à l'arrière pour se porter près du notaire.

— Ils sont restés au Martoulet malgré nos consignes. Les GMR[1] et les soldats de la Wehrmacht les ont attaqués. C'était couru d'avance.

— Vous n'avez pas pu les secourir ? demanda Lazare.

— Pour quoi faire ? Risquer la vie de nos hommes ? Ça serait stupide. L'ennemi n'attend que ça, des fautes de ce genre, expliqua Lesur. Ils ont eu ce qu'ils méritaient, ces cons.

— Qui étaient-ils ?

— Des gamins sans expérience. Ça se croyait plus malin que tout le monde.

1. Les groupes mobiles de réserve, unités paramilitaires créées par le gouvernement de Vichy.

— Monde sans pitié, marmonna Lazare. Heureusement que cette putain de guerre se termine.

Le camp du maquis était à deux heures de marche, dans les bois de la Sévère. Il était constitué de quelques fortins en rondins calfeutrés avec de la terre argileuse mélangée à du chaume. Des toiles de parachute formaient aussi des tentes où étaient dissimulées des armes lourdes, mortiers, mitrailleuses, bazookas. On amena les nouvelles recrues devant le poste de commandement. C'était une casemate étroite recouverte de terre et de rocaille, ouverte sur la vallée profonde. Au loin, on entendait le grondement sourd de la rivière sur les rochers de Plantade. L'endroit était inaccessible par la rivière, tant les chaos rocheux encombraient le lit, depuis que les carriers avaient exploité la falaise nord. Et les chemins qui menaient au camp par Pertuis ou par Tournette étaient étroitement surveillés. Une dizaine d'hommes guettaient jour et nuit, perchés dans les chênes, munis de fusils-mitrailleurs. Aucun détachement de miliciens, de GMR ou de soldats de la Wehrmacht ne s'était encore aventuré dans ce coupe-gorge tenu par les résistants. Pourtant, leur présence n'avait pu passer inaperçue, ne serait-ce que par les va-et-vient des hommes chargés du ravitaillement.

Bazin et Chabriard avaient eu du nez : le soir même les miliciens avaient investi le bourg de Saint-Savère, visité les maisons, conduit la population sur la place centrale. Là, on avait procédé à un tirage au sort. Vingt hommes avaient été fusillés en représailles des trois miliciens exécutés dans les bois de Pertuis. Parmi les pilleurs de Saint-Savère se trouvaient Emile Lubert et Jules Pensennier. Précisément, ce soir-là, le sinistre expert en assurances avait déploré de ne pas dénicher Bazin et Chabriard, pourtant annoncés dans le secteur. Faute de découvrir ses vieux amis, Lubert ordonna le pillage de la villa Clarisse. Pour une fois, le milicien consentit à boire un peu de cognac dans la réserve, histoire de se donner du cœur au ventre, car il restait encore quelques besognes à accomplir : torturer des témoins pour leur faire avouer l'emplacement du camp Gaspari.

Les deux nouvelles recrues FFI n'étaient pas à leur aise dans le camp de Plantade. Bien qu'on fût aux beaux jours, l'humidité montant de la rivière dans ce passage encaissé rendait les nuits incommodes. On ne pouvait faire du feu que le jour, et encore avec d'infinies précautions. Il fallait éviter de brûler du bois mouillé à cause de la fumée, annoncer le moindre de ses déplacements, et partager la vie commune avec des gens peu sociables. Lazare et Jérôme ne se quittaient plus. On leur avait confié un pistolet automatique à chacun. Surtout, ils craignaient de devoir s'en servir.

Un matin, aux premières lueurs de l'aube, Gaspari voulut les enrôler pour le plasticage d'une voie ferrée à une entrée de tunnel vers les Saillades.

— Ça vous dégourdira les pattes, ironisa le lieutenant.

Comme Lesur faisait partie de la mission avec son fidèle Marcel Albert, il fut entendu que les deux larrons veilleraient sur les « huiles ». Et Gaspari ajouta :

— J'ai promis à l'état-major de Brive de les livrer entiers...

Cette réflexion attisa la bonne humeur de Chabriard. Enfin, pensa-t-il, enfin, on s'occupe de nous. Mais Bazin resta perplexe. Par ces temps, il ne décrochait plus de son pessimisme maladif. Il croyait que l'affaire du marché noir avec l'Allemagne finirait par être découverte. Peut-être nous veulent-ils pour nous juger et nous expédier devant un peloton d'exécution, pensait-il souvent. Et dire que nous nous sommes jetés dans leurs pattes... C'est à mourir de rire.

Le sabotage de la voie ferrée se fit sans encombre. Daleix, un cheminot, était adroit à ce jeu qu'il avait commencé à pratiquer dès 43. Les déraillements de convois allemands dans le Lot, c'était lui, ainsi que les ponts de chemin de fer au moment du débarquement des Alliés sur les côtes de Normandie.

Une fois le dispositif mis en place, le cheminot demanda aux hommes de quitter les lieux. Daleix avait l'habitude de terminer le travail seul, comme un seigneur de la guerre qu'il était. Le groupe comprit à la force de l'explosion que les rails avaient été coupés en deux endroits, tout en entraînant l'effondrement de tonnes de rocher à la sortie du tunnel. Le cheminot décrocha rapidement, en se faufilant par les sentiers qui conduisaient à la forêt.

En quittant les Saillades, le groupe tomba par hasard sur une Traction avant. Elle venait de Tournette à vive allure. Les hommes de Gaspari eurent le réflexe de tirer sur elle des rafales de mitraillette. La voiture noire fit une embardée et versa contre un talus.

— Pas de chance, dit Gaspari.

— Qu'est-ce qu'on en fait, mon lieutenant ?

Le conducteur avait été tué. Dans le choc, le corps avait traversé le pare-brise jusqu'à la ceinture. Quant aux deux autres types, ils étaient assis contre le talus, les mains sur la tête. Du sang coulait sur les visages. Sans doute l'effet d'éclats de verre. Lesur avait récupéré les papiers et lançait les noms à la cantonade. Mais personne ne semblait les connaître.

— Alors, on s'en fout, dit Daleix.

— On fait comme pour les gars du Martoulet ?

Les miliciens n'en menaient pas large.

— Pas de chance, les gars, répétait Gaspari, indifférent.

— Tu le fais, toi ? demanda Lesur à Lalemon.

— Non, répondit l'homme en se roulant une cigarette. J'en ai marre de jouer à ça. Surtout que ceux-là, putain, ils ont deviné ce qui va leur arriver. Ces yeux de veau, ça me répugne.

Il tendit son arme à Lesur.

— Moi, c'est pas ces types qui m'intéressent.

— En plus, il faudrait te les choisir ? rigola Daleix.

Le lieutenant fit signe à Chabriard de tuer le premier des miliciens, qui pleurnichait comme un enfant, doucement.

— Oh non, se défendit le banquier. Je n'ai pas été préparé à ça. Mon éducation chrétienne s'oppose à ces violences gratuites. Relâchez-les. De toute façon, la guerre sera bientôt finie. Et ils iront se faire pendre ailleurs.

Daleix sortit lui-même de son étui l'arme de Chabriard et l'arma d'un geste sec.

— Tu n'as plus qu'à appuyer sur la détente. Si ça te gêne, camarade, tu peux tourner la tête de côté.

Jérôme Chabriard tremblait sur ses jambes. Il était livide, au bord de l'évanouissement. Bazin l'observait avec une pitié infinie.

— C'est comme une épreuve, Jérôme, lui dit-il, il nous faut passer par là. Sans ça, nous ne serons jamais des leurs.

Gaspari commençait à s'impatienter. Il saisit la main de Chabriard et conduisit l'arme à hauteur du milicien, à moins d'un mètre de la poitrine qui se gonflait de peur.

L'index du banquier pressa la détente, sans réfléchir. L'homme fit un bond en arrière avant de s'affaisser dans le fossé.

— Notaire, tu finis l'autre, ordonna Gaspari.

Chabriard s'était mis à croupetons, la tête enfouie dans ses mains repliées. Il pleurait de rage.

— Je n'ai pas voulu ça... répétait-il.

— Et nous ! répliqua Daleix. L'avons-nous voulu, aussi ?

Lazare se tenait sur le côté. Il refusait de croiser le regard de sa future victime. Le milicien le toisait de haut. Celui-ci n'était pas du genre à larmoyer. Il voulait mourir en conformité avec ses idées. Après tout, c'était un juste retour des choses. Il avait tué à discrétion, tué et torturé. Il avait cru que le relèvement de la France était à ce prix, mille sacrifices pour régénérer le sang de la nation.

— Je vous emmerde, sales Juifs ! hurla-t-il. Métèques, communistes, racaille cosmopolite...

Daleix souriait en regardant le ciel. Il se disait qu'il n'y avait pas de dieu pour apaiser la colère des hommes. Il se disait que personne ne rendrait des comptes, ni les miliciens, ni les résistants, ni les salauds, ni les justes. Personne. Après la guerre, la vie reprendrait ses droits. Et on oublierait naturellement. On oublierait tous ces visages. On les enfouirait dans notre mémoire, d'où ils ne resurgiraient jamais.

Le notaire songeait à Clarisse. Ils l'ont assassinée comme je vais assassiner cet homme. Ça ne me la ramènera pas, certes. Mais lui, il va payer pour les autres.

Bazin appuya sur la détente, à trois reprises. Le milicien tomba à la renverse, les bras ouverts.

Le lieutenant Gaspari donna l'ordre à ses hommes de charger les cadavres dans la voiture. Puis ils la firent avancer jusqu'au bord de la ravine, les uns tirant par les portières, les autres poussant à l'arrière. Et dans un fracas de tôle et d'arbres brisés, la Traction fut engloutie dans le fouillis végétal.

Trois jours plus tard, Lazare et Jérôme furent présentés à leur agent de liaison. C'était une jeune femme que l'on surnommait Crevette dans le maquis – ce qui n'était pas très respectueux, bien qu'elle eût l'air de s'en accommoder – mais qui répondait, en fait, au patronyme de Duvet, Odile Duvet. Son activité consistait à transporter des messages entre l'état-major FFI et les différents groupes de résistance.

Les deux nouvelles recrues de Gaspari occupaient une des casemates proches de la rivière. Cette nuit-là, Odile alla les rejoindre ; le lendemain, aux aurores, Chabriard et Bazin devraient rallier Brive selon une procédure établie par le chef de réseau.

— Que vous veulent-ils, au QG ?

Chabriard commença un grand discours dans lequel il se prêtait le beau rôle. A l'entendre, l'état-major allait le charger de récupérer les réserves d'or de la Banque de France qui avaient été soustraites aux envahisseurs. Bazin l'écoutait distraitement. Depuis qu'il avait exécuté son milicien, un obscur homme de main sans envergure, le banquier se sentait pousser des ailes. Il se voyait déjà en héros, gravissant les postes de responsabilité. Lazare, comme on le sait, demeurait sur sa réserve, plutôt méfiant à l'égard de la nouvelle administration que le général de Gaulle allait installer dans le pays.

— On aura besoin de gens comme moi, s'enflammait Chabriard. La collaboration industrielle, voici un sujet où j'entends jouer un rôle d'expert. Il ne s'agira pas de condamner à la légère de malheureux patrons pour avoir travaillé avec l'Allemagne… Pouvaient-ils faire autre chose ? Sinon disparaître, forcément.

Odile ne répondait pas. Elle avait été formée à la discrétion et au secret. Elle savait qu'un mot de trop peut entraîner une catastrophe. Et pour l'heure, le banquier lui paraissait bien trop excité. Elle se disait : Devant un tortionnaire, cet homme se mettrait à table. Il nous livrerait tous, sans hésitation.

— Et vous, Bazin ?

— Moi ? fit-il, étonné qu'on vînt lui poser la moindre question. Je n'ai rien à dire.

Chabriard lui fit les gros yeux. Ce n'était pas nouveau, le banquier trouvait son ami trop timoré, effacé et sans ambition. La preuve, pour le trafic de cognac, Lazare s'était laissé entraîner dans la combine, sans conviction au début. Il eût pu y mettre plus de cœur, mouiller sa chemise, mais non, il s'était contenté de suivre le mouvement, un pied dedans, un pied dehors…

— Ne l'écoutez pas ! défendit Jérôme. Bazin sera utile pour démêler les sales histoires. Mon ami est un humaniste. Du reste, tellement humaniste que je ne comprends toujours pas pourquoi il a tiré sur ce salaud de milicien. Lui aussi ! devrais-je dire. Ça m'en fiche un coup.

— C'est à cause de Clarisse, avoua Lazare. Je voulais la venger. Ce sont des miliciens qui l'ont arrêtée. Les Allemands, je m'en fous. Ils sont aux ordres de Hitler. Mais des Français qui arrêtent d'autres Français, et les livrent aux bourreaux… Ça, je ne puis le comprendre. Cela mérite une sévère correction.

Odile l'approuva et lui fit raconter l'histoire de Clarisse. Après qu'il eut terminé, la jeune femme lui prit les mains et les serra dans les siennes, sans un mot, comme si elle partageait sa douleur.

Le transfert sur Brive s'opéra sans incident. Depuis que la ville avait été libérée par les seules forces de la Résistance, le gros des troupes allemandes s'était replié vers l'est. Restaient encore quelques traînards de la Wehrmacht dirigés par des officiers acharnés au combat. Ainsi des poches s'étaient-elles constituées, que les troupes FFI devaient débusquer. En se repliant, les nazis avaient laissé le champ libre aux desperados de tout poil, pour la plupart des miliciens ou des supplétifs de la police allemande. Ceux-ci circulaient dans des Traction avant, semant la terreur sur leur passage. Les autres, qui avaient compris que le combat était perdu, tentaient de se refaire une virginité en rejoignant le maquis.

En entrant dans les bureaux de l'état-major, hôtel de la Gare, Chabriard et Bazin sentirent qu'une rude partie allait se jouer, une partie de poker menteur décidant leur avenir. Ils se firent petits, discrets, humbles. Le banquier avait compris que ses grands airs ne convaincraient aucun des membres du Comité de Libération.

Ils attendirent quelques minutes dans un couloir, aux côtés de leur agent de liaison. Odile Duvet manifestait quelque impatience, maintenant que sa mission était remplie. Elle avait hâte de repartir vers une nouvelle aventure. Elle frappa à la porte du colonel Pastier et entra en laissant les recrues dans le couloir.

— Je vous amène les colis, dit-elle.

Le colonel la toisa avec indulgence.

— Vous devriez prendre un peu de repos. Du côté du triage…

— De drôles de vacances, rigola-t-elle. Trier le bon grain de l'ivraie...

Il posa une main paternelle sur son épaule. Pour un peu il l'eût serrée dans ses bras, comme au lendemain de ce jour de décembre 43 où elle avait été violée par deux miliciens. Il la savait inconsolable. Que cherchait-elle, au juste, avec cet insatiable appétit de missions dangereuses ? A se faire tuer ? Il avait peur pour elle, peur qu'elle ne survive pas à ce combat obscur et sans gloire.

— Allez voir le capitaine Thierry de ma part. Il vous trouvera un petit boulot tranquille.

Odile s'inclina, respectueusement. Bien qu'elle ne fût pas militaire, elle avait adopté ce goût de la discipline, de la hiérarchie, de l'ordre armé.

— Et mes colis, vous pourriez les prendre, colonel, sans tarder ?

Intrigué, il fixait la frimousse d'éternelle adolescente. Pourquoi ne l'ont-ils pas exécutée après le viol ? pensa-t-il. Qui a eu pitié d'elle ? Peut-être en partie grâce à cette aura qu'elle dégage, malgré elle... Une force en soi, de fragilité et de douceur, fort désarmante en vérité, même pour le plus crapuleux des individus.

— Qu'en pensez-vous, jeune fille ?

— Le notaire m'a l'air honnête. Quant au banquier, c'est un bonimenteur.

Le colonel Pastier fit attendre les recrues une demi-heure encore, sans raison. Il n'était pas aussi bousculé que l'agitation autour de lui le laissait paraître. Tout au plus se contentait-il de distribuer des ordres. Ceux-ci concernaient la position de ses groupes, les perquisitions et le ravitaillement. La difficulté pour un officier de carrière, c'était la discipline au sein de troupes peu formées à l'art militaire. Les combattants FFI avaient été recrutés sur le tas, instruits à la va-vite. En quelques semaines, il fallait en faire des soldats. Mission impossible. Aussi la stratégie pêchait-elle par impréparation, improvisation, voire négligence. On avait, moult fois, engagé des embuscades inutiles, des attaques fortuites, des assauts irréfléchis, simplement pour tirer sur des troupes allemandes, par bravade, par défi. Le colonel s'égosillait à expliquer à ses lieutenants qu'un chef de guerre ne doit engager ses hommes qu'en position de force et préparer dans tous les cas ses replis, afin d'éviter les pertes inutiles.

— Bazin... Lazare Bazin, se reprit-il en lisant la fiche que lui avait préparée Crevette. Notaire à...

— Je ne crois pas que je puisse servir à quelque chose d'utile, déplora Lazare.

Chabriard se tenait la tête dans les mains de dépit. Le colonel releva la sienne et les observa attentivement.

— Ce n'est pas à vous de décider, fit-il d'un ton tranchant. Si vous êtes venus parmi nous, c'est que vous avez envie de participer à ce combat juste et noble, n'est-ce pas ?

Bazin hocha la tête. Les choses étaient allées trop vite, c'était comme un emballement dans lequel on perd contact avec la réalité. La sienne s'était résumée jusque-là à survivre à la guerre, en menant de petites affaires aussi nobles que possible, et d'autres cachées et honteuses. Ces dernières avaient fini par prendre le pas sur sa vie, au point qu'il se réveillait parfois, au milieu de la nuit, en se disant : Regarde ce que tu es devenu... Tu n'es plus reconnaissable. Alors, voici qui est simple au fond... Il n'est qu'à reconquérir l'estime de soi, mon bon Lazare, mais voilà, les dés sont pipés. C'est comme lorsqu'on vend sa vie au diable.

Le colonel vint lui planter son doigt dans le sternum pour le réveiller un peu, le petit notaire de Galiane-sur-Sévère.

— Nous avons besoin de juges, d'avocats, de greffiers, d'huissiers, bref. Un notaire, ça peut servir dans une cour de justice. Je vais vous faire verser au tribunal de Brive. Nous voulons reprendre la situation en main, ajouta le colonel, et mettre hors jeu la justice expéditive des bandes de résistants incontrôlés. Il y a là-dedans des gens douteux qui tuent comme ils respirent. Il faut rétablir l'ordre républicain sous la houlette de monsieur Delanfroy, commissaire de la République. C'est de lui que nous prenons nos ordres, désormais.

Lazare baissait la tête. Il se reconnaissait dans la description des résistants qui « tuent comme ils respirent ». Il avait cédé, lui aussi, à la haine, il avait jugé à sa façon et accompli le châtiment.

— Etes-vous d'accord, maître Bazin ? Sinon, vous n'avez rien à faire ici.

— C'est que...

— Quoi donc ? s'énervait le colonel Pastier.

— J'ai usé de cette justice, moi aussi. Celle dont vous parlez. J'ai exécuté de sang-froid un jeune milicien, sur l'ordre de Gaspari.

Pastier triturait sa fiche du bout des doigts.

— J'entends bien. Ce qui a eu cours hier, et qui se justifiait peut-être devant l'urgence de la situation, ne peut perdurer aujourd'hui. Comprenez-vous ? Je crois qu'à l'avenir vous instruirez les dossiers d'une manière objective... Et s'il est des peines de mort prononcées, elles le seront en connaissance de cause.

Le colonel alla s'asseoir derrière son bureau et griffonna une affectation.

— Prenez contact auprès de Sardel, c'est le président du tribunal de Brive.

Bazin sentit alors que le moment était venu pour lui de se retirer sur la pointe des pieds. Après tout, rien ne l'autorisait à rejeter les ordres du colonel. Le trafiquant se cachera sous l'habit du juge, se dit-il. Voici une affaire qui débute rondement. Mais au moment où il allait quitter le bureau de Pastier, celui-ci lui fit un geste pour le retenir encore.

— Ne soyez pas surpris, maître Bazin... Sardel a jugé sous Vichy dans une cour martiale. C'est-à-dire qu'il a envoyé beaucoup de nos camarades résistants devant un peloton d'exécution. Désormais, il travaille pour nous. Apparemment, ça ne lui pose aucun cas de conscience. Comme quoi le fonctionnaire zélé reste et restera toujours le bras innocent du pouvoir politique.

Bazin attendit de nouveau dans le couloir que son ami Chabriard le rejoignît. L'attente ne dépassa guère trois quarts d'heure, ce qui était un exploit en soi. Le banquier sortit réconforté. On l'avait nommé au bureau du ravitaillement.

— Je dois trouver de l'argent par tous les moyens. Connais-tu un certain Saint-Assier ?

— Non, dit le notaire.

— C'est l'homme qui doit m'initier à ma nouvelle fonction.

— Comment fait-on pour trouver de l'argent en cette période de pénurie ?

— Rendre celui que nous avons caché en Suisse ? répliqua Chabriard.

Ils se mirent à rire de conserve.

Lazare Bazin travaillait dans un obscur bureau du tribunal de Brive, au plus haut étage, sous la soupente. Il démêlait les affaires, comme le lui avait prédit le colonel Pastier, sans moyen d'investigation et dans l'urgence. Il s'en référait donc à cette stupide morale de l'intime conviction pour rédiger ses actes d'accusation. Parfois, il sauvait quelques types au passage, quelques pauvres filles, en faisant disparaître des pièces compromettantes. Il les brûlait dans un grand cendrier, en se persuadant d'avoir commis une bonne action. Serait-elle plus juste et égalitaire, la République, en envoyant une petite idiote en prison pour avoir aimé un Allemand ?

Un matin, Chabriard vint le rejoindre dans son gourbi. Il avait escaladé tous les étages en courant et, souffle coupé, s'était affalé dans un fauteuil d'huissier.

— Pour que tu viennes me voir, ici même, mon pauvre Jérôme, il faut que ce soit grave, subodora Lazare.

— Grave, certes...

Ils s'enfermèrent dans le bureau. Parlant à voix basse, tout de même, bien qu'aucune oreille indiscrète n'eût pu les surprendre, Chabriard émit la crainte que le trafic de cognac fût sur le point d'être découvert.

— Tu m'avais assuré que le dépôt d'Angoulême avait été anéanti par un incendie, objecta le notaire. Toutes les traces ont disparu dans le sinistre, oui ou non ?

— En effet. De ce côté-ci, il n'y a rien à craindre, rassura Chabriard.

— J'ai moi-même vidé le coffre du cercle de bridge. Les cahiers ont été détruits par mes soins.

— Laumet s'est chargé de faire le ménage du côté de nos contacts allemands.

— Alors ?

Le banquier se triturait les ongles. Tant d'anxiété ne lui était pas habituelle.

— Je ne sais pas si nous pouvons parler ici. L'endroit me glace, reconnut Chabriard.

Le notaire prit son imperméable et son chapeau, puis Lazare et Jérôme descendirent dans la rue des Echevins. En cet endroit se trouvait un estaminet où le notaire avait ses habitudes. Il y prenait ses repas, y recevait ses indicateurs, et parfois s'y attardait pour discuter avec ses vieux amis du Majour. Ils se retirèrent dans une petite pièce à l'arrière de la salle de restaurant. On ne pouvait rêver endroit plus tranquille.

— Les FFI ont arrêté Lubert dans la région de Clermont-Ferrand. Il se cachait dans une ferme.

Sur l'instant, le notaire ne parut guère prendre la pleine mesure de cette information. Il pensa seulement : Emile était un milicien acharné, surtout dans les derniers temps, alors qu'il lui aurait fallu lever le pied, laisser couler, se faire oublier. Mais non, il redoublait d'ardeur, l'imbécile.

Bazin donna son opinion sur le personnage :

— Il y a eu toutes sortes de collabos. Nous, dans un sens, en faisant des affaires avec l'occupant... Des gens comme Pensennier, qui ont été de féroces combattants aux côtés de l'armée allemande contre les Français. Et Lubert a été entre les deux, mal dans sa peau.

Chabriard recommanda des Picon-bière. C'était sa boisson favorite durant cette période encanaillée où il faisait trafic d'argent en fausse monnaie anglaise. A peine la serveuse repartie, il but d'un coup, avec excitation.

— Je l'ai vu, dit-il, les yeux exorbités.

Lazare sentit que son ami avait peur. Une angoisse irraisonnée.

— Tu as vu Lubert ?

— Oui. Il est incarcéré à la prison de Brive, boulevard Amiral-Grivel. Il ne va pas tarder à passer devant la commission de triage. Et là, il va tout lâcher, le salaud, pour se préserver. C'est couru d'avance.

Le banquier était au comble de l'énervement, offrant des gestes désordonnés. Il ressemblait à une bête traquée. Tandis que, singulièrement, Lazare Bazin restait calme et réfléchi.

— Ce n'est pas pour autant qu'il sauvera sa peau, avança le notaire. Vu son engagement dans la Milice, les opérations menées contre les pauvres familles Duraut, Angevine, Cyrien. Des crimes affreux, accomplis sous ses ordres... Il n'échappera pas au couperet. Je puis te le dire. Le président Sardel est aussi intraitable contre les collabos qu'il l'était hier contre les résistants.

Le banquier écoutait Lazare avec agacement. Il ne supportait plus son bavardage.

— Je sais tout ça, mon pauvre Bazin. Mais avant de monter au peloton d'exécution, il nous dénoncera. Et ensuite, nous le suivrons, nous aussi. Crois-tu que ton petit boulot de gratte-papier au palais de justice va te sauver ? Le gouvernement provisoire réclame des gens vertueux, comme sous la Révolution. Tout bois pourri doit être détaché pour préserver l'arbre sain. C'est toujours la même vieille histoire. Survivre sous l'Occupation, maintenant survivre sous la Libération. Quel ennui !

Plus tard, tandis qu'ils se promenaient du côté de l'hôtel de ville sous une pluie fine qui mouillait à peine le pavé, Chabriard avoua à son complice que Lubert avait exigé qu'on le sorte de là.

— Il nous fait un chantage. Comment pourrions-nous le faire évader ? C'est impossible.

— Le faire évader ? s'écria Lazare. Et quoi encore ! Moi, je dis qu'il faut confier ça à Gaëtan Lesur.

— Lesur, le paysan de Saint-Savère ?

— Le marchand de vaches, précisa Bazin.

— Oui, et alors, que vient-il faire là-dedans ?

— Il a été recruté par le maquis, comme nous. Et il assure la surveillance à la prison.

— Crois-tu qu'il ferait évader ce con de Lubert ?

— Il y a plusieurs façons de s'évader, ajouta Bazin, énigmatique.

Chabriard en resta interdit, soudain, immobile, saisi d'effroi.

— Comment es-tu devenu, Lazare ? Se pourrait-il que cette guerre ait fait de nous des rapaces, comme les autres ?

Bazin n'avait pas envie de s'apitoyer sur le sort d'un milicien. La pluie redoubla à ce moment, et les deux hommes coururent s'abriter sous le porche de l'église Saint-Martin.

— Lesur me rendra ce service, d'autant plus qu'il hait Lubert et que la chose, la terrible chose, il l'accomplira sans une hésitation. Ce ne sera rien, au fond, dit tristement Lazare, nous ne ferons que devancer la sentence.

Ils demeurèrent un long moment silencieux. Puis Chabriard lâcha, d'une voix lasse :

— Le plus tôt sera le mieux.

Le notaire hocha la tête.

— Il me tarde de retourner à Galiane, dans mon étude de l'hôtel Pradeloup, et d'y reprendre les affaires ordinaires. Finalement, je n'aurais jamais dû en sortir. Lorsqu'on se mêle d'histoires qui ne nous regardent pas, on s'attire les pires ennuis. Quelle idée de vouloir devenir un héros de la Résistance ? Tout ça pour cacher nos trafics...

— Sans cela, nous n'aurions pu neutraliser Lubert, lui rappela Jérôme, rêveur.

Le notaire haussa les épaules. Est-il vraiment nécessaire, ce crime de plus, pensa-t-il. Mais l'homme traqué retourne à sa sauvagerie naturelle.

11

22 et 23 juin 1963

Les enfants Bazin s'en revinrent de Brive à la montée du soir. Ils avaient couru les magasins pour s'acheter costumes et tailleurs dignes d'un enterrement. Le ton des nouvelles parures oscillait entre le gris et le noir. Néanmoins, on tenta un essai sur le bleu foncé, mais Georges jugea, en définitive, que cela ferait trop fantaisie. « Nous sommes à la campagne, Calixte, tu n'y penses pas. Ça jaserait », avait argué le banquier. La sœur se conforma donc au jugement du frère. Il jouissait encore de cette autorité, ainsi qu'un droit d'aînesse qui aurait perduré pour la circonstance et dont l'usage se perdrait aussitôt quitté l'hôtel Pradeloup. Décidément, le retour dans la maison paternelle lui avait rendu, intact, tout ce qu'elle avait quitté autrefois, une innocence d'enfance, des manières de petite fille gâtée.

Octave, qui se sentait comme un étranger dans la maison Bazin – il n'avait même pas jugé utile de saluer le maître des lieux –, préférait musarder dans le parc, discuter avec Ramusat sur la taille des rosiers. Et de même Isabelle, étrangère de souche ancienne, dirons-nous, ne se sentait guère à l'aise non plus. Elle s'interdisait le salon, où il y avait trop de visiteurs à son goût, la cuisine, où la conversation avec Geneviève l'assommait magistralement. Il ne lui restait plus que sa chambre. Elle s'était allongée sur le lit avec un roman, sachant sans doute qu'elle somnolerait dès la troisième page.

Calixte ne savait comment chasser les dames du Sacré-Cœur. Elle alla faire un brin de causette avec elles sans trouver un sujet de conversation commun. Sinon la prière, forcément. Dans ce petit cercle, on récitait plus d'actes de contrition qu'il n'en fallait pour sauver l'âme du maître. Mais la résipiscence est une idée étrange chez les catholiques, plus on ânonne de répétitives prières à la suite, et plus Dieu ouvre son ciel. Ainsi, l'affaire des prières dans le salon Pradeloup ne cessait jamais. Quand elles s'achevaient à un coin du salon, elles reprenaient à l'autre bout. La jeune femme se demandait qui donc avait ordonné leur présence. Elle ne pouvait croire que ce fût son père. Geneviève alors ? Pourtant, elle n'osa lui poser la question. A la vérité, les dames s'étaient imposées, comme elles le faisaient généralement dans les bonnes familles bourgeoises.

— Votre papa a reçu la visite de l'abbé, lui confia madame Jaffrée.

— Cela m'étonne, répliqua Calixte.

D'un pas décidé, elle entra dans la chambre. Lazare lisait un journal, assis au fond de son lit.

— Tu ne viens pas embrasser ton bon vieux père ?

— Comment peux-tu supporter ces pleureuses dans l'antichambre ? interrogea Calixte.

Le notaire observa sa fille par-dessus ses lunettes.

— Si ça les amuse, maugréa-t-il. Ça fait partie des coutumes locales.

— Il paraît que tu as reçu le curé ?

— J'ai passé un bon moment en sa compagnie. J'avais à ma droite le docteur des corps célestes et à ma gauche le docteur des corps terrestres.

— Je ne te comprends pas, papa.

— Autrefois, Calixte, tu me comprenais avant même que je dise le moindre mot. Mais la vie t'a éloignée de moi. Tu as perdu le fil de notre complicité. Tu as perdu ce mélange d'innocence et d'espièglerie qui faisait ton charme.

— Je t'en prie, papa.

Lazare baissa la garde avec un sourire las. Il sentit qu'il était trop tard, que sa vie était jouée en ce bas monde. Et son cœur se serra, chagriné par la solitude qui l'entourait.

— Va donc dîner. Et nous nous reverrons demain, ma chère petite, si le destin le veut.

A ce moment, Georges entra dans la chambre à son tour, sans précaution.

— Geneviève m'a dit que tu avais reçu un notaire de Brive. Tu peux confirmer cette information ?

Bazin replia doucement son journal.

— Depuis quand dois-je te demander l'autorisation pour recevoir un de mes collègues ?

— Duquenoy, c'est bien lui, n'est-ce pas ? Tu aurais pu attendre que nous soyons là...

Lazare fixait la pointe de ses chaussons. Il y avait encore une belle lumière dans la chambre. Et il avait envie d'être seul pour la contempler. L'ombre verte à la lisière du parc, sous les cèdres, l'intriguait souvent à cette heure.

— Et cette jeune femme que tu as reçue, hier après-midi, qui est-elle ? Tu pourrais nous le dire ? insista Georges.

Calixte détourna les yeux de son père. Elle avait honte d'assister à la scène. L'interrogatoire de son frère était abject, mais elle n'osait s'y opposer, car elle avait envie de savoir, elle aussi. Mais point de cette manière inquisitrice...

— Une de tes connaissances ?

Le mot fit sourire Lazare.

— Pauvre imbécile, je n'ai plus l'âge d'avoir une maîtresse.

— Tu peux m'insulter, comme autrefois. Comment disais-tu ? Jocrisse, jobard...

— Ce sont des mots qu'un père ne devrait jamais employer, reconnut le notaire. Ils blessent à vie, inutilement. Mais j'étais un étrange bonhomme, en ce temps-là. Peu fréquentable. J'en conviens. C'est pourquoi, aujourd'hui, je m'étonne que tu viennes me tourner autour. Attends donc mon départ. Ne joue pas les sentiments que tu n'éprouves pas. Il est des blessures qui ne se réparent jamais. Les miennes, les tiennes.

— Voilà comment notre père détourne le sujet de la conversation ! s'écria Georges. Je pose une question précise qui appelle une réponse précise. Et l'on me renvoie un minable apitoiement. Sénile, tout ça. Sénile, proféra-t-il.

En retournant dans le salon, Georges Bazin ordonna aux dames de quitter les lieux. Sa colère avivée par la frustration trouvait enfin un terrain de choix pour s'épancher. Victorine partit la dernière, en priant la gouvernante de l'avertir en cas de malheur.

— Que voudriez-vous que nous fassions de plus, mesdames ? leur lança le banquier. Le curé est venu l'absoudre de tous ses péchés, il peut partir tranquille, notre cher père.

Il prit sa sœur à part et l'attira dans la verrière.

— A-t-il confessé ses adultères, ses trafics de cognac, ses faux en écriture…

Calixte avait envie de pleurer.

— Je ne peux pas croire que notre père fut l'homme que tu décris, Georges.

— Pire encore, appuya le banquier. Nous veillerons à ce que les obsèques se déroulent en comité restreint. Les gens de Galiane, c'est incontournable, nous, bien sûr, par obligation, mais surtout pas ses amis de Brive, ses compagnons de la Libération. Ils ne sauront rien, ceux-là. Pas un faire-part, pas un article de journal. Rien. Rien, fulminait Georges. Ça nous ferait honte, un discours. Des drapeaux. Des hommages. Ça porterait ombrage à l'honneur des Bazin.

Avec la tisane du soir, Geneviève apporta trois cachets de somnifère.

— Prenez-les, maître. Ordre du docteur.

Lazare but une première gorgée et reposa aussitôt la tasse.

— Trop chaud, se plaignit-il.

A la vérité, le notaire haïssait les infusions. Il eût préféré un petit cognac, comme au temps des jours fastes, où son corps ne l'avait pas encore lâché. Il en voulait à ce corps débile, à ces organes déréglés, à ce cœur paresseux. Il en voulait aussi au temps qui épuise les plaisirs, qui ruine les espérances et qui ne donne, pour toute compensation, que des désirs en trompe-l'œil.

— Prenez-le avec un peu d'eau.

— Quoi donc ?

— Votre somnifère.

— Mais je dors assez.

— Vous avez pourtant besoin de repos.

— Un long repos, vous voulez dire. Il viendra assez vite. N'ayez crainte, Geneviève.

Elle se fâcha. Il prit les cachets dans le creux de sa main et fit mine de les avaler. Selon son habitude, il les ferait disparaître dans la cuvette du lavabo. C'était un petit divertissement qu'il s'autorisait chaque soir. Une coquetterie de vieil homme rétif aux médecins et à leur médecine.

— Mais pourquoi trois cachets de somnifère ? demanda-t-il à sa gouvernante avant qu'elle ne se retire. N'était-ce pas un et demi, hier encore ?

— Ordre du docteur Léontin, répliqua-t-elle, le feu aux joues.

Lazare Bazin releva le drap sur sa poitrine et se tourna de côté.

— Retirez-vous, maintenant, bécasse de femme, dit-il. Et fermez ma porte à clé. Je ne voudrais pas que quelqu'un vienne me déranger pendant mon lourd sommeil.

Geneviève se sentait au plus mal, depuis qu'elle était tombée sous la coupe de Georges Bazin. « A qui devrai-je obéir, en définitive ? » avait-elle demandé. Le fils avait eu cette réponse admirable : « A l'héritier, au porte-fort !... » Il lui avait tendu les trois cachets. « Faites-lui prendre ça. Nous avons besoin qu'il dorme, notre père, d'un sommeil profond. En doublant la dose, ce sera parfait. » La gouvernante avait hésité : « Ça me pose un problème de conscience... » Georges avait éclaté de rire. « Depuis quand le petit personnel a-t-il des problèmes de conscience ? Puisque je vous dis, Geneviève, que je prends ça sur moi ! — Mais, monsieur Georges, s'il arrivait un accident ? On ne sait jamais... — Un accident ? Que voulez-vous dire ? — Je ne sais pas, monsieur. » Le fils Bazin avait répété qu'il était juge de ce qui convenait à son père ou non, juge du nombre des cachets de somnifère. « Je compte sur vous pour garder le secret. Quoi qu'il arrive. Entendez-vous ? »

Elle avait pleuré, mais s'était exécutée.

Jusqu'à la dernière seconde, Lazare attendit qu'elle lui parlât enfin. Mais elle n'eut point ce courage, et il en ressentit une tristesse profonde en se tournant sur le côté du lit. Pourquoi obéit-elle, se demandait-il, moi qui lui ai appris à refuser un ordre inique ? Combien de fois s'est-elle rebellée, ma pauvre Geneviève, contre moi et mes commandements stupides ? Et il suffit que mon fils entre dans ma maison, joue les fiers-à-bras, les matamores, pour qu'elle se range à ses ordres et abandonne tous les bons principes inculqués. C'est à désespérer de l'espèce humaine.

Vers onze heures du soir, on vint enfin fracturer sa porte. Le notaire s'était à peine assoupi. Ayant le sommeil léger, il dormait par petites étapes de deux ou trois heures, se levait, lisait, puis se recouchait. C'était pour remédier à cette situation que Léontin avait préconisé des sédatifs. Mais, lui, le malade, que lui importait de ne pas dormir ? Au contraire, il n'y voyait que des avantages. La vie est courte, pensait-il. On en passe la moitié à dormir. Quant à l'autre moitié, elle est perdue au travail. Que nous reste-t-il du temps réel pour réfléchir, penser, s'occuper l'esprit ? La vieillesse serait-elle alors une compensation de ce trop-plein d'heures gâchées ou perdues ? Une chance ultime avant de glisser sous la terre ? Et tous ces livres essentiels que je ne lirai pas, tous ces concepts philosophiques que je ne visiterai point, tous ces tableaux suspendus aux murs des plus grands musées du monde que je ne verrai jamais...

Le simple mouvement d'une clé dans la serrure de sa porte l'éveilla. Tiens donc, se dit-il, on a fait un double de mes clés sans mon accord ? Comme c'est intéressant. Ne serais-je déjà plus le maître en mon domaine ? Qui m'a trompé ? Geneviève, sans doute.

Ouvrant un œil, il reconnut l'intrus. Mon cher Georges, se dit-il. Mon grand benêt de fils qui joue au voleur. Le plancher craquait à peine sous son pas. Il chercha en priorité à fouler les tapis pour que son intrusion fût encore plus discrète. En prudente reptation, il approcha du chevet et se pencha sur le père, le toucha au visage, le pinça à la main. Lazare demeurait immobile, s'obligeant à une respiration régulière.

— Il dort, murmura-t-il en se tournant vers sa sœur.

Elle était restée, prudemment, dans l'encadrement de la porte. Elle ne se sentait pas fière, elle, de pénétrer dans la chambre du vieux père comme une cambrioleuse. Toi aussi ! pensa Lazare avec dégoût. Toi aussi, tu me trahis. Et il sentit une douleur violente dans sa poitrine, la respiration lui manquer. Si tu dois mourir, c'est maintenant, Lazare, se dit-il. Parce que ce que tu vas vivre, désormais, sera la pire ignominie qui soit dans une famille. Tu n'en sortiras pas intact. Blessé à jamais. Et les jours à venir seront un soleil obscurci sur ton royaume.

Il serra les poings sous son drap protecteur, crispé à sa nuit qui l'enveloppait. Et la douleur décrut d'elle-même ainsi que les mâchoires d'un piège qui se relâchent sur sa proie. On croit que je dors, pendant ce temps-là, songea-t-il, on prépare quelque manigance. Pourquoi n'avoir point attendu que je fusse mort ? Cela aurait eu un autre panache. Mais voilà, on s'impatiente. On redoute que je vive. Les enfants quittent le nid douillet, s'en vont vers le vaste monde, et lorsqu'ils reviennent c'est pour voler le trône. Le vaste monde ne leur suffirait-il pas ? Voici ma tragédie, que je ne puisse plus vivre, demain, que par l'indifférence et la solitude, au prix de tous les reniements. S'il le faut, je serai comme le fameux roi Lear : « Dès que nous naissons, nous pleurons d'être venus sur ce grand théâtre de fous... »

Calixte se porta aussi au chevet, mais n'osa toucher son père. Sacrilège. Comme s'il était déjà cadavre promis à la sépulture. De même, pensa Lazare, ma chère petite n'osa pas approcher sa pauvre mère. « C'est froid, papa. Ce n'est pas elle. Cette chose ne lui ressemble pas. Rassure-moi, papa. Ce n'est pas elle, ma petite maman, toute roide et immobile, modelée par la mort... » Il avait pleuré en la serrant dans ses bras. « Non, avait-il dit pour la consoler, ce n'est plus elle, en effet. »

— Cesse donc de te faire peur, ma pauvre sœur. Serais-tu idiote ou quoi ? J'ai ordonné à la gouvernante de lui faire avaler de quoi l'assommer toute la nuit.

— Ce n'est pas bien, ce que nous faisons, déplora Calixte, les mains plaquées contre ses joues.

— Je veux connaître la vérité. C'est notre héritage. Notre bien légitime. Sinon, pourquoi nous a-t-il donné la vie ? Rien ne l'obligeait à faire deux petits Bazinus.

Il éclata de rire.

— Un garçon et une fille, ajouta-t-il. Dans le fond, il ne nous a jamais aimés.

— Je ne sais pas ce qu'il espérait de nous, reconnut Calixte. Les pères sont des énigmes. C'est pourquoi je n'aurai jamais d'enfants, pour ne pas vivre cette dépendance sentimentale. Mieux vaut élever des chiens, des chats. Quand on s'en lasse, on les abandonne, on les tue.

Elle offrait un regard effrayant. Mais Georges était encore plus effrayant, dans sa fébrile posture de fils rebelle. Il s'était découvert, avait compris combien sa haine était grande à l'égard du père, combien il avait refoulé cette détestation par des faux-semblants. Désormais, il se sentait fort, puissant, indestructible, dans le rôle du fils piétinant l'empire paternel. Je vais la briser, cette idole d'enfance, devant laquelle j'ai tellement tremblé, se disait-il en ouvrant la porte du bureau. Tant de fois lui fut interdit l'antre de l'ogre Bazin, tant de fois et tant de jours où il pleura contre la porte close. Mais le notaire était intraitable. Un enfant ne doit jamais pénétrer au sein du palais, ne point s'avancer près du trône, il doit demeurer dans l'espérance qu'un jour peut-être la providence en déciderait autrement. Puis, enfin, découvrir que ce palais interdit n'était rien, rien du tout, à peine une antichambre fleurant la poussière, le papier moisi et l'encre terne.

— Regarde sa table de travail, dit Georges.

Calixte détestait l'odeur qui flottait, un mélange de parfum et de sueur, un effluve chaud. Les vieux ne se rendent plus compte de la température dans laquelle ils séjournent, se dit-elle. Elle fut tentée d'ouvrir la fenêtre en grand sur le parc. La luminosité du dehors, la pleine lune, couvrait les objets d'une lueur moirée. Le frère alluma la lampe sabot du bureau.

— Dossiers ouverts, stylos décapuchonnés, griffouillis sur un carnet... Notre père travaille, en cachette. Voilà qui devrait nous en apprendre, fit-il avec agacement.

— Et alors ?

— Monsieur notre papa nous joue la comédie, ajouta Georges. Ce n'est pas demain que nous le mettrons en terre et qu'on en finira avec lui...

— Si tu t'entendais, mon pauvre Georges !

— L'essentiel est qu'il ne nous entende pas, lui, le collabo notoire.

— Pourquoi le crains-tu à ce point ?

Il se laissa choir dans le vieux fauteuil paternel en poussant un soupir.

— Cet endroit n'a pas changé depuis notre enfance. Il a passé sa vie, là, dans cette solitude, entouré de ses clercs. Il remuait tout ça, ces histoires d'héritages, de successions, de remembrements. Il aimait ça, farfouiller dans la vie des gens, des petites gens en priorité. Je tiens ça de lui, cette haine de l'autre, cette méfiance congénitale, ce goût des petits pouvoirs, des humiliations infligées au subalterne...

— Je t'en prie, Georges. Tu ne peux pas lui reprocher ça. Si tu t'estimes mauvais, il n'y est pour rien. On est maître de son destin, en courtisant le mal ou en quêtant le bien, n'est-ce pas ?

— Un Bazin n'est pas mauvais, il est conforme à ses gènes. Toi aussi, du reste. Tu es comme moi, dure en affaires. Tu es une Bazinus.

Il montra le portrait d'Alexandre, visage émacié, front bombé, regard noir et pénétrant. Il y avait de la sévérité dans ce visage qu'un peintre avait représenté selon une facture classique. Calixte haussa les épaules.

— Enfant, il me faisait peur.

— Moi aussi, reconnut Georges. Pourquoi notre père a-t-il conservé cette vieillerie, cette croûte infâme ? Croyait-il nous impressionner ou s'impressionner lui-même ? Il ne fut pas un exemple de rigueur, sa vie durant, et ce portrait, auquel il voulait ressembler, est aux antipodes de ce qu'il fut en réalité, notre vieux père !

Georges se força à rire, mais Calixte ne le suivit pas. Elle ne se sentait pas libre pour ce mépris hautement affirmé. Son regard auscultait chacun des objets composant le bureau du père. Il était habité, hanté, possédé par une vieille histoire dont elle ne connaissait pas les origines. Elle ne savait pas qui était Alexandre, et à peine le grand-père, qu'elle avait pour ainsi dire peu connu. Chez les Bazin, on n'avait jamais évoqué ces choses du passé, bien que le passé fût omnipotent partout dans l'hôtel Pradeloup. Sans doute se félicitait-elle que le jour approchât enfin de s'en délester, corps et biens. Nous vendrons le tout, sans rien toucher, comme un navire qui coule avec sa mémoire, se promettait-elle. Sur cette question, elle avait les idées claires. On ne reviendrait pas sur la décision. Qu'importe le prix. On trouverait un client à qui tout fourguer d'un geste. Adieu, enfin, Pradeloup. Sans regret.

Georges avait commencé à ouvrir les tiroirs, l'un après l'autre. Il n'était que celui du milieu qui résistait encore.

— Fermé, maugréa-t-il. Bien sûr. C'est là qu'il se cache, le testament olographe.

Calixte plissa les yeux.

— Laisse donc, ça me répugne.

— Moi non, fit Georges. Et s'il existe une clé pour ouvrir le tiroir, elle est dans sa poche. Voudrais-tu la chercher ?

Elle ne répondit pas.

— Aide-moi, tout de même. C'est ton héritage, aussi. Tu ne veux pas le défendre ?

— Mais il n'est pas menacé, que je sache.

— On ne fait pas un testament sans raison. Je flaire un mauvais coup.

Mais Calixte demeurait immobile sur son siège. Alors, Georges alla fouiller dans les poches de la robe de chambre jetée sur un fauteuil. Il la dénicha, bien sûr, la petite clé, fier de la montrer avec des ricanements de hyène.

— Je la tiens, bon Dieu oui. Alors, sésame, ouvre-toi ?

Il fit deux petits tours dans la serrure du tiroir. Et il l'ouvrit, d'un geste fébrile. L'enveloppe l'attendait, en bonne place. « A n'ouvrir qu'après ma mort... » Il a de l'humour, notre vieux père, se dit-il. Et en plus, cachetée à la cire. Quelle simagrée !

— Nous nous passerons de la présence de maître Duquenoy, dit Georges.

— Tu ne vas pas briser ce cachet, tout de même.

— Oh non, petite sœur. Soyons plus subtils. Une lame de coupe-papier passée à la flamme d'une bougie, et notre cire se détachera aisément. Combien de fois ai-je violé de semblables sceaux ? Je n'irai pas en enfer pour autant.

Le fondé de pouvoir officia avec précaution. Puis il extirpa délicatement les cinq feuillets composant le fameux testament de Lazare Bazin. Calixte se leva alors du fauteuil et fit le tour du bureau. Elle se mit à lire par-dessus l'épaule de son frère. Les regards parcoururent à la va-vite le document. Rien ne les surprit, rien ne les troubla, tant qu'il s'agissait de la distribution des avoirs entre eux deux. Que Pradeloup revînt à Georges ne les étonna guère et que les immeubles de rapport tombassent dans l'escarcelle de Calixte non plus... Mais la lecture de la dernière page les estourbit d'un coup.

— Oh le salaud ! hurla Georges. Le triple dégueulasse ! Honte à nous...

Pendant ce temps, Lazare Bazin feignait un sommeil profond. Rien de ce qui se passait à quelques mètres de lui, dans son cabinet de travail, ne lui avait échappé. Il avait tout pressenti, la main scélérate volant sa clé pour ouvrir le tiroir, le coupe-papier décollant le sceau de cire et la violente réaction de son fils à la découverte d'une demi-sœur. Le coup de bambou avait été asséné avec force, l'existence de Clotilde annoncée noir sur blanc dans le testament. A croire qu'il n'avait été rédigé que pour cela, le testament de Bazin, afin de révéler l'histoire cachée des Zeiss.

Oui, pensa Lazare, j'ai eu une maîtresse, et cette jeune femme aimée m'a donné une fille adorable. Et ma vie durant, je l'ai cachée à Brive puis à Bordeaux, chez une certaine Roberte. Et pour finir, j'ai décidé, moi Lazare Bazin, sain de corps et d'esprit, de lui donner la villa de l'Atalaye proche de Biarritz et de lui allouer une coquette somme pour que ma chère fille puisse vivre à l'abri du besoin le reste de son existence. Voilà l'étrange histoire de Lazare Bazin, notaire de Pradeloup, histoire tout aussi singulière que scandaleuse, dirais-je si j'avais un jour à me justifier. Mais ce ne sera pas. Afin de m'éviter la désagréable cérémonie des aveux, j'ai concocté cette petite comédie avec mes enfants issus d'un mariage régulier. Je savais que ces chers petits ne résisteraient point à l'appât que je leur tendais. Ne font-ils point partie de ma chair et de mon sang ? De ce fait, rien ne m'est étranger venant d'eux, ni le fond secret de leur âme ni la méprisable tare qui dort au creux de leur tête : la vanité des Bazinus, la morgue des Bazinus, l'arrogance congénitale des Bazinus, et que sais-je encore... Ce qui fit de nous des êtres à part, la crasse supériorité, toute chimérique il est vrai, tandis que l'époque se prêtait à ces illusions, et que les temps nouveaux, heureusement, réclament un peu plus de lucidité et de vérité. Si nous n'y prenons garde, nous deviendrons pathétiques. Du reste, Georges est pathétique, pathétique de ridicule et de fatuité, comme si le monde se devait tordre à sa mesure, alors que, nous le savons, la société nous entortille comme de juste. Elle finira par le réduire à son inutilité d'homme pathétique et ridicule, se disait Lazare sous son drap protecteur tandis que les soupirs s'élevaient dans le petit bureau. Qui donc hurlera le plus fort ? se demandait-il. Qui sera le chef de la meute contre Clotilde ? Le loup Georges ou la louve Calixte ? Qui réveillera la tempête ? Qui soulèvera la haine pour la conduire à son paroxysme ? Se pourrait-il qu'il y ait, finalement, un gramme de raison dans ce concert des véhémences ?

Le fondé de pouvoir vint se pencher sur le lit pour vérifier qu'il dormait, le méchant père Bazin. Ce dernier redoubla d'attention. Il rendit sa respiration lente, comme elle se décèle dans le sommeil profond. Cette singerie rassura le fils Bazin, au point qu'il retourna auprès de sa sœur.

— Je le souhaiterais mort, l'infâme débauché, dit-il d'un ton rageur.

Calixte releva aussitôt le propos d'un feulement de colère. Chatte prête à griffer, pensa Lazare. Et la réaction lui fit chaud au cœur. Elle m'aime un peu, ma fille. Tandis que le fils est pire que tout ce que j'avais imaginé. Dire que j'ai tant fait pour lui. Croit-il que ses études ne me coûtèrent rien, lui qui n'était qu'un élève médiocre, au point qu'il me fallut batailler pour le conserver au lycée Henri-IV... Et quoi qu'il pense de lui, l'orgueilleux Georges, il n'aurait pas même fait un petit clerc, tant il est stupide, ce garçon. Mais, tout de même, fondé de pouvoir, sourit Lazare sous son drap, à croire que la banque nomme n'importe qui aux affaires. Sans Chabriard, il n'eût point atteint ce sommet. Dans ce milieu où la cooptation règne en maître, il n'est que la relation qui porte ses fruits. Et eu égard à notre vieille amitié, le vénérable Chabriard fit ce qu'il faut pour que le petit Georges fût élevé sur son trône. Après ma mort, que restera-t-il de cette protection ? Je ne parierais pas un kopeck. S'il n'a su se ménager un réseau d'affidés, comme je le crains avec sa crasse fatuité méprisante, mon petit Georges tombera au pied du trône, comme un étron. On le piétinera en s'écriant : « Marchez sur le fils Bazin, ça porte chance !... »

— Ne maudis pas ton nom, défendit Calixte. C'est notre père, tout de même. Et quoi qu'il ait fait, nous devons le respecter.

— Comment cela ? s'éleva Georges. Il a trompé honteusement notre mère, il a fait un bâtard à une putain, et par-dessus le marché, pour nous humilier, pour nous spolier, il vole une partie de notre héritage. Te rends-tu compte ? La villa de l'Atalaye... Je ne me laisserai pas faire. Ah, ce damné testament, je vais en faire des confettis, moi !

Le fondé de pouvoir s'en empara avec la volonté de le mettre en pièces. Mais Calixte le retint, d'un geste décidé.

— Allons, Georges ! Réfléchis deux secondes. Nous ne pouvons pas le détruire. Notre père ne nous le pardonnerait pas. Ses dernières volontés lui appartiennent. Peut-être n'attend-il que cela, au fond, que nous fassions cette erreur ?

Lazare écoutait avec attention. Quelle noix difficile à casser, pensait-il. Mais je ne doute pas de la bêtise des miens. Ils franchiront le Rubicon. Et alors, je tiendrai ma vérité. Je saurai enfin ce que vaut la lignée des Bazin, dussé-je perdre la raison. Un fou et un sage, où est la différence ? Qu'est-ce donc qui marque le partage entre la raison et la folie ? La mienne raison contre la folie du monde ou la mienne folie contre la raison du monde... Si j'éprouvais à cette seconde, songeait Lazare, la moindre bonté, et que je fusse capable du moindre élan d'honneur pour surmonter ma triste condition, je me lèverais et dirais à mes enfants, le plus naturellement du monde : « Ne faites rien qui soit irréparable. Une fois commise, la faute est indélébile. Et au final, qui sera le plus coupable, celui qui l'aura inspirée par ses ruses et ses mensonges, ou celui qui l'aura consommée sous l'impulsion de la haine ? » Ma folie penche, mes chers enfants, à faire de vous des coupables par le piège tendu, tandis que ma raison plaide à arrêter le geste avant qu'il ne scelle l'irrémédiable.

Yeux ouverts sur sa nuit, Lazare ne parvenait pas à départager ses sentiments. Ils bataillaient sous son crâne. A la vérité, hélas, il avait grande envie que la scène courût à son aboutissement. Comment me soustraire au désir de connaître enfin la vérité sur ma famille et sur moi-même ? se demandait-il. Alors, je n'aurai pas aimé sans raison ni folie, ni fait de ma vie ce lâche fleuve égaré dans un plat horizon de buvard assoiffé.

— Me diras-tu enfin ce qui convient le mieux ? questionnait Georges.

Calixte réfléchissait en se caressant le menton du bout des doigts. La nuit l'avait toujours horrifiée, au point de dormir avec une lampe de chevet allumée ou une télévision en marche. Mais, cette fois, la nuit qui imprégnait Pradeloup de son voile funèbre, qui imprégnait les chambres, les couloirs, les alcôves, les bureaux, les salons, faisait de l'hôtel un sanctuaire.

— Je hais cette maison, murmura-t-elle en cherchant à faire un peu de lumière du côté des appliques. Quelle chance, tout de même, qu'elle te revienne, Georges. Comment feras-tu pour y vivre ?

— Je ne crois pas aux fantômes.

Elle hocha la tête.

— Les fantômes errent dans nos têtes, quoi qu'on fasse, ils s'en reviennent, incessamment, pour nous hanter. Et notre cher papa y séjournera aussi, dans ces recoins obscurs de notre esprit, surtout si nous défaisons ses volontés...

Georges sentait la colère monter en lui, gravir des paliers successifs.

— Nous devons les défaire, ses volontés, résolument. Et si ce parricide te pose un cas de conscience, moi, je me sens l'esprit en paix, en accord avec mes principes. C'est ce qui importe, sauver l'honneur des Bazin, quel qu'en soit le prix.

Calixte eut un geste de lassitude.

— Notre père a toujours été volage. Il a eu plusieurs maîtresses, mais j'ignorais que cet adultère nous apportât une sœur. Cachée, certes, honteusement cachée. Et pourtant aimée, je le crois, je le crains. Peut-être plus que nous n'avons été aimés nous-mêmes...

— Pour moi, il n'y a pas de sœur qui compte. Cette Clotilde n'existe pas. Et si l'état civil nous l'impose, comme j'en ai peur, je la réfuterai de toutes mes forces. Nous y jetterons nos dernières forces pour la bouter hors de notre famille, par respect pour notre mère.

Elle l'écoutait tristement. Elle ne croyait pas à sa colère. Elle le savait lâche, aussi, comme tous les hommes. Fanfaron et hâbleur, c'était cela, l'homme ordinaire, à ses yeux. Peu parviennent à se hisser à la juste hauteur, pensait-elle. Même son Octave n'était qu'un bluffeur comme les autres, dans son commerce, dans ses sentiments, dans sa vie peuplée de mensonges. Mon pauvre Georges, se disait-elle, tu finiras par accepter l'inacceptable.

— Ce testament sera avalisé chez le notaire. Et l'Atalaye nous passera sous le nez. Voici ce qu'il adviendra, malgré tes protestations.

— Jamais ! se rebella Georges. Et je vais te montrer, moi, comment nous allons y parvenir...

Il s'assit au bureau sur le siège du notaire, ouvrit le tiroir, sortit du papier, de l'encre, un porte-plume. Il se mit à observer sous la lampe la calligraphie du fameux testament.

— Je vais en écrire un, moi, de testament, ricana-t-il. Un testament olographe qui effacera l'original. Toute la première partie sera conforme. Tu le veux bien, petite sœur ? A moi l'hôtel Pradeloup et les terres, les métairies, ainsi de suite, et à toi le reste, c'est-à-dire les appartements. Et enfin l'Atalaye... Disposons de l'Atalaye à notre convenance.

— Sauras-tu faire un faux en écriture qui échappera à l'examen d'un expert ? interrogea Calixte. Parce que je crains que la petite sœur illégitime ne nous cherche querelle, tôt ou tard.

Georges la fixa avec amusement.

— Je n'ai fait que ça, dans mon adolescence, imiter l'écriture du père. Je me fabriquais des autorisations de sortie du lycée, quand je ne contrefaisais pas sa signature sur les bulletins de notes. Je fais cela journellement, ma pauvre Calixte, des faux, des faux, encore des faux.

La jeune femme alla s'asseoir près du bureau où son frère officiait, le regard rivé sur la plume qui griffait le papier. Elle était triste et pensive.

— J'ai toujours souhaité avoir l'Atalaye, dit-elle. L'Atalaye contre tout le reste.

— Moi aussi, dit Georges.

— Alors, comment faire ? Puisque nous ne sommes pas d'accord.

Georges se mit à réfléchir. Il lui fallait faire, promptement, un faux testament. Sans rechigner.

— Nous n'avons pas le temps de traiter cette question. Aussi, je propose que nous mettions la villa de Biarritz en indivision entre nous deux. J'y ajouterai un petit commentaire qui justifiera cette décision testamentaire. Par exemple : « A mes deux enfants, Georges et Calixte, je lègue la villa de l'Atalaye, avec ses dépendances, en indivis, puisque l'un et l'autre de mes enfants souhaitent jouir de ce bien en proportion égale... »

Au creux de son lit, le pauvre Lazare ne put réprimer un soupir. Voici la guerre qui commence, se dit-il. Un faux en écriture qui, décidément, prépare un combat fratricide futur... Qu'adviendrait-il des Bazin, mon Dieu, si je n'avais pas tendu ce piège infâme ? se demanda-t-il. Nous allons effacer mes volontés, clouer mon cercueil, me porter en terre comme un chien, sans autoriser le moindre hommage digne d'une existence au service du droit et de la justice... Et pire encore, déposséder ma pauvre Clotilde, comme si elle était responsable de sa condition. Que l'on me haïsse, je le comprends aisément, mais que l'on reporte cette exécration sur elle, où est la raison ? Que l'avenir de la maison Pradeloup soit maudit ! jura-t-il.

Le faux testament rédigé, Georges le glissa dans l'enveloppe et, à l'aide du coupe-papier passé sous la flamme d'une bougie, il recolla le sceau.

— Voici une injustice réparée ! s'écria-t-il, enjoué. Et que cette vilaine Clotilde Zeiss aille au diable !

Calixte approuva d'un mouvement de tête.

— Maintenant il faut détruire le vrai testament, proposa-t-elle, pour qu'il n'en demeure pas une seule trace. Car, ajouta-t-elle, souvent, les fantômes s'en reviennent...

Sous la flamme d'une chandelle, les dernières volontés de Lazare Bazin partirent en fumée. A la fin, il y eut quelques mouvements intempestifs, rires, applaudissements... On s'amusait fort du bon tour qu'on venait de jouer au vieux père agonisant. Pour un peu, on eût chanté, le triomphe ôtant toute décence chez les esprits vengeurs. Et par malheur, les enfants de Lazare Bazin lui étaient devenus hostiles, et leur rancune se révélait d'autant plus commodément qu'il approchait de sa fin.

Dans son lit, écrasé par la terrible révélation qu'il avait attirée à lui, le notaire pleurait en silence.

12

Août 1953

La grève minait le pays en ces jours d'été. Il n'y avait plus de trains dans les gares, plus d'essence dans les stations-service, plus d'électricité pour faire tourner les usines... Et les nouvelles, jour après jour, étaient sombres et graves, comme le visage de monsieur Laniel. La guerre en Indochine semblait tourner à la catastrophe, et les émeutes réprimées à Berlin-Est démontraient que le vieux maréchal Staline n'était pas encore tout à fait mort, malgré la publication de son bulletin de décès dans *La Pravda*.

Néanmoins, comment prendre notre époque au sérieux ? se demandait maître Lazare Bazin, notaire à Galiane-sur-Sévère, roulant à vive allure vers Bordeaux, au volant de sa Traction Citroën. Nous avons connu le temps du mépris, désormais celui du soupçon, pensait-il. Sur le sujet, il avait eu une longue conversation avec son ami Chabriard. Ce dernier avait rejoint sa banque pour y occuper un poste de responsabilité, un poste de premier plan même. Son court passage dans la Résistance l'avait affranchi de son passé de trafiquant, sans pour autant le laver de tout soupçon. Peut-être était-ce la seule ambition de la Quatrième République que de reconvertir ses élites. Nombre de hauts fonctionnaires dans les rouages de l'Etat, de la finance, de la justice, avaient eu des responsabilités dans l'ancien gouvernement de Vichy. Désormais, ils travaillaient pour le nouveau pouvoir, quels que fussent les cabinets qui se succédaient. Souvent, lorsqu'on désirait mettre un de ces hommes dans l'embarras, on posait la fameuse question : « Que faisiez-vous sous l'Occupation ? » Un long silence avait valeur de soupçon. Et c'était tout. « J'ai tenté de vivre », disait Chabriard, avec un sourire contrit. Et parfois, Lazare aussi employait cette formule aisée. Un esprit avisé avait compris ce qu'il y avait à saisir, que la France du Maréchal avait corrompu les esprits, et que peu d'hommes en vérité s'étaient dressés contre la tyrannie. Un pardon général serait le bienvenu pour mettre un point final au doute, pensait le notaire. Mais il était encore des forces revanchardes issues de la Résistance qui réclamaient des têtes et encore des têtes, des procès publics, des condamnations en indignité.

En arrivant à Libourne, le notaire fit un arrêt à l'hôtel Loubat, cours des Girondins. Il émergea de sa voiture, exténué. Depuis une semaine, Lazare ne cessait de courir les routes. Son périple l'avait conduit à Zurich, Lausanne, Lyon... Avant de poursuivre son voyage vers Bordeaux – seulement trente-sept kilomètres l'en séparaient –, le notaire avait décidé une courte halte dans la sous-préfecture de la Gironde. Il y avait donné rendez-vous à Félicien Laumet, son ancien compagnon du cercle des bridgeurs. Ce dernier l'accueillit dans sa chambre, où il séjournait en pension complète depuis deux années au moins.

Après les congratulations d'usage, Lazare lui tendit une mallette de cuir jaune.

— Je ne recompte pas, dit l'autre.

Bazin haussa les épaules en lui donnant un relevé de la banque suisse Bauer.

— Tous mes avoirs sont là, dans cette mallette, s'écria Laumet en la pressant contre lui. C'est bien vrai ? Je n'y croyais plus. Mon Dieu, toutes ces années à attendre...

Et il se mit à valser dans sa petite chambre étroite dont la fenêtre donnait directement sur l'église Saint-Jean-Baptiste.

— Tu es resté un enfant, Félice, nota Lazare. Mais pendant ce temps, ton argent n'a pas perdu de sa valeur. Au contraire...

Laumet regarda le chiffre inscrit sur le bordereau et n'en crut pas ses yeux.

— Tout en dollars, ajouta Lazare.

Félice serra encore une fois son ami dans ses bras, puis soudain un long silence s'installa entre eux.

— Qu'as-tu fait pendant toutes ces années ?

— J'ai travaillé pour un négociant en vins, répondit Laumet.

— Et tu comptes rester à Libourne ?

Laumet s'était assis sur le coin de son lit, les jambes croisées, sagement.

— Je me suis fourré jusqu'au cou dans une sale affaire sentimentale, avoua-t-il. Alors, je vais partir, sans laisser d'adresse. Ce n'est pas bien honorable, mais connais-tu, toi, une autre solution ?

— Non, dit Lazare.

— Demain, je vais rejoindre Le Havre, et prendre un bateau pour l'Amérique.

Bazin prit la chaise qui était glissée sous la table et s'installa devant son ami, jambes écartées, coudes posés sur ses genoux.

— Tu as bien réfléchi ?

— Je n'attendais plus que le rapatriement de mes avoirs. Encore une fois, mille mercis. Je ne sais pas comment j'aurais fait pour passer la frontière.

Le notaire n'éprouvait aucunement le besoin d'en tirer gloire. La frontière suisse est une passoire, de tout temps. On n'y agrafe que les amateurs, pensa-t-il.

— J'ai fait de même pour Chabriard. Je lui ai remis ses avoirs à Lyon.

— Que faisait-il à Lyon, l'animal ?

— Je ne pose pas de questions, mon pauvre Félice. Ni à Chabriard, ni à toi, ni à personne. Pas même à moi.

Le notaire éclata de rire.

— Nous nous sommes bien débrouillés, tout de même. Après la Libération, j'ai cru que nous finirions dans un cul-de-basse-fosse.

Félice expliqua alors qu'il avait fait disparaître toutes les traces du trafic à Angoulême et à Libourne, mais qu'on avait fini par le coincer pour une petite affaire sans importance.

— Les milices patriotiques ont voulu me faire la peau. J'ai passé de sales moments. Mais on m'a relâché, faute de preuves.

— Chabriard et moi, nous n'avons connu que l'honneur des armes.

Ils rirent ensemble, bêtement, en s'observant du coin de l'œil.

— Je ne te reverrai plus, notaire, mais tu étais le plus mauvais joueur de bridge que j'aie connu dans toute ma vie de bridgeur.

Lazare Bazin se leva, ému, puis tourna le regard vers la fenêtre.

— Moi, j'ai repris mon étude. Les affaires vont cahincaha. Mon fils Georges a maintenant dix-sept ans. Et je ne fonde aucun espoir sur lui. C'est un enfant médiocre.

Il ne parviendra même pas à me seconder. Peut-être que Chabriard le prendra dans sa banque. Quant à sa sœur, Calixte, elle vient de fêter ses quatorze ans. C'est une brillante élève. Nous en ferons un professeur de philosophie. J'ai toujours rêvé être professeur de philosophie. Mais comme je suis né dans une famille de notaires, de père en fils, ai-je eu le droit de choisir ?

Félice écoutait son ami, les bras croisés sur sa poitrine. Il l'observait attentivement, dans le contre-jour de la fenêtre. Sa taille élancée, ses gestes précieux, son visage fin d'aristocrate, c'était tout Bazin, cela. Et Laumet emporterait dans sa mémoire cette image d'homme paisible, un brin dilettante, hautain, voire méprisant pour qui se contenterait de la première impression.

— Et Adrienne ? Toujours dans ses bondieuseries ?

Lazare se retourna vivement. De la main, il écarta une larme attardée sur sa joue amaigrie.

— Oui, en effet, Adrienne aurait pu faire une carrière conventuelle. Mais je crois qu'elle m'a aimé à sa façon, bien plus que je ne l'ai aimée moi-même. Par ces temps difficiles où la France est sens dessus dessous, elle craint le pire et voudrait que nous fassions quelques réserves de farine, de sucre, d'huile, de café, que sais-je encore... A la vérité, elle me croit pauvre comme Job. Si elle savait... Le saura-t-elle un jour ? Moi qui ai passé ma vie dans le mensonge et l'hypocrisie, j'ai perdu goût à l'existence. A quoi sert-il, l'argent, s'il ne rend pas heureux ? Tu as raison, Félice, de partir dans un pays nouveau, de reconstruire une vie neuve.

— Qui t'empêche d'en faire autant ? questionna Laumet.

Lazare reprit son chapeau qu'il avait laissé sur la table et le posa soigneusement sur sa tête. Il l'ajusta même devant un petit miroir accroché à la porte de la salle de bains. Petit geste de coquetterie avant de quitter la chambre.

— Trop tard.

— Tu veux dire que tu as envisagé, toi aussi, Lazare, de partir un jour ?

Le notaire hocha la tête.

— En 43. Si le destin n'en avait pas décidé autrement, je serais parti avec Clarisse et ma petite fille.

Bazin inclina du bout des doigts son chapeau sur son regard pour dissimuler l'émotion qui l'étreignait.

— Tu aurais abandonné Adrienne et tes deux enfants légitimes ?

Lazare ne répondit pas. C'était une question qui le dévorait de l'intérieur depuis si longtemps.

— Peut-être as-tu magnifié cet amour ? suggéra Laumet. Peut-être que sa tragique disparition n'a fait qu'amplifier ta passion. Et si la pauvre Clarisse n'avait pas été arrêtée par la Milice, peut-être que votre liaison aurait coulé lentement vers sa fin naturelle, comme il en va de toutes les amours dans la vie ordinaire des hommes. Tu n'es pas différent de nous, mon cher Lazare. Ton histoire est banale, en somme. Un amour interrompu laisse un goût amer, comme toujours.

Bazin sortit à ce moment, sans se retourner.

— Va au diable, Félice.

Roberte patienta tardivement pour accueillir monsieur Bazin, comme elle disait – elle ne s'était jamais résolue à l'appeler maître –, bien qu'il eût annoncé par téléphone son arrivée à vingt heures. En vérité, le notaire parvint à Bordeaux, rue Vital-Carles, vers les onze heures. A peine eut-il sonné qu'il entendit les cris de joie de sa petite Clotilde à travers la porte de l'appartement. Elle se dépêcha d'ouvrir, malgré les recommandations de sa nourrice. La gouvernante possédait une voix forte et grave. Mais celle-ci n'impressionnait guère lorsque Roberte offrait au regard son sourire jovial ; il semblait même que sa mine avenante avait ce pouvoir singulier d'effacer d'un coup la crainte que sa nature hommasse eût pu inspirer. Clotilde sauta dans les bras de son père.

— Mon cher oncle, ça fait des heures que nous t'attendons, lui reprocha sa petite fille. Roberte croyait même qu'il était arrivé quelque chose.

— Et quoi donc, grand Dieu ? s'amusa le notaire. J'ai fait un long voyage sur des routes interminables.

— Justement, tu aurais pu avoir un accident, sait-on jamais ?

Les doigts de Lazare effleurèrent les joues de Clotilde.

— Tu as embelli. Une vraie jeune fille, maintenant.

Bazin ne se sentait guère à l'aise devant elle ; il ne savait de quelle sorte de mots il lui fallait user pour exprimer quelques compliments qui lui allassent droit au cœur. Le désarroi était à la mesure de l'événement. Il se disait qu'un jour se préparait, un jour de vérité, et cela l'effrayait à l'avance. Pourtant, à y regarder de plus près, la petite Clotilde, du haut de ses douze ans, semblait prête à le suivre sur ce chemin difficile.

Roberte tirait de longues bouffées de sa cigarette, qu'elle expulsait vers le plafond en dressant la tête. Elle avait une tête ronde de lune, les joues rebondies, les lèvres charnues.

— Douze ans, fit-elle. Douze ans déjà. Mon Dieu, comme le temps passe.

Le notaire se délesta de son veston et de sa cravate en poussant un soupir de soulagement.

— Je pensais la trouver endormie. Avec ce que nous avons à nous raconter... C'eût été préférable.

— Pour cela, mon cher Lazare, il aurait fallu lui cacher ta visite. Elle piaffait d'impatience comme une petite pouliche.

Bazin s'était lové au creux d'un fauteuil, jambes croisées. Il songeait à ce que Roberte venait de dire. Tant de fois il était venu à Bordeaux, en coup de vent, parfois au milieu de la nuit, juste pour embrasser Clotilde et repartir. Pourquoi me suis-je comporté ainsi, avec des manières coupables ? Désormais, je vais changer, se dit-il. Assumer enfin mon histoire... Le mensonge a dévoré ma vie, et, pire encore, la vie de ma petite fille.

Elle s'était juchée sur ses genoux. Il l'entoura de ses bras, et elle posa la tête contre sa poitrine.

— Tu devrais aller te coucher, Clotilde, conseilla le notaire. Demain nous allons faire un long voyage.

— Je lui en ai parlé, dit Roberte. Ça explique son impatience.

Lazare hocha la tête.

— Tu vas m'emmener à Biarritz ? C'est bien vrai ? Tu tiendras parole, cette fois ?

Bazin l'éloigna en décroisant les jambes. Elle vint déposer sur les joues de son père deux baisers.

— Juré, dit-il.

Après que Clotilde eut regagné sa chambre, que Lazare l'eut bordée soigneusement, Roberte alla chercher une bouteille de whisky dans le buffet.

— Tu ne bois pas ?

— Non, dit-elle.

— Seulement pour trinquer ?

— Tu es impossible, Bazin.

— As-tu reçu les cent mille francs que je t'ai adressés ?

La gouvernante l'observait, les bras croisés sur sa généreuse poitrine. Elle fumait nerveusement ses Gauloises bleues, une cigarette après l'autre.

— Tu es un drôle de type, dit-elle.

Lazare la fixait dans les yeux en souriant. Il but deux ou trois gorgées d'alcool. La brûlure dans la gorge parut le tirer de son abêtissement. Il toussota à plusieurs reprises et défit son plastron de soie gris clair qui lui enserrait la poitrine.

— Change de refrain, Roberte, s'amusa-t-il. A chacune de mes visites, j'ai droit à ce jugement. En finirons-nous un jour avec ma culpabilité ?

— C'est une croix que tu es seul à porter, mon ami, répliqua Roberte.

— Une croix pour ne pas descendre en enfer, murmura Lazare.

La gouvernante sourit. Elle avait été belle, autrefois, avec son regard gris acier des femmes du Nord. Sa blondeur s'était platinée, à la longue. Mais elle ne faisait aucun effort pour paraître plus séduisante, à croire qu'elle avait renoncé aux hommes, une bonne fois pour toutes. Est-ce possible ? se demandait Lazare. A moins qu'elle ne soit intéressée par les femmes ? Autre hypothèse. Mais il ne le crut pas non plus.

— Je ne sais rien sur toi, dit Bazin.

— Est-ce nécessaire ? Je ne sache pas que cela ait fait partie de nos accords ?

Il balança la tête de droite à gauche par renoncement. La vérité des êtres ne se rencontre que rarement dans une longue amitié. La sienne s'était accommodée de tous les mystères. Roberte le bravait, désormais.

— J'ai été mariée une fois, dit-elle en écrasant son mégot dans une soucoupe de porcelaine blanche.

— Avec qui ?

— Peu importe. Un homme que j'ai quitté au bout d'une semaine.

— Est-ce toi qui dormais avec un revolver sous l'oreiller ?

Elle se mit à rire. Un rire franc et direct. Elle avait parfois cette manière de se moquer d'elle-même par des rires caverneux de vieille fumeuse de clopes.

— En effet. Mon mari s'était juré de me faire la peau. Tout s'est achevé dans une dispute d'une violence inouïe, lui me chargeant avec un couteau et moi lui tirant une balle juste au-dessus de la tête. Il a compris enfin qui j'étais.

Lazare se leva pour se resservir de l'alcool. Cette fois, Roberte accepta un petit verre. Ils trinquèrent à la beauté de la vie.

— Je comprends que tu aies été amoureux de Clarisse, dit-elle.

Le notaire détourna le regard vers la cuisine où elle avait installé son couvert. Il ne tenait guère à parler de Clarisse. Mais Roberte avait envie de le titiller sur la question. Elle possédait d'elle une série de photos que Lazare lui avait adressée pour que Clotilde connût enfin le visage de sa mère.

— Ce fut un amour bref, tempétueux à la fin, reconnut-il.

— Elle voulait que tu l'emmènes loin de la guerre. Et tu ne l'as pas fait. La lâcheté des hommes est incommensurable.

— Oui, reconnut Lazare, je fus lâche, comme je le suis encore.

— Tu vas enfin lui parler…

Il hocha la tête en silence. Roberte poursuivit :

— Tu vas lui dire qui était sa mère, n'est-ce pas ?

— Oui, murmura Lazare.

— Et finissons-en avec cet oncle. Ce n'est pas un rôle honorable pour toi. Lui dire, enfin, enfin, insista-t-elle, que tu es son père, que tu l'as sauvée ce fameux jour où...

— Je ne sais pas si j'irai jusque-là.

— Salaud ! jura Roberte.

Bazin se reprit :

— Je lui avouerai que je suis son père, oui, ça je le ferai, car je n'en puis plus de mentir, ou, plutôt, de me mentir à moi-même...

Roberte lui emplit une assiette du ragoût qu'elle avait préparé. Il dîna en silence, la gouvernante installée en face de lui, de l'autre côté de la table. La pendule rythmait les secondes, et cela déprimait Lazare, d'écouter cette lente mastication du temps. Il était pressé, en vérité, il avait hâte de repartir. Une fois sa mission achevée, il pourrait enfin prendre un peu de repos.

— Vous resterez longtemps à Biarritz ? s'enquit enfin Roberte.

— Le temps qu'il faudra, répondit le notaire, laconique.

— Clotilde me manquera, soupira Roberte. Mais, je sais qu'un jour elle me quittera pour toujours. C'est un chagrin douloureux qu'il me faudra surmonter. Peut-être, au fond, n'aurais-je jamais dû t'écouter, Lazare...

Le notaire se fichait bien de ce qu'elle pouvait ressentir. Il se disait : J'ai largement payé son service. Un million par an. Ce n'est pas une paille.

— Nous reviendrons dans une semaine, tout au plus, dit-il pour la rassurer.

— Ce seront ses premières vacances, remarqua-t-elle.

— Comment cela ? Soulac, Cap-Breton, Hossegor...

— Avec son père, reprit Roberte. Tu ne comprends rien, décidément.

Lazare repoussa son assiette. Elle lui servit un verre de vin. Il but sans humer le nectar, signe qu'il était perdu dans ses pensées. Un saint-julien de l'année 1945, tout de même ! Elle insista pour le resservir, mais il refusa.

— Comment Clotilde accueillera-t-elle la vérité ? Peut-être y perdrai-je son amour ? Déjà que je suis inconsolable, reconnut-il. Par trois fois, j'ai essayé d'en finir...

La main de Roberte rencontra la sienne. Elle était chaude et consolante, comme celle de sa mère, autrefois.

La villa de l'Atalaye, arc-boutée à l'océan, sur un éperon rocheux, entre Port-Vieux et le port des Pêcheurs, semblait faire rempart au jardin luxuriant qui s'étalait vers la cité derrière ses murs hauts. En 1949, Lazare Bazin avait acheté cette demeure avec l'argent amassé pendant la guerre. Il l'avait payée cash huit cents millions de francs à un armateur italien. Cette acquisition lui avait demandé six mois de négociations intenses, et près de cinq voyages à Gênes. Il l'avait payée plus cher qu'escompté, mais à force de visites à l'Atalaye le notaire avait fini par tomber sous le charme de cette maison de style basque, avec son toit à deux versants asymétriques, ses colombages rouges sur fond crayeux, ses balcons confortables suspendus sur le pourtour de la demeure, ses vastes baies ouvertes sur la mer. Même si le jardin était en mauvais état, peu entretenu depuis des années, on y trouvait de vieux pins parasols accrochés aux rocs, des haies de tamaris en coupe-vent, des arbousiers façonnés par les tempêtes, tant de richesses qui apportaient des couleurs luxuriantes, des roses pâles, des mauves raffinés, des verts intenses. Par ciel bleu, l'Atalaye ressemblait à un paradis terrestre, du moins si proche de l'idée qu'on se faisait de l'Eden avant que la colère de Dieu se déchaînât sur la terre. Et par gros temps, sous le couvercle d'étain, toutes les fureurs du monde semblaient se donner rendez-vous sur cette pointe de roc blanc bravant l'océan et les furies de Neptune.

Dès son acquisition, le notaire de Galiane-sur-Sévère entreprit des travaux dans le jardin et fit repeindre les colombages en vieux pin de la façade. Il atténua le rouge sang-de-bœuf, qui n'était pas de son goût, par un carmin plus discret. Les Bazin prirent l'habitude d'y séjourner deux mois de l'année, bien qu'Adrienne jugeât que les longues vacances n'étaient pas très recommandées pour le repos de l'esprit. Ces journées d'oisiveté la rendaient neurasthénique. Aussi priait-elle, matin et soir, dans l'église Sainte-Eugénie, au bout de la rue du Vieux-Port. Mais ce qui minait madame Bazin, ce n'étaient pas les vacances oisives, les petites promenades en mer, les longues stations sur le rocher de l'Atalaye où l'on venait guetter le passage des baleines, mais le mystère entourant l'achat de la jolie villa. Lazare ne répondit jamais à sa question : « Avec quel argent, mon mari, avez-vous acquis ce château extravagant ? » C'eût été reconnaître, enfin, que le notaire de Pradeloup avait mené pendant l'Occupation le plus éhonté trafic qu'on puisse imaginer ; un trafic qui lui avait rapporté plus d'un milliard et demi de francs... De surcroît, il n'y avait pas eu que le cognac, mais le vol savamment orchestré d'une réserve de lingots d'or destinée au Reich dans le courant de juin 44, au moment de la débâcle des troupes allemandes. C'étaient des exploits dont Lazare Bazin ne tirait aucune fierté. Le petit notaire de Pradeloup se disait souvent qu'il avait eu beaucoup de chance. Seul, il serait resté sur le droit chemin, obscur gratte-papier dans son officine corrézienne. Mais sa rencontre avec Chabriard en avait fait un autre homme, une sorte d'aventurier sans foi ni loi, résolu au brigandage. Surtout, après la mort de Clarisse, sa conscience d'honnête homme floué par le destin avait chaviré vers les abîmes et leurs noirceurs. Il découvrit dans l'argent aisément amassé une sorte d'ivresse qui éteignit en lui le peu de scrupules qui eût pu le réfréner encore.

Dans le milieu d'un après-midi d'août, tenant son enfant par la main, il poussa le battant du portail sur l'allée en calcaire blanc. Les lauriers-roses formaient un muret végétal de part et d'autre du passage. Le vent avait roulé des feuilles de chênes-lièges, de platanes et de robiniers sur les pavés. En certains endroits, il s'était formé des tas dans lesquels la petite fille se mit à donner de grands coups de pied. A cette heure chaude, le suroît chantait dans les pins. Lazare s'arrêta pour écouter sa musique préférée. A peine entendait-on le battement de la mer, qui s'était retirée, laissant blanchir au soleil les bancs de roche.

— Ecoute...

La petite fille vint prendre la main de celui qu'elle appelait encore « oncle Lazare », et demeura immobile.

— C'est le vent ? dit-elle. Et l'océan, où est-il ?

— Là-bas, répondit Lazare en désignant la villa blanche, majestueuse, sous les grands pins parasols.

Elle voulut courir pour atteindre la lisière engazonnée, mais l'homme la retint.

— Tu n'as pas fini d'aimer cette musique, ma petite Clotilde. Elle te hantera lorsque tu en seras éloignée.

Elle regarda son père en fronçant les sourcils. Il y avait quelque chose d'incompréhensible dans ce voyage, chaque mot qu'il disait semblait venir de loin, comme s'ils portaient une douleur en eux.

— Je voudrais voir la mer, réclama Clotilde. Pourquoi tu m'en empêches ? Tu n'es pas gentil, oncle Lazare.

Le notaire rajusta son chapeau de paille. Il avait hâte de trouver un peu d'ombre. La sueur coulait entre ses omoplates. Et sa petite fille ne cessait de le tirer vers l'avant. Pourtant, il n'avait pas envie que le temps s'écoule aussi vite.

— Tu crois que Roberte a pensé à mon costume de bain ?

— On ne peut pas se baigner à cet endroit. La mer est trop dangereuse.

— Mais je ne la vois pas, protesta Clotilde. Laisse-moi la découvrir et je te dirai, oncle Lazare, si tu as raison.

Maître Bazin se mit à sourire. Elle possède le caractère de sa mère, se dit-il, frondeuse et volontaire. Touchons la braise pour voir si ça brûle...

Ils gravirent à pas lents les derniers degrés de l'allée. Près de la villa, l'espace s'élargissait soudain, formant une esplanade rose. Le vent en cet endroit ne donnait plus. On le sentait, plus haut, s'acharner sous le couvert végétal des pins. Il relevait les branches étiques, les faisait danser dans l'air chaud et azuré.

— Je ne veux pas rentrer dans la maison, défendit Clotilde. C'est trop tôt.

— Nous allons voir l'océan, ma petite fille, de notre balcon. C'est une vue sublime. Un endroit unique au monde.

Clotilde éclata de rire en trouvant que son oncle exagérait. Pourtant, elle aussi, elle eut le souffle coupé, une fois sur le balcon du premier étage. Au-delà de la maison, la falaise tombait à pic dans la mer et ses rochers éclaboussés d'écume.

— Par marée haute, l'océan vient battre au pied de l'Atalaye, expliqua Lazare. On se croirait sur un bateau.

Plus tard, ils descendirent sur la plage du Port-Vieux. Aussitôt, Clotilde courut se jeter dans les rouleaux d'écume en battant des bras. Lazare resta sur le sable, en retrait, à l'observer attentivement. Alentour, il y avait quelques couples de baigneurs paressant au soleil comme des lézards, des enfants qui s'excitaient dans la frange écumeuse et le vent chaud du sud-ouest picotant les yeux. En se retournant, Lazare Bazin eût pu admirer sa villa juchée sur la falaise, dans son écrin vert et bleu, mais il était trop accaparé par ses pensées. Devant cette enfant, songeait-il, je perds tout moyen. Comment lui dire les mots essentiels ? Comment lui faire comprendre en une phrase ce que j'ai mis des années à refouler en moi ? Et pour quelle commodité ? Ma tranquille existence de petit-bourgeois, se reprocha-t-il. Il prit une poignée de sable et la laissa s'égrener dans le vent. Libère la peur qui te possède, se dit-il. Tout est simple, face à l'océan.

Lorsque le disque solaire s'enfonça sous la ligne, et que la mer s'embrasa tout entière, Lazare dit, d'une voix monocorde :

— Je ne suis pas ton oncle, Clotilde. Je t'ai menti si longtemps. Tu ne m'en voudras pas...

La petite fille fixait l'horizon, tandis que le vent du large, apaisé cependant, chahutait ses longs cheveux blonds. Lazare la contemplait de profil, son menton boudeur, son front bombé, son petit nez retroussé.

— Tu es qui, alors ? Un ami de maman ? suggéra-t-elle.

— J'ai beaucoup aimé ta mère, autrefois.

Clotilde se tenait immobile, le regard résolument capté par le large.

— Oui, admit Lazare. J'étais souvent auprès d'elle avant qu'elle disparaisse de notre vie. Tu ne te souviens pas, Clotilde ?...

La petite fille se tourna vivement vers Lazare.

— Sais-tu comment elle a disparu ? Personne ne me dit rien.

— Elle est partie pour toujours, ajouta Lazare, la gorge serrée par l'émotion.

— Je sais qu'elle n'est plus de ce monde, dit Clotilde.

Le notaire soupira.

— Oui, c'est comme cela qu'il faut dire. Elle n'est plus de ce monde.

— Et moi, je n'ai que toi et Roberte.

— Roberte a été ta seconde maman.

— Oui, je comprends, dit Clotilde. Mais j'ai longuement réfléchi à la question. On ne possède qu'une seule maman. Et moi, tout compte fait, je n'ai pas eu de chance. J'ai perdu maman si vite, au moment peut-être où j'aurais tellement voulu qu'elle soit près de moi.

Lazare Bazin se mordait les lèvres pour résister aux larmes qui l'assaillaient.

— On rentre ? proposa Clotilde.

Le notaire passa son bras autour des épaules de la petite fille.

— Il y a beaucoup de vent, maintenant. Et avec la nuit, il y en aura de plus en plus, et froid. C'est ainsi avec l'océan.

Elle posa sa tête contre l'épaule de Lazare Bazin.

— Je suis contente d'être avec toi, dit-elle.

— Je suis content aussi, répondit Lazare. Parce que je n'ai pas été assez près de toi pendant toutes ces années.

— Ça ne fait rien, dit Clotilde.

— Non, ça ne fait pas rien. J'ai manqué à tous mes devoirs.

Elle se mit à rire. Elle ne comprenait pas qu'il lui parlât de devoirs. De quels devoirs pouvait-il s'agir ?

— Tu as aidé Roberte. Tu lui as donné de l'argent. Nous n'avons manqué de rien. Ça, je dois dire, mon cher oncle...

Elle se reprit :

— C'est vrai, tu n'es pas mon oncle… Mais tu as été généreux avec nous. Roberte me l'a dit cent fois, que nous pourrions toujours compter sur monsieur Bazin.

Le notaire observait sur l'Océan le jour déclinant. Le crépuscule, je hais le crépuscule. Ça me tord l'estomac, pensait-il. Pourtant, qu'y a-t-il de plus somptueux qu'un coucher de soleil sur la mer ? Les larmes embuaient son regard. Il se souvenait des tableaux de Turner, de ses crépuscules comme une lumière qui ne parvient pas à percer l'opacité du monde. Il les avait vus à Londres, à la National Gallery, avec Duquenoy, au temps de son voyage artistique. Il en parlait ainsi, avec des mots pompeux, « voyage artistique », ça lui ressemblait, parfois, ce genre snob. Trop dilettante, Bazin, sans doute. Comme décidément l'époque se plut à les inventer, les types de son genre, à craquer leur argent pour de gracieuses folies. J'ai passé ma vie à fuir, à me fuir. Et je n'ai pas été heureux. Mal du siècle.

— Je n'ai pas été généreux, reprit Bazin. Lâche, plutôt lâche, oh oui, mais je ne peux pas tout dire. Ça serait pathétique. Et tu n'as pas besoin de ça, ma petite fille. D'un père pathétique…

Le visage de Clotilde dans la tombée du soir était devenu grave, si grave.

— Je crois que je viens de comprendre.

— Oui, je le crois aussi.

— Tu es mon père, n'est-ce pas ?

13

23 juin 1963

Le notaire de Pradeloup s'éveilla frais et dispos. Depuis longtemps il n'avait traversé une si longue nuit sans un cauchemar, sans les tempêtes du corps, sans une angoisse. Si bien que lorsque la gouvernante entra il la félicita pour les cachets qu'elle lui avait fait prendre.

— Je crois que c'est la dose qui me convient, parfaitement. Le docteur a eu raison de vous recommander cette nouvelle posologie. Je compte le remercier ce matin même...

Geneviève poussa un cri d'effroi.

— N'en faites rien surtout. Je ne mérite pas ça.

— Que voulez-vous dire, Geneviève ?

La gouvernante se rapprocha du lit, à petits pas heurtés. Il semblait qu'il y avait une main invisible qui la poussait dans le dos. Et quand elle fut à hauteur de Bazin, elle lui avoua les ordres de Georges pour qu'on doublât la dose de somnifère. Il se mit à rire et elle comprit, cette chère Geneviève, que le vieux notaire avait jeté ses médicaments dans la cuvette des toilettes.

— Vous auriez pu vous rendre complice d'un crime, vous rendez-vous compte. Certes, bête comme vous êtes, vous auriez pu obtenir les circonstances atténuantes, avec un bon avocat.

— Mais, maître... je n'ai jamais songé que... bredouilla-t-elle. Quelle terrible chose. Nous en sommes là, et vous ne dites rien. Moi, à votre place, j'en parlerais à votre fils.

— Mais vous n'êtes pas à ma place. Désormais, que cette mésaventure vous serve de leçon. En un mot, ma chère Geneviève, rangez-vous à mes commandements. N'acceptez aucun ordre de qui que ce soit, sinon vous paieriez cher votre désobéissance.

Lazare prit son petit déjeuner dans le bureau, la fenêtre ouverte sur le parc. C'était une matinée de plein été, aussi belle que sur le balcon de l'Atalaye en 1953, pensait-il, le jour où Clotilde était venue lui dire, les larmes dans les yeux, qu'elle était fière d'avoir enfin un papa. Et il avait paru alors à Bazin que vingt années de solitude s'effaçaient de sa vie. On gomme et on recommence, avait-il songé.

Ramusat s'approcha de sa fenêtre et vint lui faire la causette. Il y avait des pêches, des prunes et des poires à foison.

— Une année à fruits, reconnut-il.

— Les arbres étaient en fleur, comme à nul autre printemps, dit Lazare.

— Ce n'est pas une indication suffisante, rectifia Ramusat. Il arrive parfois que la fleur coule. Non, moi, je vois ça aux insectes. Cette année, il y a beaucoup de nids de guêpes, de frelons, et l'essaimage n'a cessé de mai à juin. Ça butine diablement ! C'est comme ça, les années à fruits. Vous savez, maître Bazin, les insectes possèdent une intelligence que nous n'avons pas. Et il suffit de regarder. C'est comme les fameuses chenilles processionnaires dans les pins, ça n'annonce rien de bon. Trop de foin, non plus. Année de rien…

D'un geste, Lazare interrompit sa leçon de choses. Il avait envie de rester seul, quelques minutes encore, avant la visite du médecin.

Ce matin-là – on était un dimanche –, les cloches sonnaient à toute volée le rappel des ouailles pour la messe de dix heures. Lazare pensa alors à Adrienne, et se sentit malheureux. Si elle voyait ce dont ses enfants sont capables, se dit-il. Mais il fut rassuré en imaginant que la mort étant la raison finale de tout, comme dirait Horace, là où elle se trouvait, dans un caveau sombre et froid, elle n'en saurait jamais rien. Et pour la première fois, Lazare Bazin envisagea de ne pas la rejoindre aussi promptement qu'il l'avait cru durant toute la semaine. Je m'accorde un mois, ou deux mois, et plus, finalement, si la chance me sourit. Maintenant que j'ai mis un peu d'ordre dans ma vie, rien ne presse. Faisons attendre le fossoyeur. Ce n'est pas un homme sans travail et si le destin a un peu pitié de moi, il s'occupera en priorité des pleureuses qui encombrent mon salon. La bonne madame Jaffrée ferait une excellente morte. Tout autant que son amie, la grande bringue fielleuse qui me voudrait cinq pieds sous terre, la Laroque… Peut-être pas les deux à la fois, tout de même… Ça causerait un vide dans le landernau. Gardons-nous de toute haine… Victorine disparaîtra la dernière. Elle sera l'ultime pleureuse en exercice de Galiane-sur-Sévère. Après elle, on enterrera les gens avec des fonctionnaires de la mort, indifférents aux chagrins, mais tellement professionnels.

Le docteur Serge Léontin était bougon comme un dimanche.

— Je n'ai plus de vie personnelle. Ma femme veut divorcer. Et mes malades ne se décident pas à guérir. Avouez que ça n'est guère passionnant, la médecine, dans ces conditions. D'autant que je suis sans cesse contesté. Les gens n'acceptent pas mes conseils. Ils ont leur propre opinion sur la maladie qui les occupe. Quand ils ne décident pas eux-mêmes des médications ! Avez-vous remarqué, maître Bazin ? Dans chaque foyer, il y a maintenant une bible médicale. A chacun d'interpréter les symptômes. C'est assommant.

Bazin prit le Lucrèce sur sa table de nuit et le lui tendit.

— Je vous l'offre, docteur. C'est une excellente édition, la traduction de Pongerville de 1923.

Le médecin s'en empara avec hésitation. Il se sentait tout ému que son patient eût ce geste envers lui, immérité, certes, puisqu'il n'avait pas accompli des miracles. Il voulut lui faire comprendre que son cœur finirait par le lâcher au moment où il s'y attendrait le moins. C'était un des inconvénients des maladies cardiaques, la rémanence. Qui se croit tiré d'affaire n'est jamais aussi proche de sa chute.

— Je penserai à vous en le feuilletant de temps en temps.

— Savez-vous que ma maladie a été une chance pour moi ? Une divine surprise. Jusqu'alors, je me croyais immortel, comme un jeune imbécile. Je ne voyais pas combien le temps est précieux et compté. Ainsi, proche de mourir, au point de la toucher, cette mort, je sentis enfin qu'il me fallait entrer dans une grande gestation. Une ultime renaissance, en somme. Car nous avons plusieurs vies, mais nous ne le savons pas.

— Vous voulez dire que nous disposons d'étapes qu'il nous faut franchir, les unes après les autres ?

— C'est cela. Ma dernière renaissance me conforta à rendre quelque justice dont je m'étais moqué jadis.

— D'où le testament ? sourit le médecin. C'est assez naturel. Avant de disparaître, chaque individu met de l'ordre dans sa vie. La vôtre, au demeurant, était un capharnaüm.

— Vous avez raison, docteur. Désormais, je suis satisfait. Tout est à l'endroit. Ma fille Clotilde aura sa part, quelles que soient les récriminations que ma décision inspirera. Duquenoy m'a assuré qu'il réglerait mes affaires avec autorité. Et elles le seront.

Le médecin l'écoutait, distraitement. La vie passée, un brin dissolue, de son patient ne l'intéressait guère. Certes, il connaissait l'existence de Clotilde, et approuvait le courage tardif du père, mais les obsessions métaphysiques du notaire de Pradeloup l'intéressaient davantage.

Il l'ausculta, sommairement. Il trouva que la maladie était entrée dans une sorte de rémission inexplicable.

— Si vous aviez été à Lourdes, mon cher maître, on dirait que Bernadette vous a apporté son secours. Vous êtes on ne peut mieux.

— Guéri ?

Le médecin fit la moue. Il n'était pas empressé à annoncer les bonnes nouvelles. Le temps seul compte dans la réparation des corps, et s'ils s'offrent parfois des rémissions, ce n'est souvent que pour un sursis.

— Pourrais-je envisager de faire quelques pas dans mon parc ?

— A la condition de ne point vous exposer au soleil.

— Bien entendu.

— Néanmoins, une petite promenade sera la bienvenue. Servez-vous d'une canne et ne faites pas le jeune homme.

— Je vous en prie, docteur, ne me parlez pas comme à un enfant. J'aurai les désobéissances de mon âge, voilà tout.

— Pardonnez-moi, Lazare J'avais oublié que vous étiez un homme singulier.

Serge Léontin se retira au moment où la gouvernante revint dans la chambre. Lazare se paya même le luxe de raccompagner son médecin jusqu'à la porte.

— Votre fille veut vous voir, prévint Geneviève.

Le notaire tressaillit de surprise et son visage se mit à blêmir.

— Laquelle ? dit-il.

— Comment, laquelle ? reprit Geneviève.

— Ignoreriez-vous que j'ai deux filles, l'une qui se nomme Calixte et la seconde Clotilde ? Oui, jeta-t-il en postillonnant, j'ai longtemps caché l'existence de ma seconde, mais cela a assez duré. Je l'ai eue avec une jeune femme pendant la guerre, une certaine Clarisse Zeiss. La malheureuse a été déportée en Allemagne dans un camp de la mort. Elle était juive. Ça vous en bouche un coin, n'est-ce pas ? Pourtant, c'est la vérité. Et maintenant, j'entends qu'on la reçoive chez moi, dignement, ma petite Clotilde. Et qu'on cesse ces infâmes chuchotements dans son dos.

— Il s'agit de la jeune fille qui est venue vendredi ?

— Tout à fait.

— Oh, maître, je ne savais pas...

— Maintenant, vous le savez... Et allez donc le raconter aux pleureuses du salon, ça leur fera à peu de frais un bon sujet de conversation.

Puis maître Bazin ordonna qu'on sortît de la naphtaline son costume d'été blanc en soie sauvage. A cette demande, la gouvernante leva les yeux au ciel.

— Je me suis permis de le mettre à la réserve...

Lazare comprit que Geneviève l'avait déjà classé dans les vêtements destinés à partir à la vente, avec les manteaux d'alpaga et de cachemire, les tweeds anglais...

— Ressortez-le, voilà tout ! s'écria-t-il.

Elle l'observa d'un air abasourdi. Dans ces moments d'indécision ou d'incompréhension, elle offrait ce visage de lune. Lazare le détestait, ce regard étranger à lui-même, comme s'il allait de soi que l'on remisât ses effets pour faire place nette dans les penderies et les armoires.

— Bien, maître. Mais...

Bazin se détourna d'elle.

— Et puis vous y ajouterez une de mes belles chemises d'été. La rose me conviendra à merveille.

— La rose ? reprit Geneviève. N'est-ce pas ridicule, à votre âge ? Vous ne l'avez pas portée depuis le congrès des notaires, à Vittel.

Bazin pouffa de rire. C'était en 1955, en effet, l'année où l'on avait engagé un débat interminable sur les droits du conjoint survivant en présence d'enfants...

— J'y tiens fort, ma pauvre Geneviève. Ainsi qu'à mon nœud papillon rouge vif. En 55, ajouta-t-il, je fis sensation dans ce milieu austère où la moindre fantaisie est montrée du doigt. Pourtant, j'en conviens, ce fut une coquetterie bien puérile, sans conséquence. A l'image de ma vie. Je me voulus si souvent charmeur et ne fus, tout compte fait, que pathétique.

Geneviève ne l'écoutait déjà plus, toute chamboulée par ce qu'elle venait d'apprendre, l'existence d'une fille adultère dans la vie de maître Bazin, notaire à Pradeloup.

Depuis les exploits de la nuit précédente, Calixte se sentait mal à l'aise. Elle avait accompagné son frère sur le chemin de l'ignominie : falsifier un testament olographe. Pourtant, elle ne se sentait pas le courage de revenir sur ses pas, d'avouer sa faute, de faire amende honorable. Solidaire de son frère, elle irait donc jusqu'au bout du mensonge, la mort dans l'âme. Ce qui lui prêtait cette détermination, contraire pourtant à tous ses principes, c'était la faute du père. L'adultère, l'enfant clandestin, la villa de Biarritz soustraite à l'héritage... De ce côté-ci, Calixte se sentait forte de son bon droit, disposée à affronter le père qui avait failli, selon elle, à tous ses devoirs.

Elle entra dans la chambre, décidée à en découdre, avec une rage au cœur qui surprit Lazare.

— Papa, je sais tout.

Elle se tenait au pied de son lit, lui assis sur le bord, légèrement de biais. Ainsi échappait-il à son regard insistant.

— Ta demi-sœur, fit-il. Clotilde...

— Ne prononce pas ce nom, il m'écorche l'oreille.

— J'ai commis une faute, une seule à mes yeux, c'est de vous l'avoir cachée.

— La terrible faute, l'horrible faute, la méprisable faute, s'acharnait-elle en ponctuant ses mots d'un mouvement du bras comme si elle frappait de toutes ses forces sur son père, c'est d'avoir trompé maman avec cette fille qui avait vingt ans de moins que toi, papa. Et pire encore, de lui avoir fait un enfant... Te rends-tu compte ?

Lazare tourna la tête de côté pour observer son regard de haine.

— Moi qui t'ai tant aimée, dit-il, chagriné. Tu me juges. Moi qui ne t'ai jamais jugée, ma fille, comment peux-tu t'abandonner ainsi à cette facilité des colères impuissantes ? Tu ne changeras rien au fait que je suis ton père, que j'ai eu une fille adultérine, et que je veuille la coucher sur mon testament...

Calixte affichait sa morgue par une moue insistante. Tout son visage s'était transformé, ainsi, et le père comprit alors qu'il ne pourrait en rien éteindre la rancœur qu'il avait mise en mouvement. Il faudrait du temps, beaucoup de temps, pensa-t-il, pour que Clotilde soit acceptée, mais je n'en dispose point. Tel était son chagrin, que ses enfants, Georges et Calixte, ne lui pardonnent jamais, même dans les années futures où il serait dans les limbes.

Certes, il eût pu à cet instant dire lui aussi qu'il savait tout sur les horreurs de cette nuit, la falsification du testament, mais il choisit le silence. Il avait inspiré cette scélératesse, sachant sans doute que Georges y tomberait à pieds joints, et il ne pourrait plus dorénavant que s'en prendre à lui-même.

Calixte fit le tour de la chambre. Il y avait trop de lumière à son goût. Elle ferma aux trois quarts les volets, afin que la pénombre la rassurât. L'été, le beau ciel d'été, pouvait attendre. Pour l'heure, on se devait à l'obscurité, alors que Lazare avait hâte de descendre dans son parc, de fouler sa pelouse, de respirer l'odeur résineuse des cèdres, de toucher l'écorce de ses géants. Cette atmosphère lui avait tellement manqué depuis que la crise s'était déclarée et qu'il avait failli en mourir. Il essayait de songer à son beau costume de soie, égoïstement, à l'allure qu'il aurait encore dans sa parure des jours de fête. Il n'y aurait personne, hormis lui-même, pour se satisfaire du spectacle, mais qu'importe, à sa manière, il avait appris à habiter sa solitude. Les histoires de famille commençaient à le lasser. Il avait assez joué avec elles. Tout était désormais en ordre, sa mort future, la distribution de ses biens. Personne ne serait oublié. Une sorte d'équité présiderait à la réunion de maître Duquenoy. Il y aurait des soupirs, des jurons, des insultes peut-être, mais la sagesse s'imposerait, bon gré mal gré. Le sage, se dit-il, finit par l'emporter sur le fou, après que le fou s'est diverti.

— Tu ne peux pas donner l'Atalaye à cette bâtarde ! s'écria Calixte.

— Comment sais-tu que je veux lui attribuer l'Atalaye ? Tu lis dans le marc de café, ma petite fille ?

Calixte se sentit piégée. Et comme d'habitude, elle s'en sauva par une glissade :

— Je te connais, papa. Je sais ce que tu vas faire. Ton testament n'a été rédigé que pour l'étrangère. Sinon, à quoi bon coucher sur le papier ce qui ne relève que de la logique ? Mon frère et moi, nous n'avons pas besoin de tes dernières volontés. Nous sommes assez grands pour savoir ce qui nous revient de plein droit. Le mieux serait que tu le détruises. Si tu veux, je peux le faire... Ce serait, de ta part, un signe de bonne volonté. Et tu recouvrerais notre estime.

Le dernier mot le fit pâlir.

— Tu as deviné juste, ma petite. La villa de Biarritz reviendra à Clotilde. Je l'ai acquise pour elle. Sinon, je ne l'aurais pas achetée. Ça m'a tout de même coûté sept cents millions de francs !

La jeune femme poussa un cri et plaqua les mains sur son visage.

— Deux fois et demi la valeur de l'hôtel Pradeloup... Réalises-tu, papa ? Je ne crois pas que tu aies tous tes esprits !

Lazare fronça les sourcils.

— Si je pouvais être fou, fou à lier, comme le roi Lear, ça arrangerait bien ta conscience. Mais non, je suis sain d'esprit. Et tu vas bientôt me poser la seule question qui importe... Comment ai-je réuni une telle somme, moi qui n'ai été ma vie durant qu'un minable petit notaire de campagne, empêtré dans des affaires de paysans ?

Calixte se rapprocha, en répétant dans sa tête la somme astronomique qu'il avait annoncée.

— Alors ? insista-t-elle, la curiosité aiguisée.

Lazare retourna vers la fenêtre et repoussa les volets. Il avait envie de respirer la lumière vive de juin. Il avait envie de voir le ciel sans nuages, et les rayons illuminer ses tapis de Samarkand.

— Pendant la guerre, j'ai trafiqué avec l'Allemagne. Le marché noir. Un trafic de vaste importance. J'ai gagné autant d'argent que j'ai voulu. Jusqu'à la fin, ta pauvre mère m'a cru ruiné. Elle s'arrachait les cheveux en imaginant que la maison Pradeloup finirait en déroute. Mais si tu savais comme je m'en fichais, de la maison Pradeloup et de tout le reste. J'ai vécu ces années-là en enfer, ma petite. J'ai aimé une femme dans ma vie, Clarisse Zeiss, plus que tout, et la guerre me l'a ravie. Elle est morte, la malheureuse, dans un camp de la mort, parce qu'elle était juive. Heureusement, elle m'a laissé une petite fille. Je l'ai protégée en souvenir de notre amour. Et je lui assurerai, quoi qu'il arrive, sa subsistance jusqu'à la fin de sa vie, que cela vous plaise ou non, Georges et toi ! Finalement, il demeurera une morale à mon histoire... Le cruel destin a détruit ma passion et j'ai fini par prendre ma revanche sur lui. L'argent d'un immonde trafic va servir à réparer cette injustice. Ainsi, la boucle est bouclée.

Le notaire se tenait face au jardin, contemplant la lumière qui filtrait dans les tilleuls. Il régnait à cette heure matinale une singulière douceur. Le silence était peuplé des pépiements des oiseaux. A peine un souffle de vent faisait-il frémir les feuillages. Il semblait que le monde s'accordait à son bonheur.

Calixte s'était assise sur un des fauteuils. Elle réfléchissait, la tête inclinée vers les tapis. Soudain, elle redressa le regard vers lui. Mais il ne vit pas l'expression de son visage. Il préférait lui tourner le dos. Il n'espérait rien d'elle. Et ce serait, sans doute, son chagrin futur. Mais silencieux comme la nuit, opaque comme la brume du matin. Peut-être le temps à venir ne serait-il pas trop long, juste de quoi méditer sur son infortune, jusqu'à ce que ce tissu-là fût usé jusqu'à la corde.

— Oh, papa, je te hais, dit-elle. Si tu savais comme je te hais.

Peu avant midi, dans son costume de soie blanche, maître Lazare Bazin ouvrit la porte de sa chambre. Il traversa d'un pas alerte le salon, et fit mine de ne point apercevoir les pleureuses. Il se ravisa. Il ne faudrait pas qu'on dise, tout de même, que je suis devenu gâteux. Il ôta son chapeau de paille qui avait la forme ample d'un panama un brin démodé. Mais, après tout, cet attribut-là faisait partie de son histoire personnelle. Et maître Bazin avait grand désir à cette heure de renouer avec ses anciennes habitudes, celles qui avaient présidé les années heureuses. Lors de l'été 40, avec Clarisse, il avait porté élégamment, fièrement même, ce panama. Et il avait ressenti chez elle quelque orgueil à marcher à ses côtés dans d'élégants accoutrements.

— Oh, mesdames, je ne vous avais point vues. Vous m'en voyez confus.

Il alla vers elles d'un pas dégagé. Les dames du Sacré-Cœur étaient médusées de le voir apparaître comme si de rien n'était. Il salua sèchement l'abbesse car il ne l'aimait pas, la dame Laroque non plus. Trop d'appétit pour le veuvage, à ses yeux. Des tueuses d'hommes, pensait-il. Mais il fut plus avenant avec Germaine Jaffrée. Il s'inclina devant elle, respectueusement, au point de lui baiser la main. Quant à Francette Jacquemin, il la prit dans ses bras, la serra contre lui et l'embrassa sur les joues.

— Ah ! lui murmura-t-il à l'oreille. Si j'avais seulement dix années de moins...

Elle se mit à rire, comme une gourgandine.

— Il ne manque plus que madame Vizille. Mais son commerce l'appelle, sans doute, à cette heure, nota Bazin.

Le notaire fit un pas de côté, prit un peu de recul devant le bel attroupement et dit tout de go, d'un air enjoué :

— Vous pouvez rentrer chez vous, mesdames, ce n'est pas encore aujourd'hui que nous sonnerons le glas pour le pauvre notaire de Pradeloup. Du reste, je ne me nomme pas Lazare pour rien...

Production Jeannine Balland

Romans « Terres de France »

Jean Anglade
Un parrain de cendre
Le Jardin de Mercure
Y a pas d'bon Dieu
La Soupe à la fourchette
Un lit d'aubépine
La Maîtresse au piquet
Le Saintier
Le Grillon vert
La Fille aux orages
Un souper de neige
Les Puysatiers
Dans le secret des roseaux
La Rose et le Lilas
Avec le temps...
L'Ecureuil des vignes
Une étrange entreprise
Le Temps et la Paille
Les Ventres jaunes
Le Semeur d'alphabets
La Bonne Rosée
Un cœur étranger
Les Permissions de mai
Les Délices d'Alexandrine
Sylvie Anne
Mélie de Sept-Vents
Le Secret des chênes
La Couze
Ciel d'orage sur Donzenac
La Maîtresse du corroyeur
Un horloger bien tranquille
Un été à Vignols
La Lavandière de Saint-Léger
L'Orpheline de Meyssac
Jean-Jacques Antier
Tempête sur Armen
La Fille du carillonneur
Marie-Paul Armand
Le Vent de la haine
Louise
Benoît
La Maîtresse d'école
La Cense aux alouettes
L'Enfance perdue
Un bouquet de dentelle
Au bonheur du matin
Le Cri du héron
Le Pain rouge
La Poussière des corons
Nouvelles du Nord
La Courée
Victor Bastien
Retour au Letsing
Henriette Bernier
L'Enfant de l'autre
L'Or blanc des pâturages
L'Enfant de la dernière chance
Le Choix de Pauline
La Petite Louison
Petite Mère
Françoise Bourdon
La Forge au Loup
La Cour aux paons
Le Bois de lune
Le Maître ardoisier
Les Tisserands de la Licorne
Le Vent de l'aube
Les Chemins de garance
La Figuière en héritage
La Nuit de l'amandier
Patrick Breuzé
Le Silence des glaces
La Grande Avalanche
La Malpeur
La Lumière des cimes
Nathalie de Broc
Le Patriarche du Bélon
La Dame des Forges
La Tresse de Jeanne
Loin de la rivière
La Rivière retrouvée
La Sorcière de Locronan
Annie Bruel
Le Mas des oliviers
Les Géants de pierre
Marie-Marseille

Michel Caffier
Le Hameau des mirabelliers
La Péniche Saint-Nicolas
Les Enfants du Flot
La Berline du roi Stanislas
La Plume d'or du drapier
L'Héritage du mirabellier
Marghareta la huguenote
Le Jardinier aux fleurs de verre
Jean-Pierre Chabrol
La Banquise
Claire Chazal
L'Institutrice
Didier Cornaille
Les Labours d'hiver
Les Terres abandonnées
Etrangers à la terre
L'Héritage de Ludovic Grollier
L'Alambic
Georges Coulonges
Les Terres gelées
La Fête des écoles
La Madelon de l'an 40
L'Enfant sous les étoiles
Les Flammes de la Liberté
Ma communale avait raison
Les blés deviennent paille
L'Eté du grand bonheur
Des amants de porcelaine
Le Pays des tomates plates
La Terre et le Moulin
Les Sabots de Paris
Les Sabots d'Angèle
La Liberté sur la montagne
Les Boulets rouges de la Commune
Pause-Café
Anne Courtillé
Les Dames de Clermont
Florine
Dieu le veult
Les Messieurs de Clermont
L'Arbre des dames
Le Secret du chat-huant
L'Orfèvre de Saint-Séverin
La Chambre aux pipistrelles
Paul Couturiau
En passant par la Lorraine
Annie Degroote
La Kermesse du diable
Le Cœur en Flandre
L'Oubliée de Salperwick
Les Filles du Houtland
Le Moulin de la Dérobade
Les Silences du maître drapier
Le Colporteur d'étoiles
La Splendeur des Vaneyck
Les Amants de la petite reine
Un palais dans les dunes
Renelde, fille des Flandres
Alain Dubos
Les Seigneurs de la haute lande
La Palombe noire
La Sève et la Cendre
Le Secret du docteur Lescat
Constance et la Ville d'Hiver
Marie-Bernadette Dupuy
L'Orpheline du bois des Loups
Les Enfants du Pas du Loup
La Demoiselle des Bories
Le Chant de l'Océan
Le Moulin du Loup
Le Chemin des Falaises
Elise Fischer
Trois Reines pour une couronne
Les Alliances de cristal
Mystérieuse Manon
Le Soleil des mineurs
Les cigognes savaient
Confession d'Adrien le colporteur
Le Secret du pressoir
Laurence Fritsch
La Faïencière de Saint-Jean
Alain Gandy
Adieu capitaine
Un sombre été à Chaluzac
L'Enigme de Ravejouls
Les Frères Delgayroux
Les Corneilles de Toulonjac
L'Affaire Combes
Les Polonaises de Cransac
Le Nœud d'anguilles
L'Agence Combes et Cie
Suicide sans préméditation
Fatale Randonnée
Une famille assassinée
Le piège se referme
Gérard Georges
La Promesse d'un jour d'été
Les Bœufs de la Saint-Jean
L'Ecole en héritage
Le Piocheur des terres gelées
Les Amants du chanvre

La Demoiselle aux fleurs sauvages
Jeanne la brodeuse au fil d'or
Denis Humbert
La Malvialle
Un si joli village
La Rouvraie
L'Arbre à poules
Les Demi-Frères
La Dernière Vague
Yves Jacob
Marie sans terre
Les Anges maudits de Tourlaville
Les blés seront coupés
Une mère en partage
Un homme bien tranquille
Hervé Jaouen
Que ma terre demeure
Au-dessous du calvaire
Les Ciels de la baie d'Audierne
Les Filles de Roz-Kelenn
Ceux de Ker-Askol
Michel Jeury
Au cabaret des oiseaux
Marie Kuhlmann
Le Puits Amélie
Passeurs d'ombre
Guillemette de La Borie
Les Dames de Tarnhac
Le Marchand de Bergerac
La Cousette de Commagnac
Jean-Pierre Leclerc
Les Années de pierre
La Rouge Batelière
L'Eau et les Jours
Les Sentinelles du printemps
Un amour naguère
Julien ou l'Impossible Rêve
A l'heure de la première étoile
Les Héritiers de Font-Alagé
Hélène Legrais
Le Destin des jumeaux Fabrègues
La Transbordeuse d'oranges
Les Herbes de la Saint-Jean
Les Enfants d'Elisabeth
Les Deux Vies d'Anna
Les Ombres du pays de la Mée
Eric Le Nabour
Les Ombres de Kervadec
Louis-Jacques Liandier
Les Gens de Bois-sur-Lyre
Les Racines de l'espérance
Jean-Paul Malaval
Le Domaine de Rocheveyre
Les Vignerons de Chantegrêle
Jours de colère à Malpertuis
Quai des Chartrons
Les Compagnons de Maletaverne
Le Carnaval des loups
Les Césarines
Grand-mère Antonia
Une maison dans les arbres
Une reine de trop
Une famille française
Le Crépuscule des patriarches
La Rosée blanche
L'Homme qui rêvait d'un village
L'Auberge des Diligences
Dominique Marny
A l'ombre des amandiers
La Rose des Vents
Et tout me parle de vous
Jouez cœur et gagnez
Il nous reste si peu de temps
Pascal Martin
Le Trésor du Magounia
Le Bonsaï de Brocéliande
Les Fantômes du mur païen
La Malédiction de Tévennec
L'Archange du Médoc
Louis Muron
Le Chant des canuts
Henry Noullet
La Falourde
La Destalounade
Bonencontre
Le Destin de Bérengère Fayol
Le Mensonge d'Adeline
L'Evadé de Salvetat
Les Sortilèges d'Agnès d'Ayrac
Le Dernier Train de Salignac
Michel Peyramaure
Un château rose en Corrèze
Les Grandes Falaises
Frédéric Pons
Les Troupeaux du diable
Les Soleils de l'Adour
Passeurs de nuit
Jean Siccardi
Le Bois des Malines
Les Roses rouges de décembre
Le Bâtisseur de chapelles
Le Moulin de Siagne

Un parfum de rose
La Symphonie des loups
La Cour de récré
Les Hauts de Cabrières
Les Brumes du Mercantour
Bernard Simonay
La Fille de la pierre
La Louve de Cornouaille
Jean-Michel Thibaux
La Bastide blanche
La Fille de la garrigue
La Colère du mistral
L'Homme qui habillait les mariées
La Gasparine
L'Or des collines
Le Chanteur de sérénades
La Pénitente
L'Enfant du mistral
L'Or du forgeron
Jean-Max Tixier
Le Crime des Hautes Terres
La Fiancée du santonnier
Le Maître des roseaux
Marion des salins
Le Mas des terres rouges
L'Aîné des Gallian
L'Ombre de la Sainte-Victoire
Brigitte Varel
Un village pourtant si tranquille
Les Yeux de Manon
Emma
L'Enfant traqué
Le Chemin de Jean
L'Enfant du Trièves
Le Déshonneur d'un père
Blessure d'enfance
Mémoire enfouie
Louis-Olivier Vitté
La Rivière engloutie
L'Enfant des terres sauvages
L'Inconnue de la Maison-Haute
Colette Vlérick
La Fille du goémonier
Le Brodeur de Pont-l'Abbé
La Marée du soir
Le Blé noir

Polars de France

Alain Gandy
Un week-end meurtrier
Hélène Legrais
La Croix des outrages
Pascal Martin
La Traque des maîtres flamands
L'Ogre des Landes
Jean-Max Tixier
Le Juge de paix
Le crime était déjà écrit

Romans

Sylvie Anne
L'Appel de la pampa
Jean-Jacques Antier
Marie-Galante, La Liberté ou la Mort
La Dame du Grand-Mât
Le Sixième Condamné de l'Espérance
Erwan Bergot
Les Marches vers la gloire
Sud lointain
tome I *Le Courrier de Saïgon*
tome II *La Rivière des parfums*
tome III *Le Maître de Bao-Tan*
Rendez-vous à Vera-Cruz
Mourir au Laos
Jean Bertolino
Chaman
Fura-Tena
Jean-Baptiste Bester
Bois d'ébène
A l'heure où dorment les fauves

Michel Caffier
Le Découvreur du Mississippi
Anne Courtillé
Le Mosaïste de Constantinople
Paul Couturiau
Le Paravent de soie rouge
Le Paravent déchiré
L'Inconnue de Saigon
Les Amants du fleuve Rouge
Le Pianiste de La Nouvelle-Orléans
Les Brumes de San Francisco
Paradis perdu
Cent Ans avant de nous séparer
Comme un parfum d'ylang-ylang
Annie Degroote
L'Etrangère de Saint-Pétersbourg
Alain Dubos
Acadie, terre promise
Retour en Acadie
La Plantation de Bois-Joli
La Baie des maudits
Les Amants du Saint-Laurent
Elise Fischer
L'Enfant perdu des Philippines
Hubert Huertas
Nous jouerons quand même ensemble
La Passagère de la « Struma »
L'Orque de Magellan
Terminus Pondichéry
Denis Humbert
Un été d'illusions
Gérard A. Jaeger
Pour l'amour de Blanche
Hervé Jaouen
L'Adieu au Connemara
Le Testament des McGovern
Suite irlandaise
Diane Lacombe
L'Hermine de Mallaig
La Châtelaine de Mallaig
Sorcha de Mallaig
Eric Le Nabour
Orages sur Calcutta
Les Démons de Shanghai
Les Jardins d'Istanbul
Sonia Marmen
La Vallée des larmes
La Saison des corbeaux
La Terre des conquêtes
La Rivière des promesses
Dominique Marny
Du côté de Pondichéry
Les Nuits du Caire
Cap Malabata
Mes nuits ne sont pas les vôtres
Du côté de Bombay
Juliette Morillot
Les Orchidées rouges de Shanghai
Michel Peyramaure
Le Roman de Catherine de Médicis
Le Pays du Bel Espoir
Les Fleuves de Babylone
Les Tambours sauvages
Le Temps des moussons
Les Roses noires de Saint-Domingue
La Porte du non-retour
Les Prisonniers de Cabrera
Bernard Simonay
Les Tigres de Tasmanie
La Dame d'Australie
Princesse maorie
L'Appel de l'Orient
La Prophétie des Glaces
Jean-Michel Thibaux
Le Roman de Cléopâtre
La Fille de Panamá
Tempête sur Panamá
La Pyramide perdue
La Cinquième Courtisane
La Danseuse sacrée
Colette Vlérick
Le Domaine du belvédère

Cet ouvrage a été imprimé en France par

CPI
Bussière

à Saint-Amand-Montrond (Cher)
en octobre 2009

Composition et mise en pages : FACOMPO, LISIEUX

N° d'édition : 7932. — N° d'impression : 092679/1.
Dépôt légal : novembre 2009.